PATRICK LAGNEAU

Page blanche pour roman noir

BoD

À mes amis de Plume,

C'est sans doute la vocation du romancier, devant cette grande page blanche de l'oubli, de faire ressurgir quelques mots à moitié effacés, comme ces icebergs perdus qui dérivent à la surface de l'océan.

Patrick Modiano
(Discours de réception de son Prix Nobel de littérature)

1

1993

C'était un lycée parisien comme un autre. Pas mieux, pas pire. Avec ses sonneries aux intercours. Avec ses grappes d'élèves d'où s'échappent des nuages de fumée pendant les pauses. Avec ses blagues de potaches. Sauf que l'heure n'était pas à la rigolade. Tout le monde avait en tête les terribles images médiatiques de la veille sur le génocide de Srebrenica en Yougoslavie et sur les corps de soldats américains mutilés, traînés dans les rues de Mogadiscio. Les conversations ne tournaient qu'autour de cette actualité brûlante. Certains estimaient que le monde était en pleine mutation depuis la guerre du Golfe et que ce n'était qu'un début…

Juste un lycée comme les autres. Avec ses profs plus ou moins empathiques. Avec ses cours plus ou moins attractifs, mais aussi son atelier théâtre, ses groupes de musiciens, son ciné-club. Et puis aussi ses couples ici et là, main dans la main, échangeant de longs baisers. Parfois des mots tendres. Ou des regards maladroits pleins de promesses et d'espoir.

Alors que, dans son groupe, les discussions tournaient sur la nécessité d'une intervention de l'Europe dans le conflit en ex-Yougoslavie, Victor, un lycéen de dix-neuf ans en section littéraire, repéra Karen, à une dizaine de mètres, qui le fixait avec intensité. Tous connaissaient Karen avec sa mini-jupe, ses bottes et son boléro blancs. C'était une fille de l'âge de Victor, en terminale scientifique, dont il avait déjà croisé le regard. Bien que troublé, il avait choisi de ne pas l'aborder, car il la savait en couple avec Lorenzo Ferrer, un garçon de terminale technique dont il avait appris le nom uniquement parce qu'il était avec elle.

Là, il fut interpellé par son insistance. Elle dut percevoir son trouble à distance, car elle lui décocha un sourire qui l'ébranla au plus profond de son être.

Sonnerie de fin de pause.

Elle détourna la tête, puis s'éloigna avec ses amies. Un dernier coup d'œil décoché et elle disparut dans le bâtiment où les cours allaient reprendre.

*

Un groupe de filles entra dans la grande salle de permanence où avait lieu la séance de ciné-club du premier mercredi du mois, et se faufila dans le rang de chaises à coque en plastique où Victor était assis avec ses camarades. Karen vint s'asseoir à sa gauche, juste à côté de lui. Ils se regardèrent un court instant puis, pour se donner une contenance, se focalisèrent sur l'écran blanc. Se pouvait-il que ce fût une coïncidence ? Sans doute à cet instant leurs cœurs battaient-ils à l'unisson. Comme une délivrance, les lumières s'éteignirent et le film commença. Le générique annonça *Le cercle des poètes disparus* réalisé par Peter Weir avec Robin Williams, et sorti en salles depuis trois ans. Les prémisses de l'amour ont cette vertu de pouvoir permettre à ceux qui sont sous son emprise de regarder des images sans les voir. D'entendre des dialogues sans les écouter. Un affolement similaire s'installait dans l'esprit de Karen et de Victor. Aucun des deux ne bougeait. Peut-être dans l'attente secrète que l'autre fasse le premier pas. Karen osa. Comme si le geste était naturel, elle laissa glisser son bras ballant entre leurs chaises. Évidemment, le mouvement n'échappa pas à Victor. Était-ce un signal ? Une incitation ? N'allait-il pas se planter ? En apnée, Victor fit de même avec le sien. Leurs battements de cœur s'accélérèrent. Aller plus loin ? Maintenant ? Pas encore ! Ne pas la froisser ! Peut-être était-ce à lui d'agir maintenant. N'avait-elle pas pris les devants ? Et s'il se méprenait ? Une douce torture s'installait. Le dos de sa main frôla le dos de la sienne. Comme s'ils n'attendaient que cela, leurs doigts partirent à l'aventure, se rencontrèrent, s'effleurèrent, s'éloignèrent, revinrent à la charge, puis se croisèrent. La pression qu'ils impulsèrent ensemble ne laissait planer aucun doute sur leurs intentions. Victor se libéra de la main de Karen et passa le bras sur ses épaules. Elle se laissa glisser contre lui et posa sa tête sur son épaule. À ce moment précis, pour Victor plus rien n'existait. Plus d'images, plus d'écran, plus d'élèves, plus de lycée. Il était sur un nuage avec la plus belle fille du lycée contre lui. Devait-il poursuivre son avantage maintenant ? Il n'eut pas le temps de se poser la question plus longtemps. Karen releva son visage vers lui. Dans le clair-obscur mouvant de la projection cinématographique, il vit briller ses yeux. Il y décela le même trouble que le sien. La même émotion. Alors, il avança ses lèvres à la rencontre des siennes. Leur contact les foudroya.

*

C'était un mercredi de décembre où la température flirtait déjà avec le zéro. Victor et Karen marchaient main dans la main dans les rues de Paris. Juste une balade en amoureux. De temps en temps, Karen s'arrêtait devant une vitrine pour admirer une paire de chaussures par ci, une robe de soirée par là... En temps normal, Victor n'y aurait trouvé aucun intérêt, mais pour elle, il était prêt à accepter n'importe quoi. Soudain, Karen blêmit.

– Ça va, s'inquiéta Victor ?

Elle ne répondit pas, se retourna et regarda de l'autre côté de l'avenue. Victor l'imita. Il comprit ce qui se passait. Lorenzo Ferrer les observait sur le trottoir d'en face, les mains dans les poches.

– Tu m'as bien dit que c'était fini tous les deux ?

– Oui, c'est fini. Je le lui ai fait comprendre. Mais je crois qu'il a du mal à accepter. Allez, viens ! Il finira par m'oublier, va…

*

Le week-end suivant, Victor et Karen discutaient avec un groupe d'amis dans l'incontournable café à proximité du lycée et fréquenté presque exclusivement par des élèves et même parfois des profs. La conversation tournait autour des vacances de Noël qui approchaient à grands pas. À un moment, Karen se leva pour aller aux toilettes. Quand elle en ressortit, Victor vit Lorenzo Ferrer l'aborder. Ce n'était pas une coïncidence. Victor pensa qu'il devait être assis à une table du fond à l'attendre. Il se leva. Karen lui fit signe de ne pas intervenir. Il se rassit sans les quitter des yeux. Leur échange dura quelques minutes, puis Karen revint prendre son sac et son manteau.

– Ne bouge pas, Victor ! Je vais régler une fois pour toutes le problème avec lui.

– Et vous allez où ?

– Il voulait qu'on discute à sa table. Je ne veux pas que cela s'éternise. Je vais lui mettre les points sur les I dehors. Le froid freinera ses ardeurs. Je n'en ai pas pour longtemps.

– S'il te fait des embrouilles, tu m'appelles, hein ?

– Il n'y aura pas d'embrouilles, ne t'inquiète pas !

Karen quitta le café en compagnie de Lorenzo par une porte qui donnait sur une cour intérieure. Bien que Victor soit sûr des sentiments de Karen à son égard, il ne put s'empêcher de ressentir une pointe de jalousie. Il suivit distraitement les discussions à sa table, avec un œil en permanence sur la porte par laquelle ils étaient sortis. Au bout de dix minutes, ils n'étaient toujours pas rentrés. L'attente était interminable. Victor décida d'aller voir ce qui se passait. Il se trouvait à trois mètres de la porte quand elle s'ouvrit. Lorenzo apparut en premier, traversa le café d'un pas rapide et nerveux, sans un mot ni même un regard à Victor lorsqu'il passa près de lui. Son visage était blême. Karen prit Victor par le bras.

— Viens, allons-nous asseoir ! C'est fini. Cette fois il a compris.

— Que lui as-tu dit ?

Elle lui sourit et secoua la tête.

— Laisse tomber. Il ne nous ennuiera plus maintenant.

*

Karen ne pensait pas si bien dire. Le lundi qui débutait la dernière semaine de cours avant les vacances, la nouvelle se répandit dans le lycée comme une traînée de poudre. Lorenzo s'était pendu chez lui pendant le week-end, dans un hangar de la petite entreprise de déménagement que dirigeait son père. C'est lui qui l'avait trouvé. Karen en fut retournée au point que Victor supposa, à partir de ce jour-là, que l'ombre de Lorenzo planerait longtemps sur leur relation. Sa supposition fut avérée au-delà de ce qu'il avait imaginé, car elle lui demanda de faire un break pendant les vacances. Et même de ne pas lui téléphoner. La mort dans l'âme, il ne cessa de penser à elle pendant quinze jours. Même Noël en famille ou le nouvel An avec ses copains ne parvinrent pas à lui retirer Karen de la tête. À la rentrée de janvier, elle ne se présenta pas au lycée. Les deuxième et troisième jours non plus. C'est le jeudi, alors qu'il s'était décidé à l'appeler chez elle, que le monde de Victor bascula : le corps sans vie de Karen avait été retrouvé dans le canal Saint-Martin.

*

Une semaine plus tard, Victor était allongé sur son lit. Il n'avait plus de larmes. Ses questions n'avaient trouvé aucune réponse. Karen avait-elle été touchée par le suicide de Lorenzo au point de mettre fin à ses jours ? Ça ne tenait pas la route. Se sentait-elle fautive à cause de la rupture que Lorenzo n'avait pas supportée ? La vérité fut toute autre. Les faits résonnèrent dans les médias et au lycée comme un coup de tonnerre. Karen n'avait pas mis fin à ses jours. Elle avait été étranglée. L'autopsie le confirma. Elle était décédée avant son immersion dans l'eau. L'enquête avait conduit la police au garage de Marco Ferrer, le père de Lorenzo. Il avait été mis en garde à vue après qu'une fouille chez lui eut permis de retrouver une lettre dans laquelle son fils expliquait pourquoi il allait commettre l'irréparable, et surtout pour les quelques cheveux de Karen retrouvés dans son 4x4. Marco Ferrer avoua qu'il avait suivi Karen, l'avait invitée dans sa voiture pour discuter, en réalité pour la punir sans trop savoir comment. Il avait roulé jusqu'aux Buttes-Chaumont, pour s'isoler. Le ton était vite monté et elle avait cherché à s'enfuir. Dans la panique, il l'avait retenue, puis avait porté ses mains à son cou, mais, toujours d'après lui, juste pour lui faire peur, sans vouloir la tuer. C'est quand il réalisa le crime qu'il venait de commettre qu'il décida de jeter son corps dans le canal Saint-Martin pour faire croire à un suicide.

Il fut jugé six mois plus tard aux assises, écopa de vingt ans de prison, abandonnant de ce fait à leur sort sa femme et ses deux derniers enfants, des jumeaux, un garçon et une fille de dix ans. Le frère de Marco Ferrer avec qui il était associé assuma seul l'affaire familiale et plus personne n'entendit parler d'eux.

*

Victor éprouvait de plus en plus de difficultés psychologiques à vivre avec ce drame dont chaque jour lui renvoyait non seulement l'image de Karen, mais aussi sa part de responsabilité dans la mort de Lorenzo. Même s'il essayait de se convaincre du contraire, il était lié qu'il le veuille ou non à son suicide. Et par voie de conséquence au meurtre de Karen. Un mois de réflexions noires et culpabilisantes le décida à agir dans une direction qu'il imaginait salutaire.

Il envoya une demande de permis de visite au directeur de la Maison d'arrêt de Fleury-Mérogis où Marco Ferrer purgeait sa peine. Outre les documents d'identité qu'il dut produire, il lui fallut motiver sa demande par écrit pour le rencontrer. Ses remords dans cette histoire furent sans doute convaincants, car il reçut une réponse positive quinze jours plus tard. La rencontre aurait lieu le samedi 10 septembre 1994 à 14h15.

*

Le jour venu, Victor se rendit à Sainte-Geneviève-des-Bois. Après les contrôles d'usage, il fut accueilli par les bénévoles d'une association d'aide aux familles pour leur première visite à un détenu. Il passa ensuite sous un portique et fut conduit au parloir, puis directement à un espace d'entretien où il fut invité à s'asseoir face à une vitre en plexiglas percée façon hygiaphone. De l'autre côté, une chaise. Vide. Soudain il réalisa. Dans quelques instants il serait en face de l'assassin de Karen. Il eut peur et se leva, prêt à partir, juste au moment où Marco Ferrer fut introduit. Les deux hommes se dévisagèrent. Victor reconnut celui qu'il avait vu quelques mois auparavant dans les médias. Il avait le teint cireux. Des poches noires sous les yeux. Il semblait avoir vieilli de plusieurs années. Il ne lâchait pas Victor du regard une seconde. Finalement, c'est lui qui rompit le silence.

— Qui t'es, toi ?

— Je m'appelle Victor. J'étais le petit ami de Karen.

Silence lourd. Pesant. Malgré la haine qu'il éprouvait pour le meurtrier, Victor se décida à expliquer la raison de sa présence.

— Je sais pourquoi vous avez… enfin… je sais pourquoi Karen n'est plus là… Elle a quitté votre fils Lorenzo et c'est pour cela qu'il s'est… qu'il est mort…

Marco Ferrer serra les dents sans le quitter des yeux.

— C'est peut-être à cause de moi qu'elle a rompu avec lui… enfin, je ne sais pas… mais ça me travaille depuis… depuis tout ça… Alors je ne sais pas si… enfin je… je suis venu vous… vous présenter mes… mes excuses… Je sais que ça ne les refera pas revenir, mais… voilà, quoi…

Marco Ferrer n'avait pas bougé d'un cil. Les jointures de ses mâchoires étaient blanches à force de contraction. Comme il se murait dans un silence obstiné, Victor estima qu'il valait mieux qu'il parte. Il se leva donc et sans un mot supplémentaire, lui tourna le dos.

— Hé, toi…

Victor fit volte-face, tétanisé.

— Approche !...

Le garçon revint s'asseoir.

— Non… Approche là… viens près de la vitre…

Victor n'était pas rassuré. Bon, il ne risquait rien, mais il ne put résister au ton péremptoire.

— Plus près… Viens… N'aie pas peur… Oui, là… Approche… Mets ton oreille là…

Victor hésita, puis s'exécuta. L'oreille collée contre les trous du plexiglas, il attendait, peu rassuré. Du coin de l'œil, il vit approcher la bouche de l'homme de l'autre côté. Il entendit son souffle court à quelques centimètres. Puis lentement, Marco Ferrer chuchota.

— Un jour, je sortirai… Et tu paieras…

Victor se recula brusquement et dévisagea, effaré, celui qui, pour lui, avait tout du psychopathe. Ferrer affichait un sourire sardonique et ses yeux étaient injectés de sang.

Ce masque et ces mots allaient devenir le cauchemar permanent de Victor.

2

2016

— Tu n'as pas l'impression d'être un peu le centre du monde ?

La question était posée à Victor par son meilleur ami, Lié-Loïc Courbet dit Yellow, commissaire de police à la crim'. Son incontournable indic. Il éclata de rire.

— 'Faudrait être un peu con pour penser une chose pareille, non ?...

Tout bien réfléchi, il devait être un peu con, ce soir-là, car il avait vraiment l'impression d'être le centre du monde.

Il avait beaucoup de mal à comprendre ce qui lui arrivait. C'était tellement... Ah là, là ! Même dans ses rêves les plus fous, il n'aurait osé imaginer que cela puisse lui arriver un jour, pour user de la formule consacrée. Même si au fond, tout au fond de lui...

Il s'appelait Hugo, de son prénom... Victor ! Il avait pesté plus d'une fois contre cette lourde homonymie. Les Hugo, étaient plus de mille six cents en France, mais il devait être le seul dont les parents avaient osé un tel rapprochement patronymique avec l'illustre écrivain. Quel fardeau ! Même si, en primaire, il était bon en dictée, Bernardini, son instituteur, s'en amusait avec délectation.

— Ah ! Monsieur Victor Hugo n'était pas en forme aujourd'hui ?... Deux fautes, hé, hé !

Hilarité générale. Évidemment.

Aussi, quand son éditeur lui proposa de prendre Greg Swift comme pseudonyme, il en fut ravi. D'autant plus qu'avec la notoriété qui se profilait, il préférait ne pas attirer l'attention sur lui ni raviver les plaies de son passé plus ou moins bien cicatrisées.

— Oh, Greeeeeeeeeg ! pouvez-vous me dédicacer votre roman ?

De bonne grâce, il saisit le livre que lui tendait la femme maquillée outrageusement : visage taillé à coups de bistouri, remodelé au botox et dont le résultat permettait, à défaut de la rajeunir, de rendre indéfinissable son âge. Il afficha à contrecœur son sourire idoine.

– Comment vous appelez-vous ?

— Marguerite Von Dooooooooorf, mais vous pouvez écrire Maggyyyyyyyyy… Cela suffira…

— Va pour Maggy…

Il songea un instant avec humour à prolonger par écrit le "y" au prénom qu'il venait d'entendre, lui rédigea quelques mots et lui rendit l'ouvrage toujours avec ce sourire qu'il arborait sur sa photo en quatrième de couverture.

Celui qu'elle tenta de lui adresser en échange ne fut qu'une ébauche figée, comme si elle craignait que la peau de son visage se fissurât.

À chacun sa croix...

La sienne, il l'avait portée pendant quinze ans. Quinze longues années de solitude à écrire des romans policiers, surtout pour tenter d'occulter le drame vécu dans son adolescence ; de l'écriture thérapie comme il se plaisait à s'en convaincre, sans toutefois rencontrer de véritables succès ; un petit millier d'exemplaires à chaque fois, pas plus, même s'il n'ignorait pas que la plupart de ses pairs en quête de reconnaissance, à défaut de célébrité, s'en seraient contentés. Vendre ses romans sur son nom était une ambition légitime. En tout cas, il l'estimait comme une juste récompense. Ce jour-là, pour la première fois, il savait qu'il en prenait peut-être le chemin.

— Greg, mon auteur vedette de la soirée... Une petite flûte ?

C'était Olaf. Son éditeur. Olaf Solberg. Solberg Éditions, c'était lui. D'origine norvégienne par son père et française par sa mère, il était implanté sur Paris depuis quarante ans. Sa spécialité : le roman noir et le polar. Hormis une vingtaine d'auteurs dont il publiait un livre par an, il avait eu la chance – le nez aussi, sans doute – d'asseoir sa notoriété en s'appuyant sur cinq romanciers de réputation nationale, voire internationale. Six mois avant, suite à un avis favorable du comité de lecture, Victor avait eu le bonheur de voir son dernier manuscrit accepté et devenir ainsi son huitième roman publié. Mais le premier qui compte vraiment dans une carrière.

— Avec plaisir !

Il lui servit une flûte de champagne qu'il lui tendit. Ils trinquèrent.

— Aviez-vous imaginé cette soirée dans vos visions ?

— Pas une fois, répondit-il en souriant.

Son éditeur ne s'intéressait pas à ses éventuels pouvoirs prémonitoires, même si, dorénavant, il allait prendre soin de lui. Il faisait juste une allusion à son livre « Visions mortelles » qui venait d'obtenir le Prix du Polar de Cognac. Jamais il n'aurait pensé obtenir ce trophée prestigieux. Mais c'était ainsi. Vous écrivez, vous écrivez. Rien ne se passe. Et puis un jour, paf ! Ça vous tombe dessus sans que vous sachiez vraiment pourquoi. Alors, bien sûr, le premier réflexe est de croire que vous avez du talent. En tout cas, Olaf y avait cru, lui, et il était bien l'artisan de cette récompense. Les premières ventes en librairie, l'accueil des médias, les critiques positives l'avaient incité à proposer son roman au jury du festival. Et ils avaient eu la joie de le voir retenu officiellement pour la compétition pour obtenir finalement le fameux prix tant convoité.

Ce dimanche de fin octobre, c'était la fête. Olaf avait invité le gotha littéraire et médiatique chez lui dans sa propriété en bord de Seine. Un soleil d'été indien inondait l'immense maison en surplomb d'une terrasse couverte à proximité du fleuve. Sur les nappes blanches des tables dressées sur la pelouse étaient proposés petits fours et boissons aux pique-assiettes qui s'y agglutinaient. Des extras, pantalons noirs et vestes blanches, déambulaient avec des plateaux parmi les personnalités que Victor connaissait plus ou moins. Il saisit un toast au passage de l'un d'eux.

— Alors ? C'est la consécration… Heureux ?

— Tout à fait. Je ne vous remercierai jamais assez…

Olaf le gratifia d'une moue paternaliste.

— En même temps, c'est bizarre, remarqua Victor. J'ai l'impression qu'il s'agit de quelqu'un d'autre. Enfin, je sais pourquoi nous sommes là, mais lorsque je me dis que tout cela est pour moi…

Il se contenta de prolonger sa phrase d'un sourire béat.

— Non, non, je vous assure… C'est bien vous qui êtes à l'honneur… D'ailleurs, vous allez en avoir confirmation…

— Que voulez-vous dire ?

— Suivez-moi !

Sa flûte de champagne à la main, il l'entraîna à l'intérieur de la maison. Ils gravirent jusqu'au premier étage un escalier en bois ciré dont l'odeur le renvoya à des souvenirs d'enfance diffus, traversèrent une pièce dont les murs étaient tapissés de livres anciens dans des bibliothèques vitrées. Au passage, Olaf saisit un micro sans fil posé sur un bureau. Une porte-fenêtre était grande ouverte. Ils la franchirent et se retrouvèrent à l'extérieur sur un balcon d'environ un mètre cinquante de largeur avec une magnifique balustrade en fer forgé qui courait autour de la maison en surplomb de la propriété. De l'endroit où ils étaient, le point de vue était superbe. Au-delà des arbres aux feuilles ocre, l'eau de la Seine coulait, paisible. Les invités étaient éparpillés sur la pelouse ou sur la terrasse et personne ne semblait les avoir remarqués. Olaf lui sourit.

— Tous ces gens sont là pour vous, Greg…

Malgré lui, une question se formula dans son esprit. Étaient-ils là pour lui ou pour eux-mêmes ? N'était-il pas de bon ton de se montrer là où l'on était censé se faire remarquer ?

Olaf connecta son micro et vérifia avec l'incontournable « un, un… un, deux » qu'il fonctionnait bien, puis enchaîna aussitôt.

— S'il vous plaît… Mesdames… Messieurs… s'il vous plaît…

Sa voix dans les haut-parleurs dissimulés dans les arbres interrompit les conversations et chacun chercha des yeux où se trouvait Olaf, car tous l'avaient parfaitement identifié. Une femme en longue robe blanche les repéra.

— Là-haut, regardez ! Sur le balcon…

Tous se tournèrent dans la direction qu'elle indiquait de son doigt. Olaf profita du silence relatif pour intervenir.

— Merci, mes amis ! Merci ! Pardonnez-moi de vous interrompre, mais j'aimerais porter un toast… à Greg ! À son prix, bien sûr, à son talent, mais aussi à son entrée dans l'écurie…

Victor le regarda, ahuri. Il ne comprenait pas. Tout le monde connaissait l'écurie. Il s'agissait des cinq auteurs qui explosaient les ventes et grâce auxquels

Solberg Éditions avait assis sa réputation. Il lui sourit et poursuivit.

— C'est officiel. Les chiffres des ventes me sont remontés hier après-midi. Son roman *Visions mortelles* vient d'atteindre les trois cent mille exemplaires…

Un tonnerre d'applaudissements accueillit cette nouvelle. Les jambes flageolantes, Victor semblait assister de loin à une de ces soirées folles du gratin artistique qu'on ne voit qu'au cinéma. Il était sur un nuage, mais avec cette impression bizarre de voir tout ce qui se passait sans y être vraiment.

Et il n'était pas près d'en descendre.

Olaf s'adressa à ses « étalons ».

— Éva… Marc… Alexander… Bernard… Sam… Venez, mes amis ! Venez nous rejoindre ! Nous allons faire une photo de famille.

Plusieurs hommes et une femme se détachèrent des invités, entrèrent dans la maison et les rejoignirent quelques secondes plus tard sur le balcon sous les applaudissements redoublés. C'est quand ils furent près de lui que Victor commença à réaliser. Il y avait là, la grande Éva de Breuil que d'aucuns disaient être la digne héritière d'Agatha Christie, Marc d'Angelo, célèbre grâce à son personnage de Jacques Lamarche alias Jack Walker, jeune commissaire tombeur de femmes et héros récurrent de ses romans, Alexander Lewis, le seul romancier étranger – il était Américain – de l'écurie Solberg et qui habitait à New York. Olaf avait aussi signé pour lui avec une maison d'édition outre-Atlantique. Il parlait parfaitement notre langue et ses romans étaient écrits dans un français impeccable. Il avait l'avantage de situer ses histoires au cœur même du FBI pour y avoir sévi vingt ans dans une vie antérieure. Enfin, Bernard Cavalier ; lui s'était fait un nom grâce à des enquêtes menées par la police scientifique à la tête de laquelle il avait installé une femme haute en couleur, la Reine Mère. Il avait imaginé que son équipe lui avait donné ce surnom, car elle répondait au doux patronyme d'Héloïse Foucaud d'Alembert de Montezuma. Hormis le premier roman qui s'intitulait « Poussières infernales », tous les titres qui avaient suivi étaient composés autour de ce pseudonyme comme argument de vente : « La Reine Mère se surpasse », « Coup de sang pour la Reine Mère », « La Reine Mère fait profil bas » pour ne citer que les plus célèbres. Le public en raffolait.

Les quatre auteurs de l'écurie congratulèrent Victor et lui souhaitèrent la bienvenue. Même si l'ambiance était festive, il ne manqua pas de noter une certaine crispation de la part de Cavalier et d'Angelo. Il supposa qu'ils imaginaient qu'un nouveau poulain – loin de lui l'idée de se prendre pour un étalon – pouvait nuire à leur carrière ou à leurs ventes. L'égocentrisme ne se partage pas. Tout le monde sait cela.

— Il manque Sam, fit remarquer Olaf.

Il l'appela au micro.

Victor repéra le cinquième étalon de la bande qui sembla quitter à contrecœur le groupe d'admirateurs qui l'avait accaparé. Il se dirigea à son tour vers la maison dans laquelle il s'introduisit.

Sam Bookman, le bien nommé – un pseudo, Victor l'apprendrait ultérieurement – habitait Londres six mois par an depuis son sixième best-seller. Il faisait mouche à chaque fois en dépassant allégrement les quatre cent mille exemplaires par roman. Le dernier approchait même les cinq cent mille.

Il apparut dans l'encadrement de la porte-fenêtre et Olaf leur demanda de se mettre côte à côte contre la balustrade. Il s'installa au centre, invita Victor à venir près de lui et plaça les autres de part et d'autre. Lorsqu'ils furent tous alignés dans une position qu'il estima satisfaisante, le photographe officiel de Solberg Éditions immortalisa l'événement au téléobjectif depuis la pelouse. Olaf souriait de toutes ses dents au milieu de son écurie. Il invita ensuite tout le monde à redescendre.

Par politesse, et surtout par respect pour ces pointures du roman policier, Victor attendit qu'ils aient tous franchi la porte-fenêtre. Sam Bookman fut le dernier. Il s'arrêta à son niveau et planta ses yeux gris bleu dans les siens.

— Trois cent mille exemplaires, c'est bien. Le plus difficile n'est pas de les atteindre, mais de réitérer l'exploit. Et de durer… Et ça, ce n'est pas donné à tout le monde…

Il ponctua sa phrase d'un clin d'œil appuyé et s'engouffra dans la maison. Victor le suivit des yeux jusqu'à ce qu'il disparaisse. S'il avait voulu le déstabiliser, il ne s'y serait pas pris autrement. Le passage de l'ombre à la lumière s'ouvrait devant lui avec ses promesses de gloire et de popularité, mais aussi ses incertitudes, ses angoisses, ses coups bas et ses jalousies plus ou moins cachées.

Il rejoignit les invités à son tour. Une fois sur la pelouse, il avait la gorge sèche. Pas soif. Juste une amertume à laquelle Sam Bookman n'était évidemment pas étranger. Il allait se diriger vers une table pour s'enquérir d'un jus de fruit quand on l'interpella.

— Bonjour Greg…

Il se retourna et, stupéfait, se retrouva nez à nez avec Jérôme Marceau, le célèbre animateur de la célèbre émission télévisée *C'est samedi soir, on veille* consacrée à l'actualité dans des domaines divers comme la politique, le cinéma, la musique et bien sûr la littérature. Le piment de l'émission reposait sur deux chroniqueurs – des journalistes – qui épluchaient sans concession les disques, les romans, les essais que les invités venaient présenter. Jérôme Marceau… Impossible de ne pas le reconnaître avec ses lunettes rondes façon Lennon, sa coupe en brosse et son cheveu sur la langue. Victor déglutit.

— Vous permettez que je vous appelle Greg, lui glissa-t-il, l'œil malicieux ?

— Je vous en prie, lâcha-t-il d'une voix à peine voilée par l'émotion.

— Félicitations !

— Merci.

Il mit sa main dans la poche intérieure de son veston et sortit un smartphone.

— On va fixer une date tout de suite, vous voulez bien ?…

— Une date ? Euh…

Marceau lui jeta un coup d'œil, dubitatif, comme s'il pouvait être inconcevable qu'il n'ait pas saisi le message.

— Ben oui, quoi ! Pour mon émission ! Vous serez mon invité littéraire. Assez rapidement d'ailleurs, parce que si on attend janvier, votre Prix du Polar, ce sera du réchauffé… Bon, voyons… la semaine prochaine, j'ai Anna Sherova ! Mmm... je ne peux pas annuler… La semaine d'après ? Ah, ben voilà…

Il tapota son écran, choisit un contact dans son répertoire et lança l'appel. Il obtint rapidement la communication.

— Oui, Julie, c'est moi… Je suis avec Greg Swift. Tu me le programmes le 7 novembre à la place de Bennet, OK ?... Ben oui, William Bennet, tu en connais d'autres ?... Ah ben, ça, c'est ton job, ma belle… Mais non, il est déjà passé deux fois chez nous, il ne dira rien… Je t'embrasse, mon chou…

— Voilà ! Le 7 novembre, vous serez mon invité Greg… Tâchez de vous rendre disponible ! Nous enregistrons le jeudi 5. L'émission n'est pas en direct.

— Je… j'y serai, balbutia Victor.

— Parfait. Appelez demain ! Je vous laisse la carte de ma prod'. Demandez Julie, mon assistante. Elle réglera les détails avec vous… Allez ! Encore toutes mes félicitations… Bonne fin de soirée ! Profitez-en ! C'est peut-être le début d'une grande carrière… À bientôt !

Et Jérôme Marceau se noya parmi les convives. Victor le suivit des yeux quelques instants, subjugué par son charisme et l'idée du pouvoir qu'il semblait persuadé d'avoir. Ou qu'il avait réellement. Allez savoir !

À vrai dire, il était sidéré. Tout allait trop vite. Sa vie était chamboulée. Par ce prix. Par ces trois cent mille exemplaires vendus. Par cet animateur télé. Sa dernière phrase résonnait encore dans sa tête et le laissait songeur. Ce « peut-être » qu'il avait volontairement, ou pas, utilisé était-il censé jeter le trouble dans son esprit pour freiner son ambition, ou au contraire évoquait-il la fragilité des carrières naissantes ? Marceau avait dû en voir plus d'un se casser les dents sur les premières marches qui conduisent au panthéon des écrivains. Finalement, il admit qu'il avait juste voulu le mettre amicalement en garde, lui ouvrir les yeux sur les difficultés qui l'attendaient. Mais il avait un pied à l'étrier et il ne comptait pas s'arrêter là.

Il envoya au diable son idée de jus de fruit, saisit une flûte sur le plateau d'un serveur qui passait à proximité et se fit le serment, à cet instant, qu'il ferait tout ce qui était en son pouvoir pour atteindre les sommets que son prix lui faisait entrevoir. Il ne comptait pas en rester là.

— Alors, Superman…

Il tourna la tête vers son interlocuteur. Son ami le commissaire.

— Ah, Yellow ! Tu sais que si j'en suis là, c'est en partie grâce à toi ?

— Non, c'est toi l'artiste, répliqua son ami modestement.

— Allez ! Si tu n'avais pas été là pour m'expliquer la logique du déroulement de l'enquête menée conjointement par mon héroïne et mon flic névrosé dans *Visions mortelles,* la force de leur union n'aurait pas été aussi déterminante. Au fait, tu l'as lu ?

— Ben oui, quand même ! Dans la semaine après que tu me l'as offert...

— Alors ?

— Alors, nous ne serions pas là s'il n'avait pas été excellent...

— Tu es trop gentil...

— Sinon... ça va, toi ?

— Euh... oui. Pourquoi cette question ?

— Non, comme ça...

Victor sentit que quelque chose le titillait.

– Allez... accouche !

– Non, c'est juste comme ça... Je voulais juste savoir si tu faisais encore des cauchemars...

Victor s'était épanché par le passé auprès de son ami sur ses nuits agitées mises sur le compte du drame qu'il avait vécu autrefois, et sur la menace proférée par Ferrer.

– Non, ça va... Ils se sont estompés avec le temps...

– Bon, alors tant mieux... Parce que tu sais que Ferrer sort bientôt ?

Victor ne put maîtriser la force avec laquelle il réagit.

– Comment ?

– Chut... Calme-toi !

– Je ... je suis calme, répliqua Victor, un ton en dessous.

—Ta réaction m'inquiète. Il semblerait que tu n'aies pas complètement tourné la page… Tu ne risques rien, tu sais. Ferrer s'est acheté une conduite en vingt ans. Il a repris des études. Il a même passé une maîtrise de… d'économie, je crois…

—Ah bon ? J'espère alors que lui aussi aura tourné la page…

—Mais oui… Allez, rassure-toi, il ne viendra pas t'ennuyer…

—J'espère que tu dis vrai.

—De toute façon, j'aurai un œil sur lui ! Mais sois confiant… Il a changé…

C'est à cet instant que quelqu'un attrapa le bras de Victor. Il tourna la tête. Éva de Breuil !

— Je peux vous accaparer quelques instants ?

— Bien… bien sûr, bafouilla-t-il de surprise.

— Je vous laisse, s'excusa Yellow, avec tact. On se voit plus tard…

— Je t'appelle ! J'aurai sans doute des tuyaux à te demander…

Victor interpréta son sourire comme un accord de principe et il le regarda se fondre parmi les invités.

— Je ne vous dérange pas au moins ? réitéra Éva.

— Non, non, pas du tout, Madame, excusez-moi !

— Appelez-moi Éva, voulez-vous ! Après tout, nous allons être amenés à nous croiser souvent dans la maison…

— Euh… oui, je… je le crois aussi…

— Allons, ne soyez pas timide ! Si vous êtes d'accord, je serai votre guide pour entrer dans les arcanes de l'édition. Une sorte de marraine…

— C'est un honneur, répliqua-t-il avec plus d'assurance.

— Alors, venez ! Allons faire quelques pas en bord de Seine…

Toujours accrochée à son bras, elle l'entraîna sur l'allée de gravillons blancs qui conduisait à la terrasse, puis jusqu'à un chemin qui longeait le fleuve. Des saules pleureurs plongeaient dans l'eau leurs longues branches sèches qui ondulaient avec paresse au fil du courant. Des couples se baladaient en barque. Les hommes portaient des canotiers et les femmes des ombrelles.

— On se croirait dans un tableau impressionniste, fit remarquer Victor, subjugué par le décor environnant.

— Tout juste. Notre ami Olaf est un fan de Renoir. La maison, la terrasse, les bateaux… ça ne vous rappelle rien ?

— Ses tableaux ?

— Oui, bien sûr. Mais surtout vous êtes ici dans une reconstitution de la maison Fournaise à Chatou. Olaf a fait reconstruire à l'identique le cadre dans lequel Renoir a peint ses célèbres toiles « Le déjeuner des canotiers » et « Les canotiers à Chatou ».

— Et cette maison était dans le coin…

— Non, plus en aval, dans les Yvelines. Et la maison Fournaise existe toujours. Elle abrite aujourd'hui un restaurant et un musée municipal dédié à l'impressionnisme par le biais d'expositions temporaires. Lorsqu'Olaf vous emmènera dans son appartement parisien, il ne manquera ni de vous expliquer sa passion ni de vous montrer ses originaux de Renoir.

— Il possède les tableaux dont vous m'avez parlé ?

Elle pouffa devant son ingénuité.

— À son grand regret, non. Les deux sont à Washington. Un au musée d'Art et le second dans une collection privée. Olaf en possède tout de même cinq, moins connus, et quelques esquisses. Inutile de vous dire qu'il y tient comme à la prunelle de ses yeux. Il les cache dans une petite galerie secrète dans laquelle on ne peut entrer que s'il pose sa main sur un détecteur d'empreintes digitales. L'intérieur est austère : un simple banc, sans dossier, couvert de cuir rouge, posé au milieu de la pièce en face de sa petite exposition personnelle accrochée au mur. La lumière est tamisée pour ne pas altérer les huiles.

Ils parvinrent à un embarcadère où des invités prenaient place à bord de barques avec l'aide du personnel qui leur fournissait canotiers et ombrelles. Le photographe officiel immortalisait avec un reflex numérique le moment où des barques s'éloignaient du ponton, ou quand d'autres s'en rapprochaient.

— Chacun de nous pourra repartir avec sa photo sur papier glacé en fin de soirée, lui expliqua Éva. Olaf aime imprégner Renoir dans nos esprits jusque-là.

— C'est incroyable de l'admirer à ce point…

— Et vous n'êtes pas au bout de vos surprises… Un petit tour en barque… cela vous tente ?

Au point où il en était…

Et c'est ainsi qu'il se retrouva à ramer dans un tableau de Renoir, un canotier sur la tête, Éva de Breuil assise en face de lui avec une ombrelle. Comme d'autres couples, ils s'éloignèrent de l'embarcadère et remontèrent le fleuve dont le débit était peu élevé.

— Vous voulez bien vous éloigner des autres barques, lui chuchota-t-elle d'un air faussement détaché ?

3

Surpris, Victor accéda à sa demande tout en s'interrogeant sur ce qu'elle avait en tête. Cherchait-elle un moment d'intimité ? Il tenta d'effacer cette idée de son esprit. Après tout il avait trente-neuf ans. Elle en avait au moins trente de plus que lui. Quand ils furent relativement seuls, elle le regarda dans les yeux et ce qu'elle lui annonça le plongea dans une stupeur qu'il espéra intérieure.

— Pardonnez-moi toute cette mise en scène, mais je ne vous ai pas demandé de vous éloigner pour vous parler de Renoir. Ne croyez pas non plus que mes intentions sont inavouables ou que j'ai prémédité une déclaration enflammée. J'ai passé l'âge. Quoique ! Vous êtes bien mignon. Non, je plaisante. Enfin, mignon vous l'êtes. Ce que je veux dire, c'est que je n'ai pas des habitudes de… comment dit-on aujourd'hui déjà ?... cougar ?... oui, c'est cela… Eh bien, voilà ! Je ne suis pas une cougar.

Victor lui décocha un sourire angélique de façade, mais au fond de lui, son entrée en matière l'interpellait.

— J'ai lu votre roman, vous savez…

— Madame, je…

— Éva !

— Pardon !... Éva !... Je… je suis confus. J'ai lu toute votre œuvre, vous êtes une auteure reconnue, adulée, célèbre et c'est vous qui me dites que vous avez lu mon humble roman ? Non, Madame, je…

— Éva !

— Pardon. Je suis honoré, Éva. Je dirais même, vous êtes la continuité de mon rêve depuis ce prix…

Sa réponse lui parut d'une banalité sans nom et il ne sut si elle sourit de sa naïveté ou de sa sincérité.

— Tout cela est pourtant bien réel. Bon, mon impression sur votre roman…

Il plongea en douceur les rames dans l'eau de la Seine et retrouva en un éclair l'histoire et les personnages qui avaient occupé ses jours et ses nuits pendant un an.

— Le titre d'abord, « Visions mortelles »… Alléchant à souhait. J'ai cru être embarquée dans une histoire de parapsychologie, mais très vite j'ai changé d'avis. Cet accident de voiture en introduction de votre roman est une idée vraiment originale. Non !... Ne dites rien ! Je suis sincère. L'enquête menée par Angèle, votre héroïne, en binôme avec ce flic hanté par la mort de Mathilde, sa grand-mère, est une proposition peu banale, et leur relation d'abord tendue, puis sentimentale et passionnelle qui leur permet d'appréhender le coupable propose une résolution d'énigme très surprenante. Votre écriture est épatante et votre histoire, une pure merveille de suspens policier.

— Merci, Madame…

— S'il vous plaît…

— Pardon… Merci Éva. Je suis honoré de votre compliment.

— Je suis sincère. Je n'ai pas l'habitude de dire le contraire de ce que je pense. J'exècre l'hypocrisie. Non, croyez-moi, votre prix est amplement mérité. Mais…

Elle regarda tout autour d'elle pour vérifier, supposa Victor, qu'ils étaient suffisamment isolés.

— Je sens en vous une graine de génie du roman policier.

— Vous me flattez…

— Balivernes ! Mettez votre ego de côté. Je vous ai dit, en préambule, que je serai votre marraine…

— Oui, et je vous en remercie…

— Ne croyez pas que je vais vous chaperonner. Bien que le cadre soit magnifique, je ne vous cacherai pas que vous entrez ici dans un monde un peu particulier. Si je vous ai demandé de vous éloigner des autres barques, c'était pour être certaine que nous ne serions pas entendus…

Éva marqua un silence qu'elle mit à profit pour jeter à nouveau un regard rapide autour d'elle.

— Entendus, tiqua-t-il, mais par qui ?

Elle baissa le ton. Presque un chuchotement.

— Nul n'est à l'abri dans cette maison d'édition.

— À l'abri ? Mais de quoi ?

— De quoi ? Mais du plagiat, pardi ! De l'usurpation intellectuelle ! De la phagocytose d'originalité ! Autrement dit, du vol d'idées ! Ne parlez jamais à personne de vos projets ! Surtout pas aux auteurs de l'écurie. Même à moi ! Vous entendez ? Même à moi !

Il sourit devant cette paranoïa affichée d'Éva qu'il supposa feinte, et considéra qu'elle jouait le rôle de l'un de ses personnages.

— Vous ne me croyez pas, s'offusqua-t-elle ?

— Je ne vous vois pas, vous, la grande Éva de Breuil, digne héritière d'Agatha Christie, avec votre talent, vous emparer d'une de mes modestes idées pour écrire un de vos romans. Vous avez une telle imagination…

Un nuage passa dans son regard et l'expression de son visage devint maussade.

— Je ne vous parle pas d'acte volontaire. Mais d'un processus réflexe qui nous dépasse, nous, les écrivains. Notre esprit est à l'affût en permanence. Il bout. Il est en fusion. Il capte les ondes qui nourrissent notre imaginaire. Une idée originale plane dans notre champ magnétique et hop, elle est aspirée. Avalée. Digérée. Elle se glisse et s'immisce dans les bas-fonds de notre cerveau où, telle une araignée, elle tisse une toile dans laquelle sont piégés nos mécanismes d'élaboration d'une histoire. Et les pauvres auteurs que nous sommes ont alors la fatuité – le comble ! – de croire à la fertilité de notre imagination. Nul n'en démord. Nul ne peut déroger à cette contorsion sournoise du processus de créativité.

Victor resta silencieux et réfléchit à cette théorie pour le moins surprenante. Venant de sa part, il avait de quoi être stupéfait.

— Au-delà de cette alchimie qui nous dépasse, n'oubliez pas ce que signifie l'appartenance à l'écurie d'Olaf. Vous voyez ce que je veux dire ?

— Euh… non.

— Les cinq auteurs, six avec vous maintenant, ont tous franchi au moins une fois le cap des trois cent mille exemplaires. Voire plus. Au-delà des droits conséquents reversés à chacun, nous sommes confrontés à ce privilège qui engendre à la fois enthousiasme et angoisse : l'avance consentie par Olaf sur le roman suivant !

— J'ai effectivement entendu parler de cela. Je suppose que seuls les auteurs bien implantés en bénéficient, non ?

Éva éclata de rire.

— Attendez-vous à ce qu'Olaf vous la propose. Maintenant, vous êtes comme chacun de nous : sa poule aux œufs d'or.

— Je comprends l'enthousiasme que l'on doit ressentir face à une proposition financière de cet ordre. Ce doit être motivant pour l'auteur. Mais pourquoi parlez-vous d'angoisse ?

— N'avez-vous jamais été confronté à celle de la page blanche ?

— La page blanche ?

— Oui. Le trou. Le vide. L'absence d'idées. L'abîme sidéral et sidérant du néant. Le désert de copie. L'imagination fossilisée dans les strates de la vacuité. Rien. Le noir total de la page blanche, mon ami.

— Jusqu'à présent, non, pas vraiment…

— Ne vous inquiétez pas ! Ça viendra…

— C'est peu rassurant.

— C'est un passage obligé. C'est le gage et le ferment du regain de notre créativité. Et cela peut arriver plusieurs fois. Voilà pourquoi j'ai voulu vous prévenir. Mon conseil : jamais un mot en public sur un roman en gestation. L'esprit d'un écrivain a des oreilles qui traînent. L'écurie est un nid d'espions qui s'ignorent. Et ça peut faire mal… Très mal !

Malgré lui, Victor était perplexe. La démarche d'Éva l'interpellait.

— Nous devrions peut-être regagner l'embarcadère, Olaf va se demander où nous sommes passés, non ?

— J'ai passé l'âge de rendre des comptes, jeune homme. Allez ! Ramez !

Dix minutes plus tard, ils approchèrent du ponton en bois où le retour de leur balade impressionniste fut immortalisé par le photographe.

Au-delà de la photo qui lui serait remise lorsqu'il quitterait la propriété, Victor savait que ce tête-à-tête avec Éva de Breuil resterait gravé longtemps dans sa mémoire.

— Ah, les voilà, s'enthousiasma Olaf en les apercevant ! Venez mes amis ! Nous allons assister au clou de la réception.

— Il va nous faire le coup du « Déjeuner des canotiers», souffla Éva à Victor…

— C'est-à-dire ?

— Vous allez voir… C'est épatant… Un peu répétitif, mais épatant malgré tout…

Olaf précéda les invités jusqu'à une vingtaine de mètres d'une tenture dressée devant la terrasse de manière à la cacher de tous, regroupés derrière une corde volontairement tendue entre deux arbres.

— Interdiction absolue de franchir cette limite.

Deux jeunes femmes passèrent parmi les invités à qui elles distribuèrent des photocopies en couleur du « Déjeuner des canotiers ».

Olaf donna l'explication à ceux qui, comme Victor, s'interrogeaient.

— C'est un jeu. Un peu comme les sept différences dans certains quotidiens. Vous allez devoir comparer votre photocopie à la reconstitution que vous allez découvrir et vous devrez trouver non pas sept, mais **LA** différence entre les deux. La récompense ?... Si quelqu'un trouve l'élément manquant, le tableau s'animera... Bon, tout le monde a sa photo ?... Alors, attention... Musique !

Victor reconnut un des mouvements du « Printemps » de Vivaldi dont les notes se dispersaient dans le feuillage.

Petit à petit, la tenture se leva tel un rideau sur la scène d'un théâtre et là, ce qui fut dévoilé le laissa bouche bée et lui vrilla les tripes d'émotion : le tableau de Renoir, « Le déjeuner des canotiers », était là, devant lui, vivant. Vivant avec des personnages en chair, mais immobiles. Comme statufiés. C'est sans doute l'une des œuvres les plus célèbres de Renoir et d'un seul coup, elle lui sautait au visage. Mieux, il eut l'impression que s'il franchissait la corde interdite, il serait happé entier par le relief de la scène. Il ignorait la plupart des noms des personnages initiaux, mais ceux qui se prêtaient au caprice fantasque d'Olaf leur ressemblaient de façon troublante. Chaque acteur était figé dans la pose adéquate et similaire au modèle né sous le pinceau du peintre. Les deux seuls dont Victor se souvenait étaient Caillebotte au premier plan à droite, un des premiers mécènes des impressionnistes et peintre lui-même, assis à table face à Aline Charigot qui deviendrait l'épouse de Renoir. Le petit chien gris, genre Yorkshire terrier, avec lequel elle était censée jouer – et c'était un exploit – paraissait également pétrifié. Même le bout de Seine en arrière-plan entre les feuillages et les rayures grises et rouges du store au-dessus de la terrasse correspondaient à l'œuvre originale.

— Allez, allez, lança Olaf, impatient, il est temps de commencer le jeu…

Chacun se mit à comparer sa copie avec l'original qu'il avait sous les yeux, à la recherche de l'élément manquant. Un homme aux cheveux bouclés poivre et sel, pantalon blanc et chemise tahitienne, prit la parole.

— Cette fois, j'ai compté. Les quatorze personnages sont bien là. Donc s'il manque quelque chose, c'est un objet…

— Ou alors, les vêtements qu'ils portent, proposa quelqu'un…

— Si c'est de cela qu'il s'agit, Olaf, j'abandonne…

— Non, ce n'est pas cela, jubila Olaf, avec un sourire facétieux du gamin qu'il devait être quelque part.

— Un autre jour, enchaîna ma Maggyyyy momifiée, il manquait la grappe de raisin dans la coupe de fruiiiiiiiiits sur la taaaaaaaaaable… Aujourd'hui, elle y est…

— Le tonnelet et les quatre bouteilles sont là également, affirma un autre invité.

— Vous brûlez, Stéphane, lâcha Olaf, surexcité en diable.

Des murmures diffus témoignaient de l'intérêt pour le jeu et de l'acharnement de chacun dans la quête de l'accessoire absent.

De son côté, la piètre sagacité de Victor ne l'encourageait pas à aller bien loin dans la recherche de l'invisible objet. Ce fut à cet instant qu'il eut un flash dont il se convainquit qu'il était prémonitoire. Ce cadre, ces invités à la limite de la caricature, la reconstitution du tableau de Renoir, l'écurie d'Olaf, tout cela constituait les ingrédients de base d'un prochain roman. Qui serait assassiné ? Olaf ? Éva ? Et l'assassin ? Il voyait bien Sam, Sam Bookman, le cinquième étalon de l'écurie qui avait tenté de le déstabiliser… Oh, bien sûr, il lui faudrait modifier les noms, mais il savourait d'avance cette vengeance sympathique.

Le mot le renvoya à ses démons, et malgré lui, l'image de Marco Ferrer bientôt en liberté envahit son esprit. Il réprima un frisson.

Jérôme Marceau explosa, pas très loin de lui, le tirant de sa vision angoissante.

— J'ai trouvé, j'ai trouvé…

— On vous écoute, Jérôme…

L'animateur compara une dernière fois la photocopie qu'il avait entre les mains avec la reconstitution.

— Oui, oui, j'en suis certain : il manque le bouchon de liège sur la bouteille qui est sur la table.

— Ouiiiiiiiii, Jérôme... Bravo ! On peut applaudir sa perspicacité. Effectivement, regardez vous-mêmes : la plus grande des bouteilles est dépourvue de son bouchon. Vous pouvez l'applaudir.

Tous se tournèrent vers lui et il savoura l'ovation méritée, mais elle fut de courte durée.

— Oh, regardez le tableau !

Ils portèrent leurs regards vers la terrasse et l'impression ressentie fut tout simplement magique : les personnages bougeaient, mais pas bouger pour bouger. Non. C'était comme s'ils vivaient leur propre vie. Comme si le chef-d'œuvre de Renoir s'animait dans la scène d'un film. Ils parlaient, riaient, buvaient, sans tenir compte de notre présence.

— Je vous avais bien dit que ce serait épatant, non ?

Victor se retourna vers la voix, derrière lui : Éva, toute souriante. Il acquiesça, encore sous le choc.

Olaf laissa profiter ses invités de l'instant magique qu'ils vivaient, puis, pour finir la soirée, il invita tout le monde à rejoindre les tables où un nouveau buffet était mis en valeur avec un goût raffiné de la décoration.

Victor se demandait si chacun des cinq auteurs avait eu droit à ces agapes en entrant dans l'écurie, quand Marc d'Angelo lui apporta opportunément la réponse sans même un regard pour lui, les yeux rivés sur les convives les plus gourmands qui se précipitaient tels des vautours sur les victuailles.

— Ça me rappelle tellement ma propre entrée chez Solberg. Mêmes invités, même cadre, même jeu autour du « Déjeuner »… Il faudra que je pense à dire à Olaf qu'il se renouvelle un peu… Ça peut finir par lasser. Vous ne trouvez pas ?…

Après avoir tiré une bouffée sur un énorme Davidoff – le nom était estampillé sur la bague – il se décida enfin à regarder son interlocuteur avec un sourire forcé, figé volontairement. Victor chercha à comprendre ce qui était caché derrière cette mimique de façade. Tout compte fait, lui aussi collerait bien à son assassin…

— Eh bien, notre primé du jour aurait-il perdu sa voix ?

Difficile de déterminer si cet angle d'attaque était de l'admiration ou de l'ironie. Victor se racla la gorge.

— J'ai beaucoup apprécié la mise en scène autour de l'œuvre de Renoir. J'ai trouvé cela… fascinant.

— Mon cher, la fascination n'a de sens que dans la fraîcheur de l'innovation. Et sous cet aspect, nous sommes plus dans le dépoussiérage d'une croûte dénichée dans un grenier.

La suffisance de l'homme lui déplut. Sûr, ce n'était pas avec ce type qu'il aimerait se lier d'amitié. Toutefois, il refusa d'entrer dans son jeu, décida de changer de sujet et de le prendre dans le sens du poil. Même s'il était certain de ne pas s'en faire un ami, inutile pour autant de s'en faire un ennemi.

— J'ai beaucoup aimé votre dernier Jack Walker…

Mouche !

— Oh… Et alors ?

D'Angelo avait fait un carton avec « Heaume », une enquête en deux tomes dont l'intrigue reposait sur la mort d'un professeur d'histoire médiévale à la Sorbonne. Si l'intérêt de ses romans reposait beaucoup sur la dérision et l'humour dont il avait doté le tempérament de son personnage, la subtilité de ses intrigues résidait dans le fait que les lecteurs découvraient le crime dans les premiers chapitres et connaissaient de ce fait l'assassin. Ils suivaient ensuite le déroulement de l'enquête de Jack Walker, et comprenaient quelles pistes, quels indices, quelles déductions lui permettaient d'arrêter le criminel. De mauvaises langues se complaisaient à dire qu'il s'était inspiré de la série télévisée américaine « *Columbo* » avec Peter Falk. C'était sans doute vrai pour la forme, mais ça plaisait. Et pour ce qui était du personnage, Jack Walker était à des années-lumière de l'inspecteur américain à l'imperméable froissé et à la Peugeot 403 décapotable mythique. Le second volet des péripéties de son commissaire coureur de jupons qu'il avait titré avec l'esprit qui le caractérisait « Heaume, suite Heaume », le conduisait de Paris à Rennes-le-Château pour les besoins de l'enquête.

— Au-delà du personnage haut en couleur que l'on connaît, on apprend dès le premier opus que le crime perpétré contre ce professeur d'histoire médiévale est lié au mystérieux trésor découvert par l'abbé Bérenger Saunière au XIXe siècle. On sent qu'il y a de la recherche derrière tout cela…

— J'y ai consacré du temps, en effet. Il était intéressant de situer l'action autour de cette légende et de faire du trésor des cathares le MacGuffin des aventures de Jack…

— Le… MacGuffin ?

— Oh là, jeune homme ! Si vous voulez faire carrière dans le roman policier, vous allez devoir vous en approprier toutes les subtilités de langage…

Son indignation affectée ébranla Victor et il parut s'en délecter. Il tira avec volupté sur son barreau de chaise, expulsa la fumée avec une lenteur calculée, la bouche en cul de poule.

— Voyez-vous, le MacGuffin, dans les films d'Hitchcock et selon sa propre version, est un élément qui sert à initialiser une histoire, mais qui s'avère sans importance dans le déroulement du film. C'est ce que j'ai fait avec le trésor des cathares. C'est mon MacGuffin parce qu'il justifie le crime dans mon roman. Allez… bonne fin de soirée !

Et il planta là Victor, sans crier gare. Comme si, en cet instant, il avait décidé qu'il ne méritait pas sa présence. S'il avait voulu lui signifier son inculture, c'était réussi. Entre la paranoïa d'Éva de Breuil, les flèches acerbes de Sam Bookman et la suffisance de Marc d'Angelo, il réalisa qu'il entrait de plain-pied dans un monde sans pitié.

Vers 23 h 00, le personnel s'activait à la remise en état des lieux alors que les convives étaient repartis. En bon dernier, Victor décida de faire de même. La journée avait été riche en émotions et il avait encore cinquante kilomètres à faire en voiture pour retourner à Paris. Il récupéra une sacoche qu'il avait déposée au vestiaire à l'intérieur de la maison et s'apprêtait à chercher Olaf pour le remercier et le saluer quand celui-ci l'interpella du premier étage.

— Alors, Greg, cette journée ?

— Formidable ! Merci…

Ses mains étaient posées sur le garde-corps de la mezzanine où il se trouvait.

— Rien de plus normal ! Vous étiez à l'honneur… Mais à partir de demain, au boulot ! Vous allez devoir sacrifier aux rites dévolus aux primés de la littérature contemporaine…

Victor savait ce qu'il voulait dire. Il allait commencer un long périple de librairie en librairie qui le conduirait aux quatre coins de France. Ainsi en allait-il pour les écrivains des Éditions Solberg.

— Vous avez deux secondes ?

— Oui, bien sûr…

— Alors, montez ! J'ai quelque chose pour vous…

Victor le rejoignit par le même escalier en bois ciré qu'ils avaient gravi dans la journée, et il le suivit dans la pièce qu'ils avaient traversée pour se faire photographier sur le balcon. Olaf alluma une lampe sur le bureau et ouvrit un tiroir duquel il tira une enveloppe qu'il conserva à la main. Il vint se positionner à cinquante centimètres de lui.

— Et maintenant, notre contrat d'édition… Il stipule que vos droits d'auteur sont de dix pour cent sur les ventes hors taxes, réglables une fois par an. Après ce cap des trois cent mille exemplaires, on ne va pas attendre six mois, n'est-ce pas ? Il me fallait bien faire un geste pour vous encourager… Ceci est donc une avance sur le versement de vos droits d'auteur annuel. Le complément sur les ventes qui vont évidemment s'envoler avec votre prix vous sera versé selon les clauses du contrat en mars prochain.

Il tendit l'enveloppe à Victor qui la tourna plusieurs fois entre ses mains de façon à en voir les deux faces. Rien n'était écrit.

— Eh bien, ouvrez-la ! Ne soyez pas intimidé ! Qu'attendez-vous ? Ça ne mord pas, vous savez…

Victor esquissa un sourire fugace et tenta de calculer à combien pouvaient se chiffrer ses droits. Le prix de vente de son roman était de vingt et un euros. Hors taxe cela faisait… Trop compliqué ! Finalement, il décacheta l'enveloppe et en extirpa le chèque qui était à l'intérieur. Il ne put s'empêcher de siffler de surprise. Le montant exact s'élevait à cinq cent quatre-vingt-quatorze mille euros !

Olaf était ravi de sa réaction.

— Félicitations, mon cher Greg ! Et ce n'est qu'un début…

Il toussota dans son poing fermé.

— Oh, bien sûr, il faudra déduire les impôts, mais tout de même, c'est une somme… Si cela vous effraie, notre conseiller bancaire, Kenneth Foster, pourra vous guider… si vous le souhaitez, bien sûr…

— Tout cela est si soudain… Je vais me laisser un peu de temps…

— C'est une sage décision. Ceci dit, la remise du chèque est une chose. En temps normal, il y a un autre point que je discute avec mes auteurs, mais avec vous, euh… c'est un peu particulier…

Son hésitation lui mit la puce à l'oreille.

— Asseyons-nous quelques instants !

Ce qu'ils firent autour d'une table basse en chêne massif.

— Je ne vais pas tourner cent sept ans autour du pot. J'ai l'habitude d'être franc avec mes auteurs. Alors, voilà. Certes, votre roman a été primé. Certes, il a dépassé les trois cent mille exemplaires. Mais il s'agit de votre premier succès. Combien de livres avez-vous écrits… avant celui-ci, je veux dire ?...

— Sept.

— Sept. Et qui ont été vendus à… combien d'exemplaires ?...

— Euh… environ un millier chacun, souvent moins…

— Oui, et encore, parce qu'ils étaient édités sous un pseudonyme peu adapté… Comment m'avez-vous dit ?

— Edgar Gouh !

— Quelle idée ! Pourquoi un tel nom ?

— En hommage à Edgar Poe dont je suis admiratif…

— Oui, bon, ça ne pouvait pas marcher… Votre style n'a rien à voir avec le sien… et le nom ? Gouh ?

— C'est l'anagramme d'Hugo, mon vrai nom…

— Un peu ridicule, reconnaissez-le ! C'est plutôt de mauvais… goût !

Il rit de son mot d'esprit et Victor se força à l'imiter.

— Je suppose que vos premiers romans ont été achetés par curiosité…

— Oui, par des amis, puis un petit cercle de lecteurs fidèles…

— Mmm… Alors, j'ai tendance à penser que ce huitième roman « Visions mortelles » est le fruit de la chance du débutant. Vous savez, je reçois environ trois cents manuscrits par mois. J'ai eu le vôtre entre les mains parce qu'il était tombé par terre ; il avait glissé de la pile sur le bureau de Bénédicte qui les réceptionne. Je l'ai ramassé et le titre m'a intrigué. Je l'ai ouvert au hasard et j'ai lu quelques lignes qui narraient ce moment crucial où Angèle décrit la vision récurrente qui correspond à la mort, trente ans plus tôt, de Mathilde, la grand-mère du policier avec qui elle mène l'enquête. Cela a piqué ma curiosité. J'ai poussé mes investigations un peu plus loin puis, finalement, j'ai emporté votre manuscrit chez moi. Je l'ai lu dans la nuit qui a suivi. Vous avez eu de la chance. Habituellement, un premier tri est effectué par mes collaborateurs.

— J'en suis conscient.

— Bien. Je suppose que vous n'ignorez pas qu'un auteur ancré dans une maison d'édition bénéficie d'une avance financière sur son prochain roman ?

Voilà. On y était.

— Éva m'en a touché deux mots, mais je savais que cette pratique était courante… À un certain niveau, bien sûr…

— Alors, vous me voyez venir ?

Avec l'entrée en matière d'Olaf, Victor n'eut aucune difficulté à comprendre.

— Tout à fait. Vous estimez que mon premier roman demande confirmation avec le suivant avant que vous consentiez à m'octroyer une avance…

— Je vois que nous sommes sur la même longueur d'onde. Proposez-moi votre manuscrit. Je vous promets de l'éditer. En surfant sur le prix et le succès du premier, on peut espérer des ventes conséquentes. Si elles s'envolent encore une fois, vous avez ma parole que vous aurez cette avance pour le troisième.

Victor ne savait pas sur quel pied danser. D'un côté brillaient les paillettes, de l'autre frémissait l'angoisse de passer à côté de son roman. C'était un vrai défi. Il la désirait tellement cette avance. Elle était synonyme de reconnaissance, et surtout de la confiance que son éditeur mettrait en lui, dans ses qualités d'écrivain. Dorénavant, il avait une somme rondelette sur son compte en banque, mais il suffisait d'un échec et elle fondrait comme neige au soleil. Il eut un flash. Il était assis à une table au rayon librairie d'un supermarché de banlieue et appâtait le chaland par des arguments vaguement littéraires pour qu'il lui achète un de ses livres. L'image lui arracha un frisson.

— Je vais l'écrire ce second roman. Vous ne serez pas déçu.

— Parfait, Greg ! Je pense que nous allons faire un sacré bout de chemin ensemble.

— Je l'espère…

— Allons, soyez optimiste ! Je suis sûr que vous avez déjà une idée de ce que vous allez écrire…

Spontanément, le conseil d'Éva lui revint à l'esprit.

— Oui, mais… chut ! C'est top-secret…

Il sourit et me décocha un clin d'œil de connivence.

— Je vois que vous apprenez vite… Bien, l'aventure ne fait que commencer pour vous. Il va vous falloir un agent. Je m'en occupe. Demain démarre votre marathon de Paris. Pas trop anxieux ?

— Je ne me rends pas encore vraiment compte.

— Après France Info et BFM TV, vous serez dans le bain.

— Radios, télés, presse… Ça va être une semaine d'enfer…

— Dimanche, repos, et ensuite dédicaces et salons à travers la France. Vous avez eu le planning établi par Bénédicte ?

— Oui, elle me l'a envoyé par mail. J'ai choisi de dormir à l'hôtel plutôt que rentrer à Paris entre deux dates. Je pars pour une tournée de deux mois dans une trentaine de villes aux quatre coins du pays. J'aurai terminé pour Noël.

— Oui, on m'a dit ça. Votre décision de ne pas rentrer est pour nous une économie substantielle, c'est certain… Je sais que vous êtes célibataire, mais tout de même… Deux mois…

— Aucun problème. Au contraire. Cela me laissera du temps pour écrire. Je reviendrai juste pour l'émission de Jérôme Marceau dont je serai l'invité littéraire le 7 novembre…

— Ah bon ? Mais je ne suis pas au courant…

— Non, ça s'est passé cet après-midi…

— Ah, je comprends mieux… Super ! Il faudra le signaler à notre service communication dès demain…

— Ce sera fait. Bon, je crois que je vais y aller… Merci pour tout, Olaf, ce fut une superbe journée…

— Hé ! Ce n'est pas tous les jours que les Éditions Solberg fêtent un prix… Soyez prudent ! Je tiens à vous maintenant. Il serait regrettable que vous disparaissiez dans un accident.

Victor se demanda s'il s'inquiétait réellement pour lui, ou pour le potentiel de ventes qu'il représentait. Après tout, six mois en arrière, ils ne se connaissaient même pas. Il avait tendance à se méfier des amitiés spontanées. Surtout avec un enjeu financier.

— Ne vous en faites pas ! À cette heure, il n'y aura plus de bouchons.

— Ah ! Au fait…

Il se leva, prit une photographie posée sur son bureau et la lui tendit.

— N'oubliez pas votre photo-souvenir !

Victor sourit lorsqu'il se reconnut, un canotier sur la tête, dans la barque avec Éva et son ombrelle.

— Merci, Olaf, ce fut vraiment une belle journée.

Il afficha sa satisfaction d'un sourire, puis regarda sa montre.

— Ah oui, quand même… 1 h 30 ! Vous avez besoin d'une bonne nuit de sommeil pour affronter la semaine qui arrive…

— Je ne sais pas si je vais pouvoir dormir. Je suis tellement excité…

— C'est normal. Quand la semaine sera passée, le stress lié à tous ces rendez-vous médiatiques sera retombé. Ensuite, les dédicaces, les salons, ça, vous connaissez…

— C'est vrai. Mais vous savez, ce qui va me faire bizarre, c'est qu'avant, je veux dire avant de signer chez vous, pour vendre mes livres au cours de mes séances de dédicaces, je devais faire l'article, expliquer, convaincre les curieux qui daignaient s'approcher de ma table. Je faisais le commercial, en somme. Je suppose qu'avec ce prix, cela va être un peu différent…

Olaf éclata de rire.

— Un peu différent ? Vous ne pouvez même pas imaginer ce qui vous attend.

4

Une semaine plus tard, Victor était dans le TGV pour Bordeaux. Il était passé aux Éditions (Olaf exécrait le mot *bureau* qui d'après lui était connoté *fonctionnaire*) tôt dans la matinée pour récupérer son billet de transport. Le paysage défilait dans cette ambiance feutrée propre aux TGV et si propice à la réflexion. Et des pensées, il n'en manquait pas. Elles se bousculaient en flashs successifs sur la semaine de folie qu'il venait de vivre. Les studios de radio, les plateaux de télévision, les salons d'hôtels où les journalistes lui avaient donné rendez-vous pour des interviews, tous les endroits se télescopaient dans sa mémoire. Et les questions, toujours les mêmes, qui appelaient les mêmes réponses... Pourtant, avant chaque entretien, il s'était concentré sur ce qu'il devait dire. À force, il savait celles qui lui seraient posées. Celles qui revenaient comme un leitmotiv. Et à chaque fois, afin qu'il ne soit pas dit qu'il racontait toujours la même chose, il avait fourni un effort intellectuel constant pour que ses propos soient organisés différemment, ses anecdotes imagées avec un vocabulaire varié, la narration de son travail, de ses sources, abordée sous des angles divers et originaux, mais en fin de semaine, il avait capitulé. Après tout, l'exercice ne consistait-il pas à promouvoir son livre ? Alors comme tout le monde, il avait fini par donner les réponses attendues. Celles que ses interlocuteurs voulaient entendre. Ah, cette sacro-sainte « promo » ! Il comprit assez rapidement que les auteurs ne la maîtrisaient pas du tout. Ils la subissaient. Les médias les entraînaient dans les rouages bien huilés du système dont ils n'étaient qu'un simple maillon. Ils faisaient leur travail. Les auteurs, le leur.

Mais du jour au lendemain, par hasard, la promotion routinière prit un virage inattendu lorsqu'un journaliste lui demanda confirmation de sa véritable identité. Il avait appris que Greg Swift était son pseudonyme d'écrivain. Il avait retrouvé la trace sur Internet – un vrai fouineur, celui-là – de ses sept premiers romans édités sous le nom d'Edgar Gouh et, en fouillant encore plus loin, découvert que sa véritable identité était Victor Hugo. À partir du moment où il avait validé l'information, le scoop s'était propagé comme une traînée de poudre dans tous les journaux. Et bien sûr, les journalistes de radio ou de télévision qui l'avaient reçu par la suite en avaient remis une couche. Plutôt que de le desservir, et c'est un paradoxe, ce qui aurait pu tourner au gag s'était transformé en véritable outil promotionnel. Victor Hugo faisait dans le roman policier ! À tel point qu'Olaf l'avait appelé au téléphone pour lui dire qu'on laissait tomber Greg Swift. C'était une certitude. Le prochain roman serait signé Victor Hugo. Il n'y pouvait plus rien. Le regard posé sur le paysage qui défilait par la fenêtre, il se projeta malgré lui vingt ans en arrière, dans le parloir. Après tout, depuis ce temps, il avait changé, et il n'était plus sûr que Marco Ferrer ait eu connaissance un jour de son identité. L'euphorie de la semaine passée eut raison de ces dernières craintes. Greg Swift était mort, vive Victor Hugo ! En fait, c'était une belle revanche sur les piques humoristiques, mais humiliantes de son instituteur !

Alors qu'il échafaudait des hypothèses alléchantes sur son avenir littéraire, il remarqua une jeune femme à trois fauteuils de lui dans la rangée opposée à la sienne. Elle lui faisait face et à chaque fois qu'il posait les yeux sur elle, elle se replongeait aussitôt, un sourire aux lèvres, dans la lecture d'un livre ouvert sur sa tablette. Elle avait dans la trentaine. Jolie en plus. Ses cheveux étaient blond platine avec une coupe à la Marilyn Monroe, d'ailleurs elle portait la même robe ivoire en crêpe plissée que l'actrice dans *Sept ans de réflexion*. Il guettait la prochaine fois où elle lèverait la tête et anticipait son sourire charmeur pour la surprendre, quand il aperçut, derrière elle, un homme en costume gris anthracite, le faciès taillé à la hache façon Boris Karloff dans Frankenstein. Il le fixait avec des yeux sombres. Victor se décomposa à tel point qu'il eut la sensation que son visage fondait tel un masque de latex soumis à une chaleur extrême. Un gamin pris en flagrant délit. Délit ? Mais quel délit ? Depuis quand sourire était-il un délit ? Et puis d'ailleurs, qui était cet homme ? Avait-il un lien de parenté avec elle ? C'est à cet instant que le smartphone de la jeune femme vibra sur la tablette près de son livre. Elle le saisit et se leva.

Sans un mot ni même un regard pour l'homme assis derrière elle, elle avança dans l'allée, gratifia Victor d'un nouveau sourire lorsqu'elle passa à son niveau, et s'éloigna. Apparemment, elle voyageait seule. Son opinion était faite : il n'y avait rien entre elle et Frankenstein (ce fut le nom dont il l'affubla bien qu'il sache qu'il était celui du créateur du monstre inventé par Mary Shelley, mais ça collait tellement bien à l'individu). Il tourna la tête vers l'allée dans la direction qu'elle avait prise, juste à temps pour apercevoir l'arrière de sa robe blanche, ses jambes fines et ses talons aiguilles, avant qu'elle franchisse les portes automatiques. Le pantalon qui coupa son champ de vision lui donna un coup de poignard au cœur. Il jeta un coup d'œil en direction du siège où l'homme était assis. Vide. Il venait juste de passer près de lui. Dans la même direction que sa jolie blondinette. Son pouls s'accéléra. Au bout de l'allée, les portes coulissantes se refermèrent sur l'énergumène. Il aperçut encore quelques secondes sa silhouette trapue, puis elle s'estompa, jusqu'à disparaître. Au bout du compartiment, derrière l'opacité des vitres fumées, il imagina différentes scènes qui engendrèrent un suspens intense. Il l'abordait. Lui dérobait son smartphone. Pire. Il la frappait. Lui arrachait ses vêtements. La violait…

Les autres voyageurs lisaient, somnolaient ou papotaient, hermétiques au drame qui se jouait. N'était-il pas en train de se faire du cinéma ? En train, il l'était – ah, ah, ah, mort de rire ! Son hilarité intérieure forcée ne parvint pas à désamorcer son inquiétude. Au contraire. Il savait que cette tournure facétieuse de son esprit cachait une anxiété croissante : la sortie de Frankenstein derrière Marilyn ne pouvait pas être une coïncidence. Il décida d'attendre un peu.

Pendant cinq longues minutes à se tortiller sur son siège, il fut partagé entre trois hypothèses. Un, ne rien faire. Tout cela n'existait que dans sa tête. Ils finiraient bien par revenir s'asseoir. Deux, attendre l'arrivée du contrôleur, lui raconter la situation et lui faire part de son inquiétude. Mais là, il entendait déjà sa réaction... *Mon cher monsieur, si je devais m'affoler à chaque fois que des voyageurs quittent leur place pour aller satisfaire un besoin naturel ou pour téléphoner, je passerais le trajet pendu à la sonnette d'alarme...* Et trois, intervenir et se lancer au secours de la belle.

Après avoir laissé passer cinq nouvelles minutes interminables et n'écoutant que son courage, il opta pour la troisième solution. Enfin, c'était une façon de parler, car il dut s'avouer que de son courage, il n'entendait pas grand-chose et à vrai dire, il n'en menait pas large. C'était dans ces moments-là qu'il réalisait qu'entre la bravoure, la témérité, voire l'héroïsme de ses personnages de fiction et lui, il y avait un monde.

Il était debout dans l'allée. Avec une inspiration profonde, il gonfla sa poitrine d'une dernière bouffée d'audace et avança à pas prudents vers les portes coulissantes en priant le ciel pour que se profilent les silhouettes de ses deux protagonistes sur le retour. En vain. Le nez contre la vitre, il savait qu'à partir de l'instant où il poserait la main sur le bouton poussoir pneumatique, son anecdote banale pourrait basculer dans la tragédie. Le drame. *Ô ! Destin si cruel, n'ai-je donc tant vécu que pour ce nœud gordien qui me laisse vaincu ?* Il pesta contre la muse qui, dans des moments aussi graves, lui soufflait son angoisse en alexandrins cornéliens. Sans qu'il le veuille vraiment, sa main se posa sur le bouton. Les portes coulissèrent. Il fit un pas en avant. Elles se refermèrent dans son dos. Il retint sa respiration, poursuivit son avancée téméraire et pénétra dans la voiture suivante dans laquelle ne se trouvaient que deux voyageurs assoupis dont, bien sûr, ni l'un ni l'autre n'était Marilyn ou Frankenstein.

Il enfila l'allée avec appréhension vers de nouvelles portes qui s'ouvrirent d'elles-mêmes à son approche. Il eut un mouvement de recul instinctif pensant voir apparaître quelqu'un. Personne. Les portes automatiques se refermèrent. Aussi, inquiet, il posa à nouveau sa main sur le bouton poussoir pour les rouvrir. Il passa rapidement devant les toilettes qui se faisaient face, puis devant l'espace à bagages avant de s'engouffrer dans une autre voiture. Il marqua un temps d'arrêt. Elle était déserte. Pas un voyageur. Vide. Un TGV à la gare Montparnasse avec des voitures presque ou entièrement vides, ce ne devait pas être si fréquent. Il trouva ça louche. Il hésita à poursuivre ses investigations. Pas forcément envie de se retrouver dans ce qui ressemblait de plus en plus à un train fantôme. Autant le dire crûment : il se dégonflait. Les chocottes, la trouille, la frousse, la pétoche, peu importait le nom. C'est lui qui vivait cette situation. Personne d'autre. Et il fit demi-tour pour retrouver la présence sécurisante des voyageurs de sa propre voiture. Au diable Marilyn et Frankenstein. Et c'est juste à cet instant qu'il se rendit compte que la porte d'un des deux cabinets de toilette était entrouverte et que sa fermeture était contrariée par un objet au sol que naturellement il chercha à identifier. Il se retint de crier : sans erreur possible, il s'agissait d'une des chaussures à talon aiguille de la jeune femme. Il frappa à la porte.

— Tout va bien, Mademoiselle ?

C'était bizarre, mais en posant la question, il avait le pressentiment qu'elle n'allait pas bien du tout. N'obtenant pas de réponse, il tenta de pousser la porte. En vain. Il l'imagina évanouie au sol, et de par l'exiguïté du lieu, repliée sur elle-même. La prudence, à cet instant, aurait dû le conduire à aller chercher de l'aide, mais il se mit à forcer légèrement sur la porte de manière à passer sa tête. Il n'en eut pas même le temps ! Dans le miroir, il aperçut le reflet de la jeune femme affalée sur le siège des toilettes. Sa tête était rejetée en arrière contre le mur maculé de sang comme sa robe blanche et sa gorge était ouverte d'une oreille à l'autre dans un sourire béat, hideux et figé. Cette fois, il cria d'horreur et il se recula et s'adossa contre la porte des toilettes d'en face. Elle devait être sans doute mal fermée, car il bascula en arrière et il se rattrapa de justesse au lavabo. Il aperçut dans le miroir son reflet pâle, terrorisé, halluciné. Pour reprendre ses esprits, il laissa couler l'eau du robinet et s'aspergea le visage. C'est alors qu'il était penché qu'il ressentit un choc violent sur la nuque qui propulsa sa tête contre le métal du lavabo. Ses dents n'apprécièrent pas du tout. La douleur était si intense qu'il se sentit glisser vers le sol avant de perdre connaissance.

Combien de minutes resta-t-il ainsi ? Impossible d'avoir une notion du temps lorsqu'on est dans le brouillard. Le sien devait être un véritable *fog* londonien tant *Big Ben* résonnait sous son crâne. Il entendit loin, très loin, une voix qui semblait s'adresser à lui. Ce devait être le contrôleur, car peu à peu, les mots s'ancrèrent dans son esprit.

— *... Monsieur... Monsieur... votre billet... S'il vous plaît...*

Et voilà, il était plongé au cœur d'une affaire criminelle, il avait été agressé par l'assassin de Marilyn, il était à moitié agonisant et la seule chose que...

—*Monsieur...*

Il ouvrit les yeux.

— Oh, pardon, excusez-moi !

Il prit son billet qu'il avait glissé dans la poche intérieure de sa veste et, confus, le tendit au contrôleur.

— Pardon d'interrompre votre sommeil...

— Même pas, s'entendit-il répondre, je ne dormais pas, je pensais, je...

— Il se tut devant l'incrédulité amusée du contrôleur qui poinçonna son ticket, puis le lui rendit.

— Nous serons à Bordeaux dans une heure. N'oubliez pas de vous réveiller si vous vous rendormez ! lui lança-t-il sur un ton malicieux.

Il alla lui répéter qu'il ne s'était pas endormi, mais vaincu, il le remercia d'un sourire.

Parce que c'était vrai ! Il ne s'était pas endormi. La jeune femme était à sa place. Ses cheveux étaient coupés très court. À la Jean Seberg dans *À bout de souffle*. Elle portait un blouson en cuir sur un chemisier écru, un jean et des baskets blanches. Pourquoi alors dans son imaginaire en avait-il fait une Marilyn ? Peut-être à cause de la couleur blond platine. Parce que la coupe… Enfin, bref, l'homme au costume anthracite aussi était là, assis derrière elle. Bon, c'est vrai que sa mâchoire carrée l'avait incité à le comparer au monstre de Frankenstein. Il exagérait parfois. Il avait tendance à caricaturer ses personnages. Il lui faudrait soigner cet aspect. Car en fin de compte, il avait plutôt l'air sympa cet homme-là. Et il se foutait pas mal qu'il reluque la jeune femme assise devant lui. Tiens ! Elle lui souriait encore... Et cette fois, sans le quitter des yeux… Oh, oh ! Était-il sur le point de démarrer une relation dont il n'était même pas l'instigateur ? Ah, zut ! Elle s'était replongée dans son livre. Son dialogue avec le contrôleur l'avait sans doute amusée. C'était un bon point. Femme qui rit, à moitié dans son lit. Il ne savait plus de qui était cette citation ou s'il s'agissait d'une vérité sur la psychologie féminine, mais il était plutôt confiant pour la suite.

Comme elle ne levait plus la tête, sans la quitter des yeux, il se replongea mentalement dans le scénario qu'il venait de s'inventer. Il était fasciné par la manière dont fonctionnait son esprit. Deux personnes croisées dans un train, avec chacune une particularité physique, avaient suffi à développer dans son imaginaire toute une trame romanesque au cœur de laquelle, comme d'habitude, il était un des acteurs. Lorsqu'il serait à l'hôtel, il lui faudrait taper tout cela sur son ordinateur. Bon, il devrait peut-être renforcer le caractère de son personnage. Qu'il soit moins froussard. Ou pas. En tout cas, il en ferait le narrateur. Peut-être cela permettrait-il au lecteur de mieux s'identifier à lui. À voir. À réfléchir.

Il en était là de ses conclusions quand la jeune femme leva la tête et le fixa à nouveau avec un superbe sourire. Il le lui rendit avec une émotion sincère. Il fut encore plus troublé lorsqu'elle se leva et se dirigea vers lui sans se départir ni de son sourire ni de son regard hypnotique. Elle posa une main parfaitement manucurée sur l'appuie-tête du siège qui le précédait. Sa voix fut un véritable enchantement. Une douce mélopée.

— Pardonnez-moi… vous êtes bien Greg Swift ?

— Lui-même…

— J'en étais certaine. Je vous ai reconnu sur la quatrième de couverture.

Elle lui montra le livre qu'elle était en train de lire. Il reconnut immédiatement son roman « *Visions mortelles* ».

— Je viens de le terminer. J'ai adoré le mélange de paranormal et enquête policière sur fond d'histoire d'amour. Vous pourriez me le dédicacer, s'il vous plaît ?

— Euh… oui, bien sûr, répliqua-t-il maladroitement.

En réalité il était en colère contre lui-même. Encore une fois, son imagination l'avait entraîné sur des chemins que seuls les fantasmes peuvent tracer dans l'esprit des hommes.

— Je m'appelle Maud.

— Maud… C'est joli…

— Merci.

Il prit son stylo et rédigea quelques mots adaptés aux circonstances sur la première page intérieure.

— Voilà, dit-il, en lui tendant le livre dès qu'il eut terminé. J'espère que cela vous plaira…

Elle lut la phrase dont il espéra qu'elle en apprécierait la subtilité.

Elle referma le livre avec un immense sourire qui lui dévoila l'alignement parfait de ses dents.

— Merci, c'est super. Avec ça, je vais faire des jalouses. Merci encore.

— C'est un plaisir.

Elle fit un demi-tour pour regagner sa place. Elle ne devait pas lui filer entre les doigts maintenant. Il devait profiter de son avantage.

— Excusez-moi, Maud…

Elle se retourna aussitôt.

— Oui ?

— Vous… vous allez à Bordeaux ?

— Non, je descends à Poitiers. D'ailleurs, je vais me préparer. On y arrive dans cinq minutes. Au revoir et merci encore !

Victor lui adressa un petit signe de la main avec un sourire où devait se lire sa déception.

À Poitiers, il la regarda s'éloigner sur le quai. Il était évident qu'il n'était plus dans ses pensées. Mais au fond, il savait qu'elle reparlerait de lui avec ses amies lorsqu'elle leur montrerait sa dédicace. C'était une bien maigre compensation.

Pour Maud,
Un train, un regard, un espoir
Le début peut-être d'un roman noir
Greg SWIFT

Il avait failli signer « Victor Hugo », mais il ne se sentait pas encore prêt d'en assumer la responsabilité.

Le TGV glissa lentement sur les rails, direction Bordeaux, la première étape de sa longue tournée.

Il devait y rencontrer pour la première fois, l'agent littéraire que lui avait attribué Olaf. Il devait être là depuis deux jours pour tout vérifier : location de voiture, contacts avec les médiathèques et libraires locaux, rendez-vous avec la presse régionale et les télévisions locales, anticiper son arrivée à l'hôtel et autres détails dont il n'imaginait même pas la teneur.

*

À l'heure prévue, le TGV entra en gare de Bordeaux Saint-Jean. Il récupéra sa valise et en passant devant les toilettes dont la porte était entrouverte, il eut le flash de son thriller éphémère. Pas de chaussure à talon aiguille qui la bloquait. L'image s'envola comme elle était venue dès qu'il descendit sur le quai. Emporté par le déplacement solidaire de la foule des voyageurs, il se retrouva bientôt dans le hall de la gare, un peu désorienté. Il eut à peine deux secondes d'hésitation, qu'un homme l'aborda, main tendue. Il avait la quarantaine, un teint basané de bellâtre italien et portait une chemise bleu ciel, col ouvert sur une chaîne en or ostentatoire, un costume crème impeccable, des chaussures en cuir marron clair parfaitement lustrées.

— Greg ? Bonjour, je suis Bart Caruso. Votre agent littéraire…

— Bonjour, dit simplement Victor en lui serrant la main.

Il ne s'était pas trompé. Il avait bien le patronyme de son apparence.

— Mon prénom est Bartolomeo, mais Bart est plus court. Quant à mon nom de famille, rien à voir avec le ténor, hélas ! Il suffirait que vous m'entendiez chanter pour en avoir la certitude. Nous allons d'abord passer à l'hôtel pour déposer vos bagages. Vous n'avez que ça ?

— Oui, valise et ordinateur. Mais lui, je le garde avec moi. Il ne me quitte jamais. J'y ai trop de documents stockés pour m'en séparer.

— Je vois. Les prochains romans…

— Entre autres, oui.

— Venez, j'ai loué une BMW pour nos déplacements. C'est rapide et confortable.

Quand il disait rapide, Victor ne savait pas que sa conduite y était associée, car couplée à la puissance du moteur, elle n'avait rien à envier à celle de Lewis Hamilton. En trois minutes chrono, il se garait devant l'hôtel dans un crissement de pneus qui attira l'attention des piétons au moins à deux cents mètres à la ronde.

Un portier vint lui ouvrir la porte et le salua. Bart récupéra sa valise dans le coffre et le conduisit à sa chambre où il la déposa sur le lit.

— Ça va ? Elle vous plaît ?

De sa vie, il n'avait mis les pieds dans un hôtel aussi luxueux.

— Très bien, dit-il d'un air blasé censé faire croire qu'il en faisait son ordinaire.

Bart éclata de rire.

— Attendez, Greg ! On va mettre les choses au point. Olaf m'a briefé sur votre parcours. Je sais d'où vous venez et où vous en êtes aujourd'hui. Si vous voulez qu'on fasse du bon boulot ensemble, il va falloir être réglo. Pas de tartufferies entre nous. Jouons franc-jeu, et tout ira pour le mieux !

Victor se sentit confus et tenta de se racheter.

— Oh, non, je…

— Oui ?

— Non, rien. Vous avez raison. Excusez-moi !

Après tout, Bart allait être son guide dans ce tournant de sa vie. C'était un agent littéraire professionnel. Autant valait lui accorder sa confiance d'emblée et s'en remettre à son expérience.

— Alors, quel est le programme ?

Son visage s'épanouit.

— Ah, ça, j'aime bien.

Il sortit son smartphone sur lequel il fit glisser plusieurs fois son doigt.

— Alors… 11 h 00, interview dans les locaux de *Sud Ouest*… 12 h 30, déjeuner à l'hôtel Burdigala avec les élus locaux… 15 h 00, rencontre dédicace à la Fnac… Puis dîner à 20 h 00 à la mairie… Demain…

— Stop, l'interrompit Victor. Demain est un autre jour…

— Vous n'aurez pas le temps de chômer…

— Je ne suis pas venu non plus pour me tourner les pouces !

— Bien, alors si vous êtes opérationnel, on y va.

— C'est parti. On est loin des locaux de *Sud Ouest* ?

— Non, c'est sur le quai des Queyries. Dix minutes à peine.

— Et pour y parvenir, ce sont des avenues normales ?

— Euh… oui, pourquoi ?

— Et le rendez-vous est bien à onze heures ?

— Tout à fait. Mais pourquoi toutes ces questions ?

— Alors, on a le temps. Inutile de vous croire sur un circuit automobile au volant d'une formule 1.

Bart sourit, sans doute amusé par sa conclusion.

— Vous avez eu peur ?

— Moi ? Allons donc…

5

L'interview à *Sud Ouest* se déroula dans de bonnes conditions. Victor fut évidemment interrogé sur le choix de son pseudonyme ; un journaliste suggéra avec humour qu'il devrait signer ses futurs romans de sa véritable identité et en jouer comme d'un effet marketing : Victor Hugo serait un providentiel écrivain de romans policiers ! Encore fallait-il que le contenu soit à la hauteur des écrits de son illustre prédécesseur. Mais il vivait avec ce perpétuel paradoxe : bien que Victor Hugo de naissance, il n'était pas Victor Hugo !

Le déjeuner avec les élus locaux fut ennuyeux au possible, et même si son ego fut émoustillé par les félicitations, encouragements et autres élans d'admiration, il n'en demeurait pas moins que ce n'était pas par ce biais que son avenir littéraire ferait un bond extraordinaire. Mais cela faisait partie du jeu. De l'artifice. Du semblant et du paraître.

En tout cas, l'après-midi fut plus fructueux. Il découvrit avec effarement ce qu'était une séance de dédicaces lorsqu'on venait d'obtenir un prix national. Ce n'était ni le Goncourt ni le Renaudot, mais il avait un retentissement dans le monde de la littérature policière. À la Fnac, il y avait un vrai public amoureux du polar et si, à Bordeaux, ce fut pour lui une découverte, il en acquit la certitude à la fin de son périple.

Ils arrivèrent donc à la Fnac environ dix minutes avant le début de la séance, et il fut stupéfait de découvrir une vingtaine d'admirateurs, *Visions mortelles* à la main, qui attendaient patiemment devant la table où il allait officier. Le contact avec ses lecteurs fut riche et amical. Cependant il abandonna rapidement son ancienne habitude qui consistait à « pondre » pour chacun un petit texte personnalisé, ce qu'il pouvait se permettre quand, dans sa vie antérieure, il courait après le client pour placer ses premiers romans et qu'il parvenait à en ferrer un dans les mailles de son filet argumentaire. Là, face à l'assaut permanent des admirateurs, il se sentit en panne d'inspiration. Dans un premier temps, il « tournait » avec une dizaine de dédicaces littéraires travaillées, puis au bout d'une heure, il n'en restait plus que cinq, et après deux heures, seuls le prénom et un *Amicalement* impersonnel précédaient sa signature. Peu avant 19 h 00, à la demande des derniers lecteurs, il se fendit même d'un *Victor Hugo,* en guise de signature, sûrs qu'ils étaient que le roman qu'ils avaient entre les mains deviendrait ainsi un collector. Pas de doute, la machine médiatique était en marche et il bénéficiait déjà des premières retombées.

Ils partagèrent une coupe de champagne avec le gérant et son équipe du rayon livres. Ils l'informèrent qu'il avait signé cent quatre-vingts ouvrages dans l'après-midi. Bart calcula que cela représentait une minute et vingt secondes en moyenne par dédicace. Pour un baptême, il s'estima gâté. Mais une vraie tendinite couvait.

Son poignet était tellement douloureux qu'il éprouva quelque difficulté, au cours du dîner à la mairie, à tenir correctement sa fourchette qui lui échappa plusieurs fois. Il pria le maire et son épouse de lui pardonner, des gens charmants qui, pour l'occasion, avaient aussi convié deux couples de leurs amis. En guise d'excuses, Victor leur annonça ses cent quatre-vingts signatures de l'après-midi.

Le soir, dans sa chambre d'hôtel, il lui fallut à peine deux minutes pour sombrer dans un sommeil réparateur mérité.

Le lendemain, le moindre mouvement de son poignet lui arrachait une vive douleur aussi Bart le conduisit-il chez un médecin qui lui prescrivit un anti-inflammatoire local et sur insistance de Bart, il lui fit même une infiltration. Le repos lui fut conseillé. Heureusement, le matin il était attendu dans une médiathèque pour une rencontre-débat avec le public. L'après-midi, sa séance de dédicaces dans une grande librairie du centre-ville fut réduite à une heure, à la grande déception de ses lecteurs.

Le surlendemain, la douleur avait presque disparu. L'infiltration avait été efficace.

La tournée se poursuivit à Toulouse, et le jeudi à 12 h 00, Bart le conduisit à la gare où il devait prendre un TGV direction Paris pour l'enregistrement de l'émission *C'est samedi soir, on veille*. Dix jours plus tôt, il avait appelé la maison de production de Jérôme

Marceau, comme il le lui avait demandé, et son assistante, Julie, lui avait expliqué dans le détail le déroulement de la soirée. Elle lui avait donné rendez-vous à 18 h 00, ce jeudi, aux studios de la chaîne.

Ils avaient vingt minutes d'avance qu'ils passèrent devant un expresso. Ce qui était rare ces derniers temps avec leur planning de fou.

— Vous avez déjà regardé l'émission, lui demanda Bart ?

— Une ou deux fois, oui.

— Vous avez forcément repéré les deux chroniqueurs sur lesquels s'appuie Marceau ?

— Oui, bien sûr !

— Vous en pensez quoi ?

— Ce sont deux journalistes, donc ils font leur boulot. Et plutôt bien.

— Non, Greg. Ils ne font pas un boulot de journaliste. Ce sont des carnassiers provocateurs. Provoquer, c'est ça leur boulot. Ils sont payés pour ça. Ils cherchent à déstabiliser les invités de manière à faire de l'audience. C'est le fonds de commerce de Marceau. Ne vous laissez pas impressionner. Ils auront lu *Visions mortelles* et ils vont tenter de vous perturber. Ils vont vous titiller sur votre bébé. Soyez vigilant ! S'ils vous sentent déstabilisé, s'ils trouvent une faille dans vos réponses, ils vont s'y engouffrer, appuyer là où ça fait mal. Jusqu'à ce que vous sortiez de vos gonds. C'est un jeu Greg. Pour eux, c'est ça. Et rien que ça. Et si vous explosez, on retrouvera l'extrait vidéo de l'émission sur les réseaux sociaux. Vous ferez le buzz. Et ça, c'est une publicité parallèle qui plaît à Marceau pour son émission, mais dont nous nous passerions bien, croyez-moi. Ce n'est qu'une mise en garde. Votre avenir littéraire en dépend.

— Vous faites tout pour me rassurer, là…

— Non, Greg. Je suis juste lucide. Par contre, si au cours de l'émission, vous n'êtes plus sur la sellette parce que les chroniqueurs se prennent le chou entre eux, ce sera le signal de la fin de la partie. Et vous serez gagnant. Voulez-vous que je vous y accompagne ? Je peux encore prendre un billet…

— Merci Bart. Mais je crois que je m'en sortirai.

— Comme vous voulez. Ah ! Le numéro de votre quai est annoncé, dit-il le regard posé sur le tableau d'affichage électronique des départs. Vous serez à Montparnasse à 16 h 30. À quelle heure avez-vous rendez-vous aux studios ?

— À 18 h 00. Juste le temps de passer chez moi pour me changer.

— Bien. Alors on se revoit samedi à Montpellier. Je viendrai vous chercher à la gare. Ça me laisse tout vendredi pour confirmer votre présence auprès de nos contacts, et vous, cela vous fera une journée de repos pour votre poignet. Allez, en route maintenant ! Il ne manquerait plus que vous le ratiez.

*

Le trac, Victor l'avait. Bien sûr ! C'était pour lui une première à ce niveau. Dans le passé, du temps où il courait après ses lecteurs, il avait bien été invité sur des petites radios associatives parisiennes et même, un jour, dans le pôle numérique d'un centre culturel de banlieue pour une émission diffusée en direct sur le web. L'animatrice qui l'avait interviewé à l'époque, il s'en souvenait encore, s'appelait Graziella. Elle était petite, physiquement, mais grande par la classe. Elle avait su très rapidement le mettre en confiance par sa gentillesse, son amabilité et la connaissance de ses premiers romans qu'elle avait pris la peine de lire avant de le recevoir. Mais ça, c'était avant. Quand il n'était pas connu. Aujourd'hui, la donne avait changé.

À l'accueil des studios, il fut pris en charge par une hôtesse qui le conduisit dans une loge où Julie vint le retrouver, accompagnée d'une maquilleuse. Pendant que cette dernière le tartinait de fond de teint, Julie lui expliqua le déroulement de l'émission.

Peu après, il se retrouva à attendre en coulisse que l'émission démarre en compagnie de trois autres invités. Jérôme Marceau vint les saluer, tout comme les deux chroniqueurs, Ale Khazan, par ailleurs journaliste de radio, et Albéric Jaouen, journaliste politique de télévision et ancien grand reporter. Ils étaient chaleureux, enjoués, spirituels et bien loin du portrait au vitriol que lui avait brossé Bart.

Du plateau leur parvenait la voix d'un chauffeur de salle qui détendait le public et lui expliquait les différents moments où il serait incité à réagir : quand applaudir, quand rire, quand et comment manifester sa désapprobation ; et une dizaine d'autres situations probables au cours de l'émission où il devrait protester, huer ou acclamer les invités, les chroniqueurs ou Jérôme Marceau lui-même. Un mode d'emploi du public parfait dont l'objectif était d'éviter que l'émission dérape et sorte du cadre d'un système bien huilé qui fidélise les téléspectateurs.

Ale Khazan et Albéric Jaouen allèrent rejoindre leur place sur le plateau, puis le compte à rebours du réalisateur fut lancé. Au top, Jérôme entra dans l'arène sous les applaudissements. Il salua Ale et Albéric, puis appela ses invités un par un. Victor fut le dernier à plonger dans le halo des projecteurs, le cœur battant, enhardi par l'ovation qui accueillait chacun à son entrée. Les invités étaient assis côte à côte dans une configuration triangulaire face aux deux chroniqueurs et à Jérôme Marceau. Puis l'émission commença vraiment. Jérôme lança une sorte de revue de presse sur l'actualité de la semaine à propos de laquelle il demanda à Ale ou Albéric de réagir, parfois aux deux, histoire d'installer l'ambiance. Leurs interventions se partageaient entre la finesse de l'analyse et la pertinence de l'argumentation sans que les mots d'esprit et les estocades acerbes ne fussent jamais exclus. La machine Marceau était lancée, l'émission trouvait en quelques minutes son rythme de croisière.

Et fatalement, vint l'heure pour Victor de passer sur le grill. L'ordre était immuable : littérature, théâtre, cinéma et en dernier, musique. Il savait donc qu'il allait être le premier à subir les assauts conjugués de Jérôme et de ses deux chroniqueurs.

— Et nous recevons donc pour la première fois celui qui vient de recevoir le Prix du Polar de Cognac… comment dois-je vous appeler ? Greg ou Victor ?...

Rires du public. Évidemment. Il n'eut même pas le temps de répondre.

— Oui, parce que figurez-vous que notre écrivain du jour a commis ses premiers ouvrages sous un pseudonyme un peu hermétique, il faut le reconnaître. Edgard Gouh n'était pas forcément une bonne idée. Il faut dire que vos premiers romans, on peut le dire, Victor, n'ont pas franchement rencontré le succès…

— C'est vrai, à peine un millier d'exemplaires à chaque fois…

— Ce qu'on appelle un petit succès d'estime. Mais voilà que vous écrivez ce roman primé, *Visions mortelles*, sous le pseudonyme de Greg Swift, et là, ça marche…

— C'est à la demande de mon éditeur. D'après lui, signer de mon ancien pseudonyme ou de mon vrai patronyme pouvait me desservir.

— Alors, expliquez-nous ! Ce nom, Victor Hugo, ça ne s'invente pas, c'est vraiment ainsi que vous vous appelez ?

— Tout à fait. Je fais partie de la famille des mille six cents Hugo de France…

— Mais le seul à porter ce prénom ?

— Je pense. Pas simple, n'est-ce pas ?

— Vos parents l'ont fait volontairement, ça ne peut pas être une coïncidence…

— Oui, tout à fait. Mon père n'était pas trop pour, mais ma mère a insisté pour que je porte ce prénom.

— Et pour quelles raisons ? Elle devait bien se douter que ce serait un fardeau pour vous…

— Mon père le pensait. Mais pour le contrer, ma mère a émis l'idée que le rapprochement avec le grand Victor Hugo me prédestinerait à une carrière d'écrivain.

— Et vous y avez cru vous-même ?

— Pas vraiment, je dirais même que cela m'a plutôt desservi.

Il plaça l'anecdote sur son instituteur de primaire et sa remarque spirituelle à propos de ses fautes en dictée qui déclencha les rires du public, de Jérôme et des deux chroniqueurs. Évidemment.

— Et pourtant, aujourd'hui, il semblerait que la tendance s'inverse, non ?

— J'ai l'impression. Le hasard des interviews…

— Qui fait bien les choses, apparemment…

— Oui. Olaf Solberg, mon éditeur, m'a déjà annoncé que le prochain roman serait signé Victor Hugo.

— Victor Hugo ! Le roi du polar ! Ça ne manque pas de sel… Mais après tout, puisque vous êtes enregistré ainsi à l'état civil, je ne vois pas pour quelles raisons vous ne le feriez pas. En tout cas, on ne peut que vous souhaiter une longue et fructueuse carrière qui, d'ailleurs, démarre sur les chapeaux de roue…

Le public approuva et fut incité à applaudir par le chauffeur de salle.

— Bien, il est temps maintenant de passer à votre roman *Visions mortelles*… Ale ?

Voilà. On y était. C'était au tour des chroniqueurs. À quelle sauce allait-il être mangé ? Ale Khazan prit entre les mains son roman sur la table devant elle, et le feuilleta comme pour une rapide estimation du nombre de pages.

— J'ai lu votre roman et je dois dire qu'il m'a lessivée. J'ai beaucoup aimé l'intrigue policière, mais je vous avouerai que la plongée initiale dans le paranormal m'a perturbée. Pour être sincère avec vous, l'introduction m'a laissée perplexe. Sans trop dévoiler le sujet, puisque finalement c'est ce que nous apprenons dans le premier chapitre… vous permettez que j'en parle ?

— Je vous en prie, répondit Victor, avec un sourire.

— Merci. Donc, une jeune femme, Angèle, infirmière de nuit rentre de l'hôpital au petit matin au volant de sa voiture après un service de plus de vingt heures. Des nappes de brouillard alternent avec des zones de lumière, que vous mettez d'ailleurs joliment en parallèle avec ses difficultés professionnelles opposées à son état de somnolence. Elle traverse un village désert, il est six heures, quand soudain, surgie de nulle part, une femme se retrouve devant sa voiture. Angèle appuie des deux pieds sur la pédale de frein. Comme si l'action se passait au ralenti, elle voit le visage effrayé de la femme, son corps heurter l'avant du véhicule, rouler sur le capot et disparaître par-dessus le toit. C'est à partir de cet instant que nous, lecteurs, allons commencer à être perturbés, tout comme votre héroïne…

— Je l'ai lu aussi, Ale. Vous ne pensez pas que c'est un peu ce qu'il recherchait ? lança Jérôme, amusé.

Rires du public.

— Certes. Alors c'est réussi. Parce que moi, dans le cas d'Angèle, si j'étais sorti de ma voiture pour porter secours à la victime et que je n'en trouve aucune trace, honnêtement, je me serais dit que la fatigue me jouait des tours. Mais elle, non, elle est tellement persuadée d'avoir renversé cette femme qu'elle va directement dans un commissariat pour raconter l'accident… N'importe quel flic qui prendrait sa déposition la mettrait en cellule de dégrisement, alors que là…

La question était implicite. Et à vrai dire, je m'attendais à être interrogé sur ce point.

— Si une patrouille guidée par Angèle est envoyée sur les lieux de l'accident supposé, c'est pour chercher des indices, des preuves…

— Et il n'y en a pas…

— Eh bien, non, puisqu'il s'agit d'une vision…

— Et même d'une vision mortelle qui a donné le titre à votre roman. C'est pourtant simple, Ale, non ?

— Ah, mais attendez ! Je n'ai pas dit que je n'avais pas compris. J'ai dit que j'avais été perturbée, c'est tout. Ne me faites pas dire ce que je n'ai pas dit. Dites-moi, Greg… ou Victor… pensez-vous que ce genre de visions soient possibles ? Parce que là, vous ne parlez pas de prémonition…

À cet instant, la mise en garde de Bart revint à l'esprit de Victor. Ale Khazan essayait de le déstabiliser. Elle était dans son rôle de provocatrice que Jérôme Marceau lui demandait de tenir. Mais il savait qu'elle n'y parviendrait pas. Il maîtrisait son sujet. Il lui sourit afin de lui envoyer un signal sur son état d'esprit.

— Non, pas du tout. Je me suis plu à imaginer qu'il s'agissait d'un souvenir d'une scène qu'Angèle n'avait pas vécue. Mais permettez-moi de ne pas m'étendre sur ce sujet parce que nous touchons là au cœur de l'enquête.

— Qui conduit à un dénouement renversant. Dans ce sens, votre roman est réussi. Et j'ai beaucoup aimé.

Venant d'Ale Khazan, c'était un vrai compliment et Victor ne boudait pas son plaisir. Jérôme acquiesça.

— C'est vrai. Moi aussi, j'ai beaucoup aimé, et je dois avouer, et là je suis d'accord avec Ale, le suspens m'a lessivé. Albéric ?...

Jérôme se tourna vers le second chroniqueur. Victor sentait depuis un moment que le journaliste piétinait. Comme un cheval fougueux, il grattait le sol du sabot en secouant la tête dans tous les sens, prêt à ruer.

— Pour moi, votre roman est une réussite…

Ça commençait bien.

— Mais…

Hé ! Il fallait bien un *mais*.

— Je ne reviens pas sur le premier chapitre. Ale a très bien exprimé son opinion et je la partage. Non, moi, je préfère revenir avec vous sur cette relation amoureuse qui se tisse entre Angèle et le policier avec qui elle va être contrainte, malgré elle, de mener l'enquête. Dans un premier temps, vous exprimez par métaphores la sensualité de vos personnages, puis on devine entre les lignes un crescendo dans les sentiments jusqu'à la description de leur passion fusionnelle quasiment palpable. Personne n'est dupe. Le choix des mots est sans équivoque. Rares sont les écrivains qui sont allés aussi loin dans la sublimation d'une relation amoureuse. C'est du vécu ?

Ah, la vache ! Il ne tournait pas autour du pot, lui, songea Victor. Toujours cette volonté de déstabilisation. Merci Bart !

— Peut-être ! Ou alors l'expression d'un désir inassouvi…

— Réponse de Normand ! Moi, je pencherai pour du vécu. La force des mots que vous utilisez ne peut être qu'empirique.

— Merci.

— Mais je trouve que la vision d'Angèle traîne en longueur avant d'entrer dans le vif du sujet : l'enquête. Pourquoi avoir insisté sur cet aspect irrationnel ?

— J'avais besoin d'une amorce, d'une charnière qui permettrait d'installer dans mon histoire cet aspect irrationnel dont vous parlez …

— Et c'est ce qui rend rationnel l'irrationnel, intervint Jérôme, et qui rend plausible toute cette enquête policière…

— Là, je suis d'accord avec vous, assura Albéric. Mais à mon sens, la récurrence des visions ne se justifiait pas. Le résultat aurait même été encore plus percutant avec une seule vision, deux à la rigueur.

— Je ne suis pas d'accord avec toi, le coupa Ale. Sans les visions, la trame ne tient plus et l'enquête ne peut aboutir.

— Je n'ai pas dit qu'il fallait les supprimer… Juste les réduire… D'ailleurs tu as dit que cela t'avait perturbée, non ?

— Mais non, pas le nombre de visions, celle de l'introduction, c'est tout…

Comme l'avait anticipé Bart, les chroniqueurs réglaient leurs comptes à propos d'un différend mineur. Victor n'était plus leur cible. C'était le signe de la fin imminente du combat.

— Quoi qu'il en soit, vous avez apprécié aussi ce roman, Albéric ? intervint Jérôme Marceau avec finesse.

— Je l'ai annoncé en préambule : c'est une réussite. Je souhaitais seulement avoir les explications de… de Victor Hugo… Pfff, j'avoue que ça me fait quand même bizarre…

Rires du public. Évidemment. Mais Victor était blindé dorénavant. Ce nom allait être son étendard, son fer-de-lance, sa marque de fabrique. Et en plus, il allait devoir le revendiquer. La conclusion d'Albéric le laissa pantois.

— Sinon, la trame policière, l'intrigue, la reconstitution d'un meurtre, cause des visions d'Angèle, trente ans après les faits sont d'une subtilité, je dirais, « hitchcockienne »…

Tiens, il faisait la même analyse qu'Éva…

Victor en profita pour placer son petit effet…

— En réalité, les visions d'Angèle ne sont qu'un MacGuffin…

Ce fut une erreur de sa part, car Albéric rebondit aussitôt.

— Ah, mais pas du tout. Un MacGuffin initialise l'histoire et s'avère sans importance dans le déroulement de l'action. Dans votre cas, au contraire, ces visions sont nécessaires pour la résolution de l'enquête. Et en ce sens, elles sont aux antipodes du MacGuffin dont parlait Hitchcock.

Pan ! Victor songea qu'il aurait mieux fait de se taire. Il fallait qu'il se rattrape.

— Là, c'est moi qui suis d'accord avec vous, c'était un test. Et vous n'êtes pas tombé dans le piège…

Jérôme s'esclaffa.

— Oui, oui, ça me rappelle un de mes profs au lycée quand il faisait involontairement une faute d'orthographe au tableau et qu'on la lui faisait remarquer. Il nous disait systématiquement : c'était pour voir si vous suiviez…

Vite, une parade.

— Loin de moi l'idée de me considérer professeur et Albéric comme mon élève…

— Eh bien, merci Ale Khazan, merci Albéric Jaouen !

Puis se tournant vers moi :

— Nous vous souhaitons de nombreux autres succès. Je suppose que vous allez poursuivre dans le domaine du roman policier ?

— Oui, bien sûr. Mon prochain est en gestation.

— Allez, un scoop… Il parlera de quoi ?

Encore une fois, le conseil d'Éva ressurgit dans son esprit.

— C'est top secret…

— Allez… Je suis sûr que les millions de téléspectateurs qui nous regardent n'attendent que cela…

— Non, je suis désolé. Mon éditeur n'apprécierait pas…

— Bon, alors nous vous remercions de votre passage sur le plateau de *C'est samedi soir, on veille.* Revenez quand vous voulez, vous serez toujours le bienvenu. Vous pouvez applaudir Victor Hugo, le roi du polar… Vous avez raison Albéric, ça fait quand même bizarre…

Applaudissements nourris et rires. Évidemment. Sauf que là, Victor en était fier.

— Allez, il est temps de passer à notre invité théâtre, enchaîna Jérôme Marceau…

*

Le soir, alors qu'il cherchait le sommeil, il ressassait le film de l'enregistrement de l'émission. Il regretta d'avoir placé l'idée du MacGuffin. Il aurait dû se méfier. Il avait voulu épater la galerie, malheureusement, Albéric connaissait le sujet et il avait copieusement retourné son effet contre lui. Bon, il espérait avoir fait preuve d'à-propos et d'esprit avec son histoire de test. Quoi qu'il en soit, il trouvait que, contrairement à la mise en garde de Bart, Ale et Albéric lui avaient plutôt fait une bonne publicité. Finalement, il les aimait bien ces deux-là.

Le lendemain matin, il reprit le TGV en gare de Lyon pour Montpellier. Comme à Bordeaux, Bart l'y attendait.

— Alors cette émission ?

— Eh bien, je crois que cela ne s'est pas trop mal passé.

— Je n'ai rien prévu pour demain soir, on la regardera à la télé. Sinon, j'ai tout prévu jusque demain après-midi. On a du boulot.

— **ON** a du boulot ?

— Oui, enfin, vous allez avoir du travail. Dédicaces cette après-midi, demain matin et demain après-midi. Au fait, comment va votre poignet ?

— Record à battre, 180, c'est ça ?

— C'est ce qu'on a fait à Bordeaux, oui…

— Ce qu'**ON** a fait ?

— Oui, bon, vous n'allez pas me reprendre à chaque fois. J'estime que nous sommes associés, et dans ce sens…

Il éclata de rire.

— Je vous chambrais… C'est bon, je ne ressens plus aucune douleur à mon poignet.

— J'ai prévu malgré tout un petit échauffement chez un kiné.

— Oh, mais ce n'est pas utile…

— Il faut que votre poignet tienne le coup. La route est encore longue.

*

De fait, ils en avaient fait du chemin. Après Montpellier, il y eut Nîmes, Marseille, Aix-en-Provence, Nice. Puis Grenoble, Lyon, Strasbourg, Metz, Nancy, Reims, Lille, Le Havre, Rouen, Caen, Saint-Brieuc, Brest, Rennes, Nantes, Angers, Tours pour les villes les plus importantes. Il y en avait eu de plus petites, mais il était incapable de les citer toutes. Le périple s'était terminé à Paris dans il ne savait plus combien de librairies, centres commerciaux et culturels.

Les retombées de son passage à l'émission de télévision avaient été fabuleuses. Dès le lundi suivant la diffusion, les ventes avaient été dopées. Il n'était pas rare qu'il atteigne voire dépasse les deux cents dédicaces en quatre heures. Ce qui avait conduit Bart à calculer qu'il consacrait en moyenne soixante-dix secondes par dédicace. Au bout d'une semaine, sa signature hugolienne était rôdée. Il en avait acquis l'automatisme et le temps consacré à chaque dédicace dépassait rarement la minute. Mais le public était ravi de repartir avec cet anthroponyme si célèbre sur la première page intérieure de ses *Visions mortelles*. L'effet marketing fonctionnait comme le lui avait suggéré le journaliste de *Sud Ouest*.

Selon sa promesse à Olaf, il s'était attaqué à son second roman les soirs où il était seul à l'hôtel. Et au bout de son périple, il lui téléphonait pour lui proposer de lui apporter son… « tapuscrit » ? Quelle plaisanterie ! Pour parvenir à ce néologisme, la logique lexicale française contemporaine est fondée sur le principe qu'aujourd'hui, un écrivain n'écrit plus à la main ; il utilise un ordinateur, la tendance est donc de bannir le mot « manuscrit ». Mais Victor considérait que c'était une erreur fondamentale. En effet, compte tenu du fait que les deux racines de « manuscrit » sont « écrire » et « main », sous-entendu avec une plume ou un stylo, le mot « tapuscrit » est composé, lui, du verbe « taper » et « écrire », sous-entendu sur un clavier. Et avec quoi tape-t-on ? Avec le pied ? Personnellement, Victor jugeait que dans les deux cas, le processus d'écriture était identique ; la main est bien au bout de la pensée, quel que soit l'outil utilisé, la plume ou le clavier. C'est la raison pour laquelle il bannissait ce néologisme de son vocabulaire.

Il appela donc Olaf pour lui remettre son manuscrit. Il fut tellement stupéfait qu'il l'ait déjà terminé, qu'il l'invita à manger chez lui, le soir même, dans son appartement du seizième. Seuls les étalons de l'écurie avaient ce privilège, et il en ressentit une fierté légitime. Il lui communiqua l'adresse et lui donna rendez-vous à 20 h 30.

*

Le taxi le déposa rue de Passy devant un immeuble haussmannien du quartier de la Muette. Il repéra le nom d'Olaf parmi ceux des propriétaires, lança l'appel et reconnut sa voix dans l'interphone. Il s'annonça.

— *Septième, droite !*

La porte vitrée s'ouvrit sur un hall tout en marbre. Victor gagna l'ascenseur et trente secondes plus tard, Olaf l'accueillit sur le seuil de son appartement.

— Bonjour, Victor ! Vous m'épatez… Allons ne restez pas là ! Entrez !...

Victor en resta bouche bée. Il n'avait vu ce type de décor qu'au cinéma ou dans « Propriétés de France », magazine sur lequel il était tombé par hasard chez son coiffeur. La surface habitable devait flirter avec les trois cents mètres carrés entièrement recouverts d'un parquet en chêne clair vitrifié sur lequel se reflétaient les murs blancs. La hauteur des plafonds, tous ornés d'épaisses moulures, avoisinait les trois-mètres cinquante. De larges baies donnaient sur les toits du quartier, et l'une d'elles, le summum, donnait sur la tour Eiffel toute proche, parée de ses illuminations de Noël.

Olaf le conduisit dans un immense salon et l'invita à s'asseoir dans un fauteuil en cuir si large et si profond qu'il eut l'impression qu'il allait l'engloutir.

— Vous m'épatez, Victor. Un roman en deux mois. Franchement, là, vous m'épatez…

Ça devait être vrai.

— Je vais le lire très vite. S'il est à la hauteur du premier, on le sortira dans deux mois, juste avant le Salon « Livre Paris ». Ah, il faut tout de même que je vous annonce quelque chose. Au fait, bravo pour votre prestation chez Marceau…

— Vous m'avez déjà félicité par téléphone, Olaf… C'est loin maintenant, c'était début novembre…

— Oui, mais vous savez que les ventes se sont encore envolées ? Votre passage à la télé les a boostées…

— Je m'en doute un peu, vu le nombre de signatures en deux mois…

— Bart m'a mis au courant. D'ailleurs…

Il se leva et récupéra un chèque qui était posé sur le manteau d'une cheminée dans laquelle brûlaient quelques bûches. Il me le tendit.

— Votre cadeau de Noël…

Victor repéra d'un coup d'œil l'alignement de zéros… Il en resta coi. En peu de temps, il touchait un nouveau chèque, cette fois de trois cent cinquante-six mille quatre cents euros.

— Eh oui ! Il a été vendu cent quatre-vingt mille exemplaires de plus en deux mois ! Vous réalisez ? Ça signifie que vous êtes en passe d'atteindre les cinq cent mille. Ni Sam, ni Éva, ni aucun de mes auteurs n'a réussi ce coup-là en aussi peu de temps… Vous savez que vous me plaisez, vous ?

Et il partit d'un immense éclat de rire qui en disait long. Il se leva, quitta la pièce, et revint avec une bouteille de champagne millésimée.

— Ça s'arrose !

Ils trinquèrent au succès de Victor.

— Je vous prédis un avenir brillant. Votre second roman sera un triomphe…

Victor eut une mimique pour minimiser ses propos.

— Allons, ne soyez pas modeste ! Bon d'accord, même s'il n'est pas tout à fait au niveau du premier, ce dont je doute, il bénéficiera du tsunami provoqué par vos *Visions mortelles*.

Ils passèrent ensuite à table, où Germaine, son excellente cuisinière, leur servit un succulent repas.

Tard dans la nuit, légèrement grisé par les vins, Victor songea à quitter son hôte. Olaf braqua ses yeux brillants sur lui, un sourire aux lèvres et l'index dressé. Suspens qui ne dura que quelques secondes. Il passa un bras sur son épaule et l'entraîna dans les méandres de l'appartement. Ils parvinrent devant une porte close. Olaf posa la paume de sa main sur une plaque en verre fixée sur le mur, à droite du chambranle, qu'une ligne verte lumineuse balaya de haut en bas.

Léger cliquetis.

Il poussa la porte entrouverte entra et l'invita d'un regard à le suivre.

Ils étaient dans sa galerie secrète dont Éva avait parlé. Une lumière tamisée d'ambiance permettait de distinguer le banc, couvert de cuir rouge et sans dossier, au milieu de la pièce sur lequel ils s'assirent. Olaf saisit une télécommande et l'orienta vers le mur en face d'eux. Un panneau coulissa et Victor découvrit trois tableaux ainsi que des esquisses sous des cadres en verre.

— Je vous présente ma petite collection privée. Ce sont des originaux de Renoir. Le trésor de ma vie. Mon souffle. Ma fierté. Mon bonheur.

Il ne les quittait pas des yeux, comme hypnotisé. Victor ne lui avoua pas que les trois toiles du maître lui étaient complètement inconnues, et même – mais ça aussi, il le garda pour lui – si elles n'avaient pas été de Renoir, cela lui aurait fait le même effet.

— Alors ? Qu'en pensez-vous, me demanda Olaf, les yeux toujours fixés sur les tableaux ?

— Magnifiques ! Ils sont magnifiques, l'assura-t-il avec la plus parfaite hypocrisie.

Il se tourna vers lui. Il était comme dans un état second. Puis, comme si un hypnotiseur invisible avait claqué des doigts devant lui, il se leva, fit coulisser le panneau d'une pression sur la télécommande et ils quittèrent la galerie secrète dont Olaf claqua la porte derrière eux.

— Seuls mes auteurs ont eu le privilège de voir ma collection privée.

— C'est un honneur, répliqua Victor en essayant d'être le plus convaincant possible. Olaf, il est tard, je vous remercie pour tout. J'ai passé une excellente soirée.

— C'est moi qui suis ravi de vous avoir reçu. Je ne vous quitte plus maintenant. Je vous l'avais dit, vous vous souvenez ?

— De ?

— Que nous ferions un bout de chemin ensemble. Vous m'avez répondu que vous l'espériez. Aujourd'hui, vous pouvez en être certain. Et qu'il soit le plus long possible ! Je vous appelle un taxi…

Il décrocha un téléphone, composa un numéro. Il obtint aussitôt la société, donna son adresse puis raccrocha.

— Voilà. Il sera là dans deux minutes, dit-il en le raccompagnant sur le pas de la porte. Bon retour ! On se voit demain aux Éditions. Je vous dirai ce que je pense de votre roman…

— Vous… vous allez le lire… maintenant ?

— Je m'y mets tout de suite. Je l'aurai terminé demain matin.

6

Pendant le trajet en taxi, Victor pensa à la soirée et à l'enthousiasme d'Olaf. Qu'il envisageât un succès pour son second roman à partir de son premier carton était logique, mais pour lui, c'était une épée de Damoclès. S'il n'était pas à la hauteur, le troisième serait une catastrophe, et son avenir littéraire compromis. La remarque acerbe de Sam brûlait son esprit à petit feu… *Trois cent mille exemplaires, c'est bien. Le plus difficile n'est pas de les atteindre, mais de réitérer l'exploit. Et de durer… Et ça, ce n'est pas donné à tout le monde…*

Quel éteignoir ! Malgré ce leitmotiv vénéneux dans sa tête, il avait foi en son talent. Et puis, n'avait-il pas vendu quasiment cinq cent mille exemplaires ?

Jamais il n'avait écrit aussi rapidement. L'inspiration avait été omniprésente. Chaque soir, à l'hôtel, il avait produit un minimum de dix pages. Son manuscrit en comptait quatre cents au total. Et il était sûr de lui. De son sujet. De son intrigue. De sa chute.

L'histoire était née de ses deux perceptions récentes. Il s'y replongea avec délectation, juste avant de s'endormir…

*

Premier acte. Viala-du-Pas-de-Jaux. En plein Larzac. Terre de mystères et de secrets enfouis liés aux Templiers et aux Hospitaliers. Un milliardaire organise une soirée dans son immense propriété perdue sur le Causse au cours de laquelle il met en scène des tableaux vivants, avec la complicité d'acteurs d'une troupe de théâtre professionnelle venue spécialement de Paris, en s'appuyant sur des toiles de maître qu'il vénère.

Ses invités, issus du milieu médiatique *(dans lequel il a fait fortune, car il est le patron d'un des plus importants groupes de presse du moment),* politique et artistique, sont conviés à trouver dans un premier temps le nom du peintre et de l'œuvre.

Dans un second temps, après que tout le monde a bien identifié et mémorisé le tableau, la troupe procède à une modification dans la scène que les invités doivent évidemment retrouver. L'œuvre est d'Eugène Delacroix, *La liberté guidant le peuple*.

Les comédiens (*bien rémunérés*) chargés de mettre en place le tableau se sont appuyés sur une photographie de la toile, mais également des analyses de conservateurs du Louvre pour être au plus près des personnages. La fille du peuple dénudée, vivante et fougueuse, coiffée du bonnet phrygien, mèches flottant sur la nuque, brandit le drapeau de la victoire de la main droite et un fusil à baïonnette de la gauche. Tous les comédiens masculins autour d'elle ressemblent à s'y méprendre aux personnages de la toile originale : les gamins de Paris, l'homme au béret, celui au chapeau haut de forme, un autre au foulard noué sur la tête et les soldats. La méticulosité a même été poussée dans la nudité d'un des deux cadavres au pied de la jeune femme. Les comédiens étaient payés pour ça !

La similitude avec le tableau repose sur l'immobilité parfaite des comédiens. Après que les noms de la toile et du peintre ont été trouvés, un immense rideau tombe sur la scène, et en quelques minutes, à l'abri des regards, la troupe procède à une modification rapide. Le rideau se relève. En apparence, rien n'a changé. Le maître de cérémonie (le milliardaire) jubile. Mais pas longtemps. Un des invités, le directeur de cabinet du ministre de la Culture, plus perspicace que les autres, annonce sa découverte : le pistolet glissé dans le foulard noué autour du ventre de l'homme au béret a disparu. Le milliardaire est dépité. Il ne pensait pas que cela irait aussi vite.

C'est à partir de cet instant que tout bascule.

Alors que les comédiens s'animent et que le tableau se défait sous les applaudissements du public, la comédienne qui incarne la liberté pousse un cri d'effroi, les yeux braqués sur son camarade qui incarne le soldat mort à ses pieds. Les comédiens l'entourent sans trop savoir que faire. Un chirurgien invité à la soirée les rejoint. Il l'ausculte et rend son diagnostic : l'homme est vraiment mort !

Entre en scène un des personnages principaux : le commissaire Lacombe, chef de la police de Millau, et ami du milliardaire, présent parmi les invités.

Il constate rapidement après les conclusions du chirurgien que le comédien a été assassiné. Étant donné la rapidité d'exécution du crime (le temps que le rideau se baisse quelques minutes pour mettre en place la modification dans le tableau, puis se relève), il déduit rapidement que l'assassin fait partie de la troupe. Quand il découvre autour du cou de la victime une chaîne en or à laquelle est suspendue une croix des Templiers, il sait que l'enquête prend une dimension historique locale qui va le conduire de La Cavalerie à La Couvertoirade et de Sainte-Eulalie-de-Cernon au Viala-du-Pas-de-Jaux, mystérieux sites pittoresques de par leurs commanderies, dénomination exacte des monastères d'époque après que l'ordre des Hospitaliers eut succédé à celui des Templiers.

Pour les besoins de l'enquête, Lacombe doit se rendre au Quai d'Orsay. Dans le train pour Paris, il croise le regard d'une jeune femme qui, à un certain moment, doit quitter le compartiment pour aller téléphoner. Le commissaire voit alors un individu la suivre. N'écoutant que son courage (*c'était tellement plus simple dans les romans*), il se porte au secours de la jeune femme qu'il pense être en danger alors que…

*

Le lendemain matin, Victor fut tiré d'un sommeil de plomb par la sonnerie pop de son téléphone…

It's been a hard day's night, and I've been working like a dooog…

Olaf ! Il regarda l'heure. 7 h 30 ! C'était un fou. Sa nuit avait été perturbée par des Templiers à cheval qui entraient dans le tableau *La Liberté guidant le peuple*, le baucent flottant à la hampe, pour trancher dans les corps des comédiens incarnant les personnages créés par Delacroix.

— *Bravo Victor ! Votre roman est une pépite. Il y a deux trois choses que nous reverrons ensemble, des broutilles, mais franchement, vous m'avez pondu un bijou. Vous pouvez passer me voir à 9 h 00 ?*

La teneur de ses propos arracha complètement Victor à son cauchemar.

— Vous l'avez déjà terminé ?

— *Il se lit d'une seule traite. Quand on entre dans l'histoire, et je vous garantis que c'est à pieds joints, on ne peut pas lâcher votre manuscrit avant de connaître l'assassin. Avoir mêlé ce crime à la légende des Templiers, quelle formidable idée ! Allez, à toute à l'heure !*

— Aux Éditions ?

— *Non, aux Galeries Lafayette, s'esclaffa-t-il.*

— Le temps de me doucher, boire un café et j'arrive.

— *Laissez tomber le café ! Je vous offre le petit-déjeuner au Jardin Français.*

— Euh, ça se trouve où ?

— *Vous connaissez le Bristol ?*

— De nom…

— *C'est au 112, rue du Faubourg Saint-Honoré. Le Jardin Français en fait partie. Nous pourrons discuter en toute tranquillité. On s'y retrouve dans une heure…*

*

Il était subjugué par le faste des lieux : colonnes et sol en marbre, couleurs chaudes dans les tons ocre et sable, lustres de cristal, immenses tapis d'Orient, tables et fauteuils qu'il supposa être un « Louis » quelconque. Dire que le petit-déjeuner était copieux était un euphémisme. Il n'avait jamais vu un tel buffet. En plus des viennoiseries et ingrédients traditionnels se mélangeaient pêle-mêle fruits tropicaux, laitages bio et fruits de saison, charcuterie riche et variée, pâtisseries maison, à ne plus savoir où donner de la tête. Ah oui, ça le changeait de l'expresso de sa vie d'avant pris dans son bar de banlieue avec un simple croissant et son journal.

— Alors, ce roman ? Où avez-vous été pêché cette idée de noyer le crime dans la légende des Templiers ?

— Il y a une dizaine d'années, la fille d'amis de mes parents a fait un stage pour son BTS tourisme au Viala-du-Pas-de-Jaux dans le Larzac. À l'époque, je suis passé la voir et autant vous dire que j'avais sous la main un guide d'exception pour entrer dans l'histoire des Templiers et des Hospitaliers. C'est elle qui, sans le savoir, m'a mis le pied à l'étrier. J'avais rangé ça dans un petit coin de ma mémoire, et ça a ressurgi.

— En tout cas, c'est une idée épatante. Ce mélange d'histoire et de légendes dans une action contemporaine donne au roman une atmosphère particulière dont on a du mal à se défaire, même lorsque la lecture est terminée.

Victor jubila intérieurement tout en dégustant des fruits frais.

— Vous avez un vrai don, vous savez. Il suffit de voir avec quelle maestria vous vous êtes emparé de ma passion pour Renoir pour écrire votre histoire. Ce milliardaire, quelque part, c'est un peu moi, non ?

— On ne peut rien vous cacher, Olaf, confirma Victor d'un clin d'œil appuyé. C'est d'ailleurs grâce à cette soirée chez vous avec le « Déjeuner des canotiers » que sont remontés mes souvenirs du Larzac.

— Mais ce tableau de Delacroix… Pourquoi ce choix ?

— Un hasard. Comme la plupart de mes bonnes idées. C'est lors d'une de mes anciennes visites au Louvre que je suis tombé sur *la Liberté guidant le peuple*. J'ai été subjugué par le cadavre du soldat suisse au premier plan. Sa capote gris-bleu, sa décoration rouge, ses guêtres blanches… Les trois couleurs et sa nudité m'ont sauté d'un seul coup au visage. J'avais la victime de mon roman.

Olaf le regardait, mais ses yeux ne le voyaient pas.

— À quoi songez-vous ?

— Euh… pardon ! J'étais fasciné par cette faculté que vous avez, vous, les écrivains à transformer une idée en histoire qui va passionner des lecteurs. Cela fait quarante ans que je suis dans le métier, et ça, j'avoue que pour moi, c'est un mystère.

— Pardonnez-moi, mais il faut bien que nous ayons nos petits secrets…

Olaf afficha un sourire énigmatique, puis termina son café.

— Bien, j'ai noté deux, trois choses que j'aimerais revoir avec vous. Je vais vous montrer cela aux Éditions. Vous me retouchez votre manuscrit, oh, ça ne prendra pas des mois, et disons… fin de semaine, nous signons notre contrat. Ça vous convient ?

— Si je vous répondais par la négative, vous ne me croiriez pas…

— Ah, mais on ne sait jamais. Vous pourriez penser qu'il vous faut plus de temps pour affiner votre histoire…

— Tout dépend ce que vous allez me demander de revoir…

— Des bricoles, vous dis-je. Venez ! Je vais vous expliquer cela…

*

Pour le mois de mars suivant, son roman était publié. Comme il le lui avait annoncé, Olaf avait fait en sorte qu'il le soit juste pour le salon « Livre Paris ». À l'origine, Victor l'avait intitulé *Cadavre sur toile,* mais il dut reconnaître qu'Olaf avait eu le nez fin. Il avait trouvé son titre trop peu explicite pour intriguer le lecteur et lui avait fait une autre proposition. C'est ainsi que le titre définitif fut : *Delacroix des Templiers,* avec comme sous-titre *Meurtre sur toile.* Avec une telle accroche, tout y était : le tableau du célèbre peintre chez le milliardaire, la légende des *Pauvres chevaliers du Christ et du temple de Salomon* qui, pour en avoir occupé une partie octroyée par le roi Baudouin II, devinrent les Chevaliers du Temple ou Templiers. Il insinuait aussi l'étrange similitude entre le cadavre du Suisse de la toile de Delacroix et le comédien qui l'incarnait. Olaf y avait même glissé ce jeu de mots que, personnellement, Victor trouvait moyen, par juxtaposition du nom du peintre avec celui de l'Ordre, dont la lecture donnait « De la croix des Templiers ». Après son argumentation, il avait été convaincu. Tout cela était troublant à souhait, et c'est sous le couvert de ce second roman aux Éditions Solberg qu'il entama sa nouvelle campagne médiatique.

Les salons, « Livre Paris » en tête, confirmèrent le succès phénoménal de ce qu'il convenait d'appeler maintenant son best-seller : *Visions mortelles*. Il lui servait de tremplin, de carte de visite, d'étendard. Quelle que soit la métaphore utilisée et quels que soient les endroits où il passait, il était précédé d'une aura extraordinaire à laquelle son prix du Polar n'était évidemment pas étranger.

Il enchaîna les interviews, les plateaux de télévision, les radios. Les articles de journaux étaient dithyrambiques, et plus il avançait dans la notoriété, plus son passé s'éloignait. Son compte en banque enflait avec une régularité métronomique et lui assurait un train de vie plus que confortable. Chaque lieu de dédicaces se transformait en monstrueuses et joyeuses pagailles. Son agent littéraire, Bart Caruso, organisait sans relâche son parcours à travers la France, les réservations d'hôtels, les dîners aux meilleures tables en compagnie d'illustres sommités locales dont il oubliait la plupart du temps le nom ou la fonction. Bart lui était devenu à la fois si proche et si indispensable que s'était tissée entre eux une amitié sincère.

Six mois après la sortie de son roman, il croisa Marc d'Angelo chez Maxim's, l'auteur de *Heaume, suite Heaume*... Celui qui lui avait donné une leçon avec pédanterie sur le MacGuffin d'Hitchcock lors de la soirée chez Olaf. Victor était invité par le président de la Société des Gens de Lettres. Bizarrement, leur rencontre eut lieu dans les toilettes. Ils se retrouvèrent ensemble devant les lavabos. C'est Victor qui l'aborda en premier.

— Bonsoir, Marc !

— Oh, Greg... Pardon... Victor ! Bonsoir, vous allez bien ?

— On ne peut mieux. Dire que nous appartenons à la même maison et que nous ne nous sommes jamais croisés une seule fois depuis la réception chez Olaf...

— Ainsi va la vie, mon cher ami...

Son statut avait changé. De poulain dans l'écurie, il était devenu **SON** cher ami. Il aurait pu s'en réjouir, mais il avait la rancune tenace. Et il comptait bien lui servir le plat froid de sa vengeance.

— Alors, Marc... Où en est Jack Walker, votre commissaire tombeur de femmes ?

— Il décolle, décolle... Je ne sais jusqu'où il va m'emporter...

Victor avait vu dans les gondoles des librairies et autres espaces culturels que son dernier roman caracolait en tête des ventes. Mais si le livre de d'Angelo était en sixième position dans le classement, son *Delacroix des Templiers* était installé à la seconde place derrière *Visions mortelles* depuis plus d'un mois et personne n'était encore parvenu à les déloger. Il imaginait que Marc le savait et qu'il devait bouillir intérieurement.

— Olaf vous a-t-il communiqué les chiffres ?

— Oui, on en est à cent soixante mille ! Bientôt les deux cent mille !

— Pas mal, pas mal…

— Et vous ? J'ai vu que vos Templiers étaient en deuxième position… Quelle drôle d'idée d'avoir mêlé cette croûte de Delacroix et l'intrigue policière !… J'ai cependant trouvé cela… comment dire ?... intéressant !... Fascinant, dirais-je, même…

Décidément, il avait un problème avec la peinture. C'est à cet instant que Victor porta l'estocade en reprenant certains propos qu'il lui avait tenus en octobre dernier chez Olaf.

— Mon cher, la fascination n'a de sens que dans la fraîcheur de l'innovation. Et sous cet aspect, nous sommes plus dans la mise en valeur d'un tableau emprunté virtuellement au Louvre. Voyez-vous, mon cher, cette « croûte », comme vous dites, m'a permis de franchir les trois cent mille exemplaires. Je vous souhaite une bonne soirée.

Et il l'avait planté là. Certes, il ne s'en était pas fait un ami, mais pour lui, depuis leur premier entretien dans le parc, il était hors de question qu'il le devînt un jour.

*

Plus tard dans la soirée, il était allongé sur le lit de la chambre du loft en duplex, un quatre-vingt mètres carré, qu'il avait acquis dans le XVIIIe à deux pas de la Butte Montmartre. Un ancien atelier de peintre qu'il avait fait rénover selon ses idées avec l'aide d'un architecte rencontré lors d'un vernissage. Son avenir financier était au beau fixe, tout comme son avenir littéraire. Il ne parvenait pas à trouver le sommeil. Il mesurait avec délice son parcours fulgurant en un an et demi. Il avait la notoriété, l'argent, la reconnaissance de son talent, certes, son ego avait de quoi être flatté. Il pouvait être optimiste. Même Marco Ferrer était sorti de son esprit.

À deux heures du matin, il ne dormait toujours pas. Il ressentait une sorte de malaise intérieur. Un nuage sombre dans un ciel bleu. Il tournait sa vie dans tous les sens sans s'expliquer ce trouble persistant. Ce n'était tout de même pas le fait que le nom de Marco Ferrer ait ressurgi dans son esprit ? Il descendit manger un morceau à la cuisine tout en regardant les lumières de Paris par la verrière latérale inclinée qui prolongeait celle du toit. Il s'attarda sur celles de la tour Eiffel, silhouette à l'horizon parisien, symbole de sa réussite professionnelle toute récente, et s'interrogea. Qu'est-ce qui clochait ?

Il s'endormit finalement vers quatre heures du matin, et c'est une demi-heure plus tard qu'il se réveilla en sursaut. Il venait de faire un cauchemar.

Il était sur un podium dans le parc de la propriété d'Olaf et recevait de ses mains une médaille d'or qu'il lui passait autour du cou. À ses côtés, à sa droite, se trouvait Marc d'Angelo et à sa gauche, Éva de Breuil, chacun avec respectivement une médaille d'argent et une de bronze. Des invités par milliers, des masques blancs sur le visage, applaudissaient à tout rompre. En arrière-plan, il y avait son père, mais il ne se joignait pas à la liesse générale. Il était triste, pâle, et portait un costume noir. Comme à un enterrement. Malgré les applaudissements et les cris de joie de la foule, il fixait son père éloigné de lui d'une trentaine de mètres, et comme s'ils étaient seuls en tête-à-tête, il lui demandait à voix basse qui était mort. Son regard était embué de larmes. Alors il braquait sur lui un revolver et lui répondait d'une voix triste « Toi ! ». Et il tirait.

Victor entendait encore le coup de feu. Il était en nage. Il se leva pour aller boire un verre d'eau, puis il se recoucha. Son oreiller était trempé. Il le retourna et remonta les couvertures jusque sous son menton. Il ne bougea plus. Son cœur battait la chamade. Petit à petit, il retrouva un rythme normal. Il se repassa en boucle le film de son cauchemar et finit par se rendormir. À sept heures, l'alarme de son smartphone se déclencha. Il se leva péniblement sans parvenir à trouver ses pantoufles. En maugréant, il se dirigea au radar vers la salle de bain. Dans l'ordre : retrouvailles de son petit orteil avec le pied de lit. Juron. Télescopage de son front avec la porte de l'armoire à pharmacie restée ouverte au-dessus du lavabo. Deuxième juron. De rage, il la referma si violemment que le miroir se fendit en deux, et que l'un des morceaux se détacha et se fracassa en mille morceaux dans le lavabo. Troisième juron.

Énervé, il fit la grimace lorsqu'il vit son reflet dans le bout de miroir resté accroché après la porte de l'armoire. Pâle, les traits tirés, des valises sous les yeux, les cheveux en bataille, il ressemblait à un zombie. Sous le pommeau de douche, il n'ouvrit que le robinet d'eau froide. Bien qu'il sache à quoi s'attendre, le jet glacé lui arracha un cri de surprise, et il jura comme un charretier.

Vingt minutes plus tard, d'humeur maussade, il dégusta un café serré, tout en laissant errer son regard sur les toits de Paris. Et là, tout devint limpide. Il décrypta le message de son cauchemar en un flash aussi brutal que douloureux. Il comprit quel était ce nuage noir dans son ciel bleu qui le perturbait : son succès le grisait et modifiait insidieusement son comportement, sa façon de penser. Comme une insulte à son éducation, aux valeurs qui lui avaient été transmises. D'où l'incursion de son père dans son inconscient comme censeur de la métamorphose soudaine de son comportement, de la mutation de ses vertus morales. Où était le garçon anonyme, juste apprécié d'un cercle d'amis restreint ? Où était le romancier balbutiant à qui les lecteurs concédaient un talent d'écriture plus par complaisance que par admiration ? Où était ce mauvais commercial qui argumentait le contenu de ses livres en quête d'une sincère reconnaissance littéraire ? Quand cela avait-il basculé ?

Avec le recul, il tenta de trouver des réponses à toutes ces interrogations qui, sans en avoir l'air, parsemaient le champ de son esprit de mines susceptibles de faire voler en éclats sa sérénité s'il choisissait de les ignorer.

Il devait anticiper. Désamorcer ces engins explosifs avant qu'un faux pas ne pulvérise sa célébrité naissante.

Il revint sur la période qui venait de s'écouler depuis son entrée aux Éditions Solberg et surtout depuis que ses deux romans l'avaient catapulté au top des ventes des librairies de France et de Navarre. Il tenta d'analyser certains propos qu'il avait pu tenir, certaines réactions spontanées, certains de ses comportements qui, mis bout à bout, avaient généré une déflagration dans son inconscient.

Cela avait commencé avec Bart, dans la chambre de l'hôtel à Bordeaux où il avait pris un air blasé pour lui faire croire qu'il était un habitué de ce genre de lieu. Il avait d'ailleurs assez vite été remis en place. Sa confusion, sincère, aurait dû être un bon signal d'alarme. Mais pris dans l'engrenage des marathons des dédicaces, des plateaux télé, des articles médiatiques en tout genre, des interviews, des mises en scène des salons où il était invité comme tête d'affiche, oui, il en acquit une certitude qui se matérialisa sous forme d'une vérité qu'il ne put s'empêcher de formuler à voix haute dans sa cuisine :

— Connard ! T'as pris la grosse tête !

It's been a hard day's night, and I've been working like a dooog…

La photo affichée sur l'écran le renseigna immédiatement sur l'identité de l'émetteur.

— Bonjour Olaf !
— *Victor… Bien dormi ?*
Inutile de rentrer dans les détails de ses insomnies.
— Impeccable, merci.
— *Bon. Vous êtes en dédicaces toute la journée, il me semble ?*
— Oui, je signe à Saint-Michel…
— *Chez Gibert, c'est ça ? Vous y êtes déjà allé ?*
— Non, c'est la première fois. Mais Bart m'a un peu briefé.
— *C'est la plus grande librairie de la capitale, vous allez faire un carton. Pouvez-vous passer me voir demain dans la matinée ?*
— Aux Galeries Lafayette ? ironisa Victor.
Olaf comprit son allusion et Victor l'entendit sourire au ton qu'il employa.
— *C'est cela, oui. Passez quand vous voulez ! J'y serai jusque midi. Je dois être rue de Valois à 13 h 00 pour un déjeuner…*
— Je serai aux Éditions vers dix heures. Ça vous convient ?
— *C'est noté. Alors à demain. Dix heures!*
— À demain !

Rue de Valois ? Olaf déjeunait avec le ministre de la Culture.

7

Il quitta le métro et se retrouva sur le *boulevard Saint-Germain*. Il rejoignit le *boulevard Saint-Michel* à deux pas et il aperçut à une centaine de mètres le grand bâtiment d'angle de la librairie qu'il avait pris soin de découvrir en photos sur Internet. Il pensa que même s'il n'avait pas pris cette initiative de reconnaissance virtuelle, il aurait su que c'était là : une file de lecteurs passionnés par ses romans – il n'en douta pas une seconde – attendaient patiemment sur le trottoir l'ouverture des portes qui, ce jour-là (il l'apprendrait plus tard), ne le seraient qu'à 10 h 00 au lieu de 9 h 30, à cause de sa venue que le personnel de la librairie considérait comme exceptionnelle. Bart l'en avait avisé.

Pour la première fois dans sa nouvelle carrière d'écrivain, il se sentit oppressé. Il inspira et expira en profondeur plusieurs fois de suite. Il se sentit un peu mieux, d'autant plus qu'il avait été informé par téléphone qu'il y avait une entrée réservée au personnel dans la *rue Pierre Sarrazin* parallèle à la *rue de l'École de Médecine*. Une personne devait même l'y attendre. Il descendit le *boulevard Saint-Michel* en sens inverse, le traversa sur un passage protégé, enfila la *rue*

Sarrazin jusqu'au numéro qui lui avait été indiqué. Il fut accueilli par une jeune femme et ce n'est qu'après la fermeture de la porte derrière eux qu'il retrouva enfin une respiration normale et que son oppression disparut.

Il tira de cette phobie soudaine une conclusion rassurante. Au moins, il n'avait pas autant la grosse tête que son cauchemar le lui avait fait entrevoir.

Il fut présenté à Marc-Henri Boisseau, le responsable de la librairie qui lui assura être ravi de l'avoir en signature dans son établissement. Ils prirent une petite collation composée d'un café, d'une madeleine et d'un carré de chocolat, puis Boisseau le conduisit dans la librairie à travers un labyrinthe de gondoles jusqu'à l'espace dédié aux écrivains en dédicace. Ses deux livres par centaines étaient amoncelés en pyramide sur des podiums entourés d'une chaîne blanche, de chaque côté de la table où il allait officier et sur laquelle étaient aussi empilés des dizaines d'exemplaires. Victor félicita le responsable pour la qualité de la mise en scène. Celui-ci lui expliqua que les deux pyramides composaient seulement un décor attractif et que les piles de la table seraient réapprovisionnées si besoin.

À dix heures, les portes furent ouvertes, et un employé se positionna pour gérer les lecteurs. Il fut convenu que le « gardien du temple » les laisserait passer par groupe de cinq, par principe de sécurité d'abord, mais aussi pour que les autres clients ne soient pas gênés dans leurs déambulations entre les rayons.

Victor reçut donc ses premiers admirateurs, et après quelques échanges amicaux avec chacun d'eux, il dédicaça, selon leur choix, soit *Visions mortelles* soit *Delacroix des Templiers*, parfois les deux, après qu'ils l'eurent renseigné sur le prénom de la personne à qui ils étaient destinés.

Juste avant la pause déjeuner, il termina sa dernière salve de dédicaces quand se présenta une dame sans âge dont le visage hermétique derrière des yeux rieurs lui rappela quelqu'un, mais malgré ses efforts, il lui fut impossible d'y remettre un nom.

— Vous ne me reconnaissez pas ?

— Euh… nous nous sommes déjà croisés, non ?

— Ouiiiiiiii…. Maggyyyyyyyyyy…. Margueriiiiiii-iite Von Doooooorf !

Aussitôt, la sonorité accentuée dans les aigus de ses voyelles alluma dans l'esprit de Victor le souvenir de la momie à qui il avait dédicacé son premier roman lors de la cérémonie chez Olaf pour son Prix du Polar. Cela remontait à dix mois.

— Maggyyyyyyyyyy ! reprit-il sur le même ton mélodique de phonographe nasillard qui la caractérisait et il se leva pour lui serrer la main.

Il regretta aussitôt cette marque de politesse qui autorisa la dame, à sa grande stupeur, à se jeter dans ses bras pour lui claquer deux baisers affectueux. Comme si leur rencontre témoignait d'une relation amicale, voire plus, de longue date ! Il la repoussa gentiment pour ne pas la froisser.

— Je parie que vous venez pour mon second roman, lança-t-il pour dissiper son malaise.

— Ouiiiiiiiii, c'est celaaaaaaaaaa ! J'ai adoréééé-éééééé *Missions morteeeeeeeeeelles,* c'était fantastiiii-iiiiiique ! s'enthousiasma-t-elle.

Il ne releva pas le lapsus. À quoi bon ! Il douta même qu'elle eût parcouru la moindre ligne de son roman.

— Aujourd'huiiiiiiiii, vous allez me signer votre dernier bébé, n'est-ce paaaaaaaaaas ?

— Avec plaisir !

Il s'empressa de se rasseoir après avoir saisi un de ses livres au passage sur une pile, et il rédigea sa dédicace dans l'espoir qu'une tournure amicale la contenterait et lui permettrait ainsi de se libérer de son emprise. Il referma le livre et le lui tendit avec un sourire, pensant mettre fin à leur entretien. C'était mal la connaître.

Elle commença par lire sa dédicace à haute voix.

Pour Maggy,
Mon amie éternelle,
Victor Hugo

— Oooooooooooh ! Vous êtes adoraaaaaaaaaable ! C'est tellement plus spiritueeeeeeeeeeel d'avoir choisi ce pseudonyyyyyyyyyme !

— Euh… Je…

À quoi bon lui expliquer ?

— Merci, répondit-il en espérant cacher son agacement et qu'elle allait enfin s'en aller.

Il était hélas loin du compte.

— *Delacroix des Templieeeeeeeeeers ?*... Mais dites-moi, ils ne sont pas de la même époooooooooque ?

— Qui cela ?

— Eh bien... le peintre et les Templieeeeeeeeeers...

— Euh... non, pas vraiment...

Marc-Henri Boisseau, le responsable de la librairie, les observait de loin, et Victor profita que Maggy avait le nez sur la couverture pour lui lancer un regard implorant. Heureusement, il capta le message et approcha.

— Alors je ne comprends paaaaaaaaaas... C'est un livre sur la peintuuuuuuuuuuure ou un livre d'histoire que vous...

— Ni l'un, ni l'autre, Madame, l'interrompit Boisseau, c'est un roman noir... Excusez-moi, mais je dois emmener Monsieur Hugo au restaurant... La table est réservée... Vous savez ce que c'est...

— Oh, ouiiiiiiiiiii ! Je vous laisse... Au revoir Greeeeeeeeeeg...

Et deux bécots de plus sur les joues...

— J'espère vous revoiiiiiiiiiir avant votre prochain chef d'œuvre...

— Moi aussi Maggy, mentit Victor.

— À bientôôôôôôôôôôt alors !

— C'est cela... À bientôt...

Alors qu'ils la regardaient s'éloigner, Victor ne manqua pas de remercier Boisseau.

— Vous m'avez sauvé la vie !

— Avec plaisir. Mais dites-moi... Pourquoi Greg ?

— Elle pense que Greg Swift est ma vraie identité et Victor Hugo mon nom d'emprunt, soupira-t-il. Il y en a encore quelques-uns comme ça…

— Pourtant, les médias n'ont parlé que de ça, confirma-t-il d'un sourire. Venez ! Le restaurant est à deux pas d'ici…

Ils quittèrent la librairie par la porte principale, et Victor constata que des lecteurs patientaient toujours à l'extérieur. L'un d'eux les interpella, inquiet.

— C'est fini ?

— Non, non, répliqua Boisseau. Nous allons déjeuner. Monsieur Hugo reprendra les dédicaces à 14 h 00…

Victor ressentit son soulagement et lui adressa un sourire d'encouragement.

Quand ils furent installés à leur table, il fit part de ses interrogations.

— J'ai l'impression que la file des lecteurs n'a pas diminué depuis mon arrivée ce matin…

— Si, mais d'autres ont remplacé ceux que vous avez rencontrés… C'est toujours le cas avec les auteurs de renom, affirma Boisseau avec un large sourire.

Un serveur les salua et leur remit un menu à chacun.

*

À 14 h 00 précises, les fans de Victor avaient sagement patienté et leur retour fut accueilli par des chuchotements admiratifs. Cette fois, il ne ressentit aucune crispation. Pour trois raisons. Un, la séance du matin l'avait aguerri. Deux, Boisseau l'accompagnait. Et trois, le Brouilly du repas l'avait passablement désinhibé.

C'est donc en toute convivialité qu'il reçut ses lecteurs. Il enchaîna les dédicaces les unes derrière les autres, toujours avec le sourire et un petit mot pour chacun.

Vers seize heures, il repéra une jeune femme ravissante dont le comportement allait d'abord l'intriguer puis, le temps passant, carrément le déstabiliser.

Pourquoi l'avait-elle troublé ?

Premièrement, son physique.

Elle devait avoir dans les trente ans. Ses cheveux bruns étaient cachés par une casquette grise, genre poulbot, dont seules quelques mèches en accroche-cœur dépassaient sur son front et sur sa nuque. Un long manteau bleu nuit, cintré à la taille, tombait sur des bottes en cuir noir. Le col fermé était remonté et encadrait son visage.

Le maquillage discret de ses yeux donnait à son regard une innocence émouvante. Des pommettes légèrement saillantes et un nez à peine retroussé accentuaient une symétrie remarquable. Sa bouche délicate, soulignée par un rouge à lèvres mat satiné, était juste entrouverte, lui donnant une sensualité troublante.

Deuxièmement, son comportement.

Elle tenait à la main *Visions mortelles,* déambulait dans les rayons, tantôt de face, tantôt de dos, feuilletait une revue piochée au hasard, la reposait, en tirait une autre, la remettait en place, ouvrait un livre, faisait mine de lire un passage. Parfois elle s'approchait tellement de la table où il poursuivait sans relâche ses dédicaces, qu'il était persuadé qu'elle allait l'aborder. Mais non. Juste un regard qui le bouleversait, puis elle repartait plus loin où elle recommençait le même manège. Entre deux signatures, il leva les yeux, car il ne douta plus un instant qu'elle fût encore là. Et elle l'était. À un moment, leurs regards se croisèrent et ils se figèrent ainsi une seconde qui lui parut une éternité. Là, il sut qu'elle savait. Qu'il était ému, troublé, ébranlé, chaviré. Touché en plein cœur. Et il était convaincu qu'elle l'était aussi.

— Je peux avoir une dédicace ?

Hébété, Victor descendit brutalement de son nuage. En face de lui, un homme âgé lui tendait un *Delacroix des Templiers*. Confus, il le saisit et posa sa question machinale.

— À quel nom ?

— Pour Georges… Georges Bernardini…

Victor releva d'un coup la tête.

George Bernardini ! Son ancien instituteur ! Celui qui lui disait autrefois : « *Ah ! Monsieur Victor Hugo n'était pas en forme aujourd'hui ?... Deux fautes, hé, hé !* »

Victor chercha sa belle du regard… Elle avait disparu. Il maudit Bernardini intérieurement d'avoir rompu le charme. C'est avec une belle hypocrisie qu'il revint vers lui.

— Eh bien, ça alors ! Si je m'attendais…

Il se leva et lui tendit la main que le vieil homme serra avec un plaisir non dissimulé.

— Comment allez-vous, Monsieur ?

— Comme tu vois, Victor, toujours gaillard malgré mon âge…

— Allons, vous n'êtes pas si vieux que cela, répliqua-t-il poliment, car il venait de compter mentalement qu'il devait bien avoir dans les quatre-vingts, quatre-vingt-deux ans.

— Hé ! Tout de même soixante-douze…

Soixante-douze ans ? Il tomba des nues. Ce qui signifiait… Ils avaient donc trente-deux ans d'écart… Un rapide calcul lui permit de réaliser que lors de sa dernière année de primaire, il n'avait que… quarante-deux ans ? Incroyable ! Dans les yeux des gamins qu'ils étaient, il avait largement l'âge d'être grand-père… Non. C'était un grand-père ! Comme quoi, la relativité…

— Bon, alors ? Cette dédicace ? Tu me la fais ?

Victor abandonna aussitôt ses sensations de gamin.

— Oui, oui, pardon !

Il retourna à sa chaise, prit son stylo et le livre et pendant qu'il rédigeait sa dédicace, l'homme continua à lui parler.

— Je suis fier de ton succès, Victor !

— Merci, Monsieur.

— C'est une vraie satisfaction pour un instituteur quand les élèves qu'il a eus sur les bancs de l'école réussissent.

— C'est un peu grâce à vous, Monsieur !

— C'est pour cela que je suis fier. Même si je sais que pour en arriver là, tu as travaillé dur. Même si je suppose que dans ce milieu, il faut un peu de chance, non ?

— *La chance aide parfois, le travail toujours*, le parodia-t-il avec ce proverbe brahman qu'il leur ressassait autrefois.

— Tu vois, tout sert. Même les citations.

Il lui tendit son roman. Il lut rapidement sa dédicace, dont une petite phrase de remerciement pour ce qu'il lui avait apporté.

— Ah ! Monsieur Victor Hugo était en forme aujourd'hui ?... Pas une seule faute, conclut l'ancien instituteur d'un clin d'œil plein de malice.

Victor le gratifia d'un sourire sincère cette fois, et l'instituteur prit congé en lui souhaitant une longue carrière. Il le regarda s'éloigner avec une pointe de nostalgie. Après tout, il n'était pas si mal que ça, ce maître d'école…

Il reprit ses signatures non sans avoir lancé un regard circulaire à la recherche de cette jeune femme dont il ressentait encore aux tripes le chambardement émotionnel qu'elle avait suscité juste en croisant leurs regards. Il ravala sa déception après avoir constaté son absence. Il dut se rendre à l'évidence : elle s'était volatilisée.

Il termina ses dédicaces vers 20 h 00, et Marc-Henri Boisseau le remercia pour ce qui, d'après lui, avait été une journée exceptionnelle. Comme il n'en avait pas vécue sur le plan commercial avec un auteur depuis longtemps. Il avait écoulé deux cent six exemplaires de son *Delacroix des Templiers* et quarante-huit *Visions mortelles*. Victor en fut lui-même surpris.

Ils fêtèrent l'évènement au champagne, et il quitta la librairie à 21 h 15, épuisé, mais satisfait.

La nuit était presque tombée. Il faisait doux, et plutôt que de prendre le métro, il décida de marcher un peu et d'aller traîner dans *le Marais*. Alors qu'il franchissait la Seine sur le *pont Saint-Michel* en direction du *boulevard du Palais*, une voix l'interpella derrière lui.

— Excusez-moi !

Il se retourna, et il reçut un coup à l'estomac. Comme un éclair qui vous transperce le cœur. Une bouffée d'adrénaline qui vous submerge et emporte tout sur son passage. Et vous laisse en suspension dans un vide sans repère. Un moment de flottement entre deux eaux. Entre ciel et terre. Souffle coupé.

La belle était là.

Plus tard, il décomposera à l'infini tout ce qu'il avait ressenti et qui en fait, n'avait duré qu'une fraction de seconde !

Il marchait. Tranquille. À savourer sa journée d'auteur comblé.

Puis la voix.

Excusez-moi !

Une douce mélodie. Cristalline. Juste deux mots prononcés en un souffle pur. Aérien.

Bien qu'il se soit retourné brusquement, il revécut cet instant cent fois au ralenti.

Il s'arrête. Tourne la tête à droite et les premières maisons de l'île de la Cité défilent en un lent panoramique. Des milliers de reflets de lumières clignotent par intermittence et dansent sur le dos des vaguelettes de la Seine sous le *petit pont Cardinal Lustiger*. Les façades des bâtiments du *quai Saint-Michel* entrent dans son champ de vision.

Il lance sa jambe droite en appui vers l'arrière.

Son torse puis tout son corps suivent le mouvement de rotation initial.

Du coin de son œil droit, il aperçoit les bottes en cuir noir sur lesquelles tombe le bas du manteau bleu nuit.

Sa jambe gauche vient en appui pour stabiliser son équilibre.

Ses yeux remontent vers le haut du manteau. Le col magnifie son visage sous la casquette grise de poulbot.

Elle est là. Devant lui.

Et il plane.

Le cristal de sa voix le ramène sur terre en douceur.

— S'il vous plaît… Vous pourriez me dédicacer *Visions mortelles* ?

8

Il parvint à surmonter la paralysie de ses cordes vocales pour l'inviter à prendre un verre. Dix minutes plus tard, ils étaient dans un bar dont il oublierait le nom et l'adresse, tout comme les boissons qu'ils commandèrent.

— Vous me la faites cette dédicace ? susurra-t-elle pour rompre leur silence béat d'admiration réciproque.

— Euh… oui, pa… pardon, bafouilla-t-il, intimidé.

Il tira son stylo de sa poche et fit glisser vers lui *Visions mortelles* qu'elle avait posé sur la table. Il l'ouvrit à la première page.

— Euh... Je le dédicace pour qui ?

— Pour la femme de ma vie…

Sa réponse le pétrifia. Un couperet ! Un nouveau coup de poing dans l'estomac ! L'équivalent d'un coup de poignard en plein cœur !

Une lesbienne ! *Plus on s'élève et plus dure sera la chute,* dit le proverbe chinois. Et Dieu sait qu'il était monté haut. Elle l'avait emporté à une telle altitude. Là, il était en chute libre. Et sans parachute. D'ailleurs, il venait déjà de s'écraser. Et que ça faisait mal !

Elle ne le quittait pas des yeux.

— Vous allez bien ? s'inquiéta-t-elle, sans doute à cause de la pâleur de son visage.

— Ça va, s'entendit-il répondre.

Sa voix était si voilée et si faible qu'il douta un instant qu'elle sortît de sa bouche. Il se racla la gorge, prêt à écrire, et parvint à la regarder droit dans les yeux.

— Et cette femme a sans doute un prénom ?

Il avait sorti cette phrase dans un seul souffle. Au ton qu'il avait posé sur les mots filtrait une crispation involontaire, une colère contenue. Non pas qu'il n'acceptât pas l'homosexualité, mais surtout parce qu'il se sentait trahi et vexé d'avoir été emporté dans des sphères où il est possible de rêver, de croire au bonheur, alors qu'il ne s'agissait que d'un leurre dont il la rendait coupable.

— Angèle, lâcha-t-elle du bout des lèvres.

Pourquoi ce prénom, et surtout la fragilité sensuelle avec laquelle elle le prononça le bouleversa-t-il malgré le revers qu'il venait de subir ? Fort de sa méprise, il balaya son émotion et rédigea la dédicace en jouant volontairement la carte de la sobriété. Ce qu'elle demandait et sa signature. Service minimum. Il la relut machinalement comme il le faisait à chaque fois, pour traquer la moindre faute. Pour un écrivain, ce serait impardonnable.

Et pour la troisième fois de la soirée, il reçut un coup de poing à l'estomac.

Pour Angèle, la femme de ma vie,
Victor Hugo

L'interprétation pouvait paraître sans équivoque à quiconque lisait sa dédicace : elle s'adressait à « Angèle, la femme de **MA** vie », donc la sienne.

Il se posa mille questions.

Était-elle vraiment homosexuelle ?

Quel était son prénom, à elle ?

Était-ce un subterfuge pour mieux le piéger ?

Une astuce pour qu'il rédige ces mots sans ambiguïté pour mieux épater ses amies ?

Vous avez vu ? Je suis la femme de sa vie ?

Un canular ?

Ne trouvant aucune réponse logique, il referma le livre et le lui rendit. Il y eut une fraction de seconde où ils le tinrent ensemble, chacun d'une main. Une brève suspension du temps pendant laquelle ils furent reliés l'un à l'autre. Leurs troubles résonnaient à l'unisson.

Mais pourquoi ? Quel était le sens caché ? La clef ? Jouait-elle sur deux tableaux ? En termes de relation amoureuse, il s'était toujours appuyé sur le fait qu'il fallait être deux. Avec des sentiments partagés. Et là, il refusait de partager cette femme déconcertante et d'être en compétition… A fortiori avec une autre.

Alors qu'il lui abandonnait le livre, il eut l'impression, la certitude même, à l'intensité de son regard qu'elle l'incitait à lui poser la question qu'elle savait qu'il brûlait d'envie de lui poser.

— Et vous, quel est votre prénom ?

À son sourire et à ses yeux fermés, il perçut son soulagement. Il avait tapé dans le mille.

Elle souleva ses paupières et plongea son regard dans le sien avec une sincérité qui l'ébranla. Elle resta muette quelques secondes qu'il mit à profit pour détailler pour la première fois ses yeux. Les iris étaient vert émeraude bordés d'un fin liseré plus foncé et des pupilles jaillissaient des éclairs jaunes comme l'irradiation d'un soleil noir. Il n'avait jamais croisé de regard aussi troublant. Il dut s'avouer qu'à ce stade, il était *largué. Paumé* de chez *paumé.* Une vraie solitude intérieure.

La soirée modulait entre promesses de paradis délicieusement accessibles et douches froides dues à des interprétations aléatoires. Ne sachant plus à quel saint se vouer, il baissa la garde, suspendu à sa réponse qu'elle lui souffla du bout des lèvres.

— Angèle.

Nouvelle chute libre…

Elle venait de poser le couvercle sur la marmite où bouillait pêle-mêle : ses doutes, ses interrogations, son incompréhension et son désarroi.

— Je… je ne comprends pas…

Le trouble qu'il lut dans son regard le lui confirma et accentua son propre émoi. Et son incapacité à se dépêtrer du filet qu'elle tissait et dont il se sentait prisonnier. Il prit une profonde inspiration afin de faire le vide et tenter de clarifier la situation.

— Attendez ! Je…

Le précipice qui sépare la volonté et la réalité est abyssal. Feindre de l'ignorer n'évite pas le vertige. Pour lui, il se matérialisa sous la forme d'un gargouillis étrange à mi-chemin entre le gargarisme et la mue d'adolescent boutonneux. Il se servit un verre d'eau qu'il avala d'un trait pour tenter d'éclaircir sa voix.

— Je…, commença-t-il pour vérifier qu'elle était dans le bon registre.

Et cette fois, elle l'était.

— Ne… Ne prenez pas mal ce que je vais vous dire, mais je ne comprends pas le lien qui existe entre la dédicace que vous m'avez demandée et… votre prénom. Vous… vous pouvez m'expliquer ?

En posant cette question, il était à cent lieues d'imaginer ce qu'il allait entendre. Et surtout, il ignorait quelle direction allait prendre sa vie suite aux confidences d'Angèle.

Elle commença par se servir également un verre d'eau dans lequel elle ne fit que tremper ses lèvres.

— Monsieur Hugo…

— Appelez-moi Victor ! l'encouragea-t-il d'une voix blanche.

Son sourire lui fendit l'âme. Jamais cette expression n'eut autant de sens pour lui qu'en cet instant. Il aurait dû être en état d'alerte, en vigilance orange, voire rouge… Mais là, sa cuirasse se lézardait, s'arrachait de toute part, poitrine offerte à l'ennemi (ennemie ?) dans l'attente du glaive qui transpercerait son cœur.

— La réponse est dans votre roman, poursuivit-elle en posant la paume de sa main sur le livre posé sur la table entre eux.

— Dans… dans mon roman ?

— Oui. Avant j'étais Mathilde. Aujourd'hui, je suis Angèle, votre personnage principal…

— Je… vous… Angèle ?

— Oui, Angèle.

— Mais ce n'est qu'une fiction. J'ai inventé Angèle. J'ai inventé Mathilde. Angèle vit à notre époque. Mathilde, il y a trente ans…

— J'ai été Mathilde. Aujourd'hui, comme dans votre roman, Mathilde est morte. Je suis Angèle.

Alors là, il retomba sur terre sur ses deux pieds, en équilibre, avec toute sa lucidité. L'affaire était réglée. Il était en face d'une cinglée.

Elle dut lire le fond de sa pensée, car aussitôt elle enchaîna.

— Ne croyez pas que je sois folle. Je vais tout vous expliquer. J'ai vraiment été Mathilde. C'est mon vrai prénom. J'ai été mariée pendant quatre ans et aujourd'hui je suis divorcée. Non seulement mon mari me trompait, mais en plus il était violent. Cette Mathilde-là est morte. Jusqu'à ce que je ressuscite. C'est arrivé lorsque je suis tombée par hasard sur votre roman *Visions mortelles*… Le résumé en quatrième de couverture m'a intriguée. Je l'ai alors acheté, puis j'ai commencé à le lire un soir et je n'ai pas pu le lâcher avant d'en connaître le dénouement. Je l'ai terminé à sept heures le lendemain matin. Fascinée. Émerveillée. Transcendée. Votre histoire m'a ouvert les yeux. Je renaissais dans le corps d'Angèle. Une nouvelle vie démarrait. Mais au-delà de cette nouvelle identité dont je me suis emparée à la lecture de votre roman, ce que vous avez écrit m'a bouleversée. Vous avez exacerbé le sentiment d'amour. Vous l'avez élevé aux confins de l'univers. Oui, voilà, vous en avez fait une analyse universelle. Et avec cette universalité des mots, vous avez touché mon âme avec une sensibilité que je n'ai rencontrée chez aucun homme. C'est une bénédiction du ciel que vous ayez pu parler d'amour avec autant de justesse, de vérité, de délicatesse. Oh, je sais bien que je dois vous paraître un peu spéciale de venir vous tenir ce discours, et encore plus de vous demander une dédicace aussi téméraire et ambiguë. Mais il fallait que je le fasse.

Elle prit le livre et le feuilleta pour éviter, du moins le supposa-t-il, de le regarder dans les yeux. Il toussota pour dissiper son malaise et sa réaction fut d'une banalité sans nom.

— Je… je comprends. Je… je suis ravi que mon roman vous ait plu…

— Non seulement il m'a plu. Il m'a transformée. Il m'a… montré le chemin. C'est un signe du destin, j'en suis persuadée. Lorsque je vous ai demandé d'écrire « Pour Angèle, la femme de ma vie », je voulais juste attirer votre attention. Vous faire comprendre quelle force, quelle émotion vibrante secouait mon âme et mon corps.

Elle marqua une pause, puis le fixa d'un regard intense comme si elle avait voulu qu'il lise en elle et atteigne son cœur. Puis, elle murmura du bout des lèvres :

— Si j'avais osé, je vous aurais demandé d'écrire « De Victor, l'homme de ma vie ».

Elle le fixait toujours. Comme pour enraciner en lui sa sincérité, le sens de ses mots. Il resta sans voix, hébété. Devant son silence, elle esquissa un léger sourire, ses yeux s'embuèrent et deux larmes roulèrent lentement sur ses joues. L'aveu était dramatique. Il le percuta avec une violence inouïe. Comment son roman avait-il pu émouvoir autant cette jeune femme au point qu'elle tombe amoureuse de lui ? Car c'était bien de cela qu'il s'agissait. Il tenta une ultime parade en évitant de la froisser.

— Mais… c'est d'abord un roman policier, vous savez. Tout n'est que fiction. Imagination.

— Je ne veux pas justifier davantage la raison pour laquelle je suis devant vous ce soir. Je comprends bien l'absurdité de mon entreprise. Son illusion. Mais rien ne pourra m'empêcher de penser qu'un écrivain, avec une telle qualité d'écriture sur l'amour et les sentiments amoureux, est avant tout un homme fait pour aimer. Vous savez, je vous ai regardé dans l'émission *C'est samedi soir, on veille* de Jérôme Marceau… Ale Khazan et Albéric Jaouen ont tellement bien parlé de *Visions mortelles*… Au hasard de vos passages à la télévision, vos interviews à la radio, les articles qui vous sont consacrés dans la presse, j'ai appris que vous étiez célibataire… Peut-être avez-vous une femme dans votre vie. Si tel est le cas, elle a beaucoup de chance. Oubliez tout ce que je vous ai dit ce soir ! De mon côté, j'abandonnerai Angèle pour retrouver Mathilde. Une chose est certaine. Je ne vous remercierai jamais assez pour le bonheur que vous m'avez donné avec votre roman. Voilà. Maintenant, il est tard. J'ai assez abusé de votre temps. Excusez-moi !...

Et là, il ne sut pour quelle raison, son aveu à la limite de la déclamation l'interpella. Peut-être aurait-il dû juste payer leurs consommations et mettre un point final à cette rencontre d'un soir, mais en une fraction de seconde, il eut l'impression qu'elle allait lui échapper. C'était au-delà de la raison. Les mailles du filet s'étaient-elles resserrées ? *Pour Angèle, la femme de ma vie !* Sa dédicace agissait-elle comme une autosuggestion irréversible ?

Lorsqu'elle prit son roman pour le ranger dans son sac à main, il comprit qu'elle allait partir, sans réfléchir il posa sa main sur la sienne.

Ce fut comme une décharge électrique. Était-ce cela qu'on appelait le coup de foudre ? Il l'avait si souvent décrit dans ses romans, et bien qu'il en eût maintes fois imaginé les effets dans une projection de son imagination, il était à des milliards de kilomètres de ce tourbillon d'émotions dans lequel il était emporté ce soir.

Elle leva vers lui ses yeux humides. Ils restèrent un instant ainsi, sans bouger. Comme pour savourer la fragilité de ce premier contact. Et cette fois, sa voix était claire, mais elle trembla.

— Il n'y a aucune femme dans ma vie, Angèle…

*

Mille lumières en suspension dansaient sur la Seine qu'ils longeaient à pied, main dans la main, silencieux, de peur que s'envole la magie de leur rencontre. Par moment, un regard furtif et un sourire timide leur permettaient juste de réaliser qu'ils ne rêvaient pas. C'était si soudain, si violent, si brutal, si inattendu. Alors qu'ils passaient devant Notre-Dame, vers vingt-trois heures, elle lui demanda de la raccompagner. Son imaginaire de mâle l'interpella sur ses intentions. Promesse d'une nuit de nirvana ? Il héla un taxi. Un second. Un troisième. Il n'y a qu'au cinéma, ou dans les romans, qu'ils s'arrêtent du premier coup. En même temps, il ne s'en plaignit pas. Une demi-heure plus tard, ils étaient toujours à marcher. Il n'allait tout de même pas la ramener en métro. Rien de tel pour casser la poésie ! Vers minuit moins le quart, un taxi s'arrêta enfin et ils s'engouffrèrent à l'intérieur. Le chauffeur les salua.

— Quelle adresse ? demanda-t-il.

Victor se tourna vers Angèle.

— Rue Édouard Manet, s'il vous plaît…

— C'est parti…

Il enclencha son compteur et démarra.

Vu l'heure, les rues étaient peu encombrées et quinze minutes plus tard, trop vite au goût de Victor, le taxi s'engagea dans la rue indiquée par Angèle.

— Je vous dépose à quel endroit ?

— Tout au bout de la rue, s'il vous plaît.

Elle regarda Victor, troublée, se pencha vers lui et effleura délicatement sa bouche de ses lèvres.

— Merci, murmura-t-elle.

— Merci ? Mais de quoi ? s'entendit-il répondre.

— D'être entré dans ma vie.

Puis elle descendit. Victor pensa qu'il aurait été inconvenant de la rejoindre.

Alors que le taxi s'éloignait, il se retourna et par la lunette arrière fut étonné de la voir traverser la rue et se diriger vers un hôtel Ibis. Quand le taxi s'engagea sur le boulevard Vincent Auriol, il demanda au chauffeur de s'arrêter. Il régla la course et se retrouva sur le trottoir. Il remonta lentement à pied la rue Stephen Pichon en rasant les murs, comme s'il craignait qu'Angèle l'aperçoive. À une trentaine de mètres de l'hôtel, il fut pris de remords et fit demi-tour à contrecœur. Il gagna la station de métro la plus proche. Il avait encore le temps de sauter dans la dernière rame.

Ils étaient deux dans le wagon. Une femme de couleur aux traits tirés, la cinquantaine, luttait pour ne pas s'endormir.

Il songea à cette soirée hallucinante, cette rencontre incroyable avec Angèle. Et aussi à ce qui venait de se passer. Il espéra qu'elle ne l'avait pas vu la suivre… Quel manque de confiance ! Elle aurait pu en prendre ombrage… Elle devait être de passage à Paris pour être descendue à l'hôtel... Ses réflexions furent balayées par le souvenir de leur premier baiser… Il n'avait pas été incandescent. Juste tendre, sensuel. Et devenait ainsi la promesse d'un avenir radieux, d'une relation amoureuse d'exception.

Sa réserve à son sujet s'était évanouie. Il se félicita d'avoir touché sa sensibilité, de l'avoir émue avec son roman. Au point qu'elle vienne à sa rencontre pour lui en faire part. Jamais aucun de ses plans pour séduire une fille n'avait eu autant de succès. Et dire que ce n'était même pas volontaire… Cette faculté à se mettre dans la peau de ses personnages, de tutoyer leur âme, ne manquait pas de le fasciner. C'était magique.

Ah, la puissance des mots !

Angèle bouleversait sa vie.

Et il ne savait pas encore ce qui se cachait derrière le rideau qu'elle n'avait pas encore levé sur la sienne.

9

Victor entra aux Éditions à 9 h 45, et embrassa Bénédicte, la secrétaire d'accueil. Elle lui indiqua qu'Olaf s'était absenté, mais qu'il serait de retour pour 10 h 00. Il se rendit dans la pièce aménagée en lieu de détente où se trouvait un distributeur de café. Il eut la surprise d'y retrouver Éva en grande conversation avec Bernard Cavalier, le père d'Héloïse Foucaud d'Alembert de Montezuma, dite « La Reine mère », son personnage récurrent responsable de la police scientifique.

— Tiens ! Quand on parle du loup… Bonjour, Victor, lui dit-elle ravie en l'embrassant amicalement.

— Bonjour Éva.

Il salua Bernard d'une poignée de main qu'il sentit chaleureuse.

— Nous parlions de vous, attesta ce dernier. Et notamment de votre *Delacroix des Templiers.* Un phénomène…

— Ah, répliqua Victor avec un sourire de satisfaction, vous l'avez lu ?

— Euh… non, pas encore, vous savez, l'écriture nous absorbe tant, nous autres, écrivains…

Il était vrai qu'il était rare aux Éditions que les étalons lisent les romans des autres. Lui-même d'ailleurs n'avait plus rien lu depuis que le succès avait frappé à sa porte.

— Non, ce que je voulais dire, poursuivit-il pour se justifier, c'est qu'il est rare que nous atteignions deux fois de suite les trois cent mille exemplaires en termes de vente. Je crois qu'il n'y a que Marc qui ait réussi ce coup-là, il y a trois ans, n'est-ce pas Éva ?

— Oui, c'était avec sa mine d'or, le commissaire Jack Walker, confirma-t-elle.

— Je l'ai croisé la semaine dernière, poursuivit Bernard. Il avait sa tête des mauvais jours. J'ai l'impression que son dernier opus n'obtient pas les résultats qu'il escomptait. Qu'en pensez-vous Victor ?

La dernière fois qu'il l'avait rencontré remontait à leur entrevue dans les toilettes de chez Maxim's et depuis, il avait ouvertement choisi de l'ignorer. Lui aussi d'ailleurs. Il avait su par Bart que d'Angelo lui en voulait à mort et qu'il était prêt à tout pour le torpiller. Le problème, c'est que les scores de Victor étaient bien meilleurs que les siens et de ce fait, il devenait intouchable dans la maison. Il rongeait son frein dans l'attente d'une opportunité pour lui faire mettre le genou à terre. Et ce n'était pas encore demain la veille.

— C'est possible. Mais ce n'est pas mon problème.

— Oh, je vois que vous apprenez vite, en déduisit Éva.

— C'est lui qui a lancé les hostilités.

— Vous savez, il n'est pas méchant. Disons plutôt... susceptible. Son ego est surdimensionné.

Olaf fit son entrée, suivi de Bart, mettant ainsi un point final à leur discussion.

— Ah, bonjour mes amis, lança Olaf radieux. Je ne vous ai pas trop fait attendre, Victor ?

— Vous êtes même en avance de cinq minutes, le rassura ce dernier.

— Bonjour, Olaf, répliqua Éva. Bon, eh bien je vous laisse. J'ai rendez-vous avec mon agent. Bonne journée !

— Moi aussi, j'y vais, dit Bernard en enfilant sa veste. J'ai une dédicace à Montparnasse à partir de treize heures…

— À la FNAC ? l'interrogea Olaf.

— C'est cela. J'en ai pour l'après-midi. Je vous laisse.

— Bonne dédicace, alors !

— Merci Olaf. Éva… Après vous…

— Toujours aussi galant, Bernard…

— Madame, *la galanterie est l'attitude d'un homme à l'égard de toute femme qui n'est pas la sienne,* dit-il d'un air théâtral en citant Louis Dumur, le romancier suisse.

— Oh, vous alors… dit-elle amusée en quittant la pièce, Bernard Cavalier sur ses talons.

— Venez, dit Olaf dès que la porte fut refermée. Il est temps de passer aux choses sérieuses.

*

— Alors, Victor ! Je savais que ce second roman ferait un carton, mais honnêtement je ne pensais pas que vous franchiriez la barre aussi vite…

Olaf ne parlait plus des trois cent mille exemplaires. Pour lui, la « barre » en était le symbole.

— Sans doute l'effet *Visions mortelles,* minimisa Victor.

— C'est sûr que ça a joué. Encore fallait-il que votre *Delacroix* soit à la hauteur. Et il l'est ! Je vous l'avais dit…

— Ce succès tient aussi beaucoup au travail de Bart, dit-il en adressant un sourire à son agent.

— Il est tellement plus facile de faire ce job avec un écrivain qui a rendez-vous avec le succès, rétorqua ce dernier avec modestie.

— Bon. Vous formez une paire exceptionnelle, poursuivit Olaf. D'ailleurs, c'est la raison pour laquelle je vous ai aussi demandé d'être là, Bartolomeo. Dorénavant, à partir de ce *Delacroix* et en plus de votre salaire, vous toucherez deux pour cent nets de prime sur la vente hors taxes de tous les romans de Victor.

Il lui tendit une enveloppe que Bart décacheta aussitôt. Il sourit quand il découvrit le montant.

Le calcul était rapide à faire. À dix-neuf euros quatre-vingts le prix de vente hors taxes sur la « barre » que *Delacroix des Templiers* venait de franchir, il toucherait un chèque de… cent dix-huit mille huit cents euros. Et ce n'était que le début. Victor fut ravi pour lui.

— Merci, Monsieur Solberg…

— Juste récompense, Bartolomeo. Bien, vous pouvez nous laisser, s'il vous plaît ?

— Oui, oui, bien sûr, dit Bart en se levant. Merci encore pour…

Il agita l'enveloppe.

— Tant que Victor sera mon meilleur étalon, vous serez mon meilleur poulain.

— Et fier de l'être, assura-t-il. Je vous souhaite une bonne journée, Monsieur.

— Quant à vous Victor, nous y voilà…

Étonné, celui-ci manifesta sa surprise.

— Nous y voilà ?...

Olaf ouvrit son sous-main en cuir et sortit une enveloppe avec laquelle il joua entre ses doigts.

— Vous ne devinez pas ?

Il dut avouer que sa rencontre avec Angèle lui avait bien sorti l'esprit du contexte littéraire et financier. En mars, il avait touché le complément de ses droits d'auteur. Son compte en banque était prospère et Kenneth Foster, son conseiller financier, lui faisait les yeux doux. Heureusement d'ailleurs, parce que gérer autant d'argent était devenu rapidement une contrainte. Il était libre de le dépenser comme il l'entendait, lui n'était là que pour le faire fructifier par des placements judicieux. Et comme les gros chèques tombaient régulièrement, il le considérait comme un de ses meilleurs clients. En aparté, il lui avait même laissé entendre que peut-être, un jour, à l'occasion, un compte en Suisse… Un cousin banquier à Genève pouvait faciliter les choses… À moins que lui ne préfère confier son argent au fisc français… Victor avait accordé une confiance absolue à Kenneth Foster et lui avait laissé les coudées franches. C'est ainsi qu'il apprit un jour, par une de ses formules dont il avait le secret, que l'affaire était conclue…

Mais là, maintenant, seule Angèle occupait son esprit. Sa nuit avait été bercée de rêves et de fantasmes dont la projection l'avait tenu éveillé jusqu'au petit matin. Bien que n'ayant pas fermé l'œil une seule seconde, il s'était levé, puis douché avec une sensation de repos vrillée au corps et jamais ressentie. À vrai dire, c'était maintenant que se manifestait le coup de barre et il avait des difficultés à se concentrer sur ce que lui disait Olaf.

— Victor ?

— Euh… Pardon, Olaf, j'ai fait de l'insomnie cette nuit… Vous disiez ?

— Vous ne devinez pas ?

Là, il avait perdu le fil de leur conversation.

— Je ne devine pas ? Pardonnez-moi, mais que dois-je deviner ?

Olaf agita l'enveloppe qu'il avait dans les mains, puis la posa devant lui sur le bureau.

— C'est votre avance…

— Mon… avance ?

— Oh là, mon vieux, il faut vraiment dormir la nuit. Souvenez-vous ! Il y a dix mois à l'issue de la petite soirée pour fêter votre prix, je vous ai dit que je consentirai à vous verser une avance sur votre troisième roman à condition d'atteindre la barre avec le second. Vous vous en souvenez ?

Victor commença à soupçonner ce qu'il y avait dans l'enveloppe.

— Oui, oui, j'y suis. Comme j'ai dépassé les trois cent mille exemplaires avec *Delacroix des Templiers*, vous m'accordez une avance sur le prochain roman. C'est cela ?

— Tout à fait. Et comme je le fais avec mes étalons qui réalisent ce coup deux fois de suite, elle est calculée non plus sur dix pour cent des ventes hors taxes, mais quinze ! Ouvrez-la !...

Il s'exécuta et découvrit la somme indiquée sur le chèque : quatre cent quarante-cinq mille cinq cents euros !

— Cela représente cinquante pour cent de ce que vous toucherez comme droits d'auteur sur les prochains trois cent mille exemplaires vendus…

Victor sentit ses joues s'empourprer : c'était la première fois qu'il gagnait de l'argent sans avoir travaillé. L'impression était bizarre. Il savait pourquoi. Son père, son grand-père avaient travaillé toute leur vie et touché un salaire en conséquence. Le fruit de leur labeur. De leur sueur. En recevant ce chèque qui représentait environ vingt fois leur salaire annuel, il avait la sensation de les trahir. De bafouer la morale qu'ils lui avaient inculquée. De basculer d'un seul coup dans la malhonnêteté, l'escroquerie.

— Je sais ce que vous ressentez, dit Olaf. Tous mes auteurs passent par là. Je vous rassure, Victor. Cela va vite se dissiper quand vous serez devant votre ordinateur pour vous lancer dans la rédaction de votre roman. Considérez cette avance comme un encouragement, une façon de libérer votre esprit de toute contrariété matérielle.

— Je comprends, et je vous remercie. Mais vous savez, les chèques que j'ai déjà perçus sur mes ventes m'éloignent de ce genre de considérations.

— J'en suis persuadé. En même temps, une avance sur le prochain roman devient le moteur de votre créativité, ou tout du moins, le carburant qui le fait tourner. Vous allez vite vous en apercevoir. C'est pour cela que vous irez de l'avant.

— Je… je suppose qu'il y a une contrepartie… un délai… une date butoir pour la remise du manuscrit…

— Je ne vous impose rien du tout. C'est inutile. *Delacroix des Templiers* a été écrit en deux mois, non ? Bon, attention ! Ce n'est pas non plus le délai que je vous impose, rassurez-vous ! Vous serez votre propre censeur. Votre propre gardien qui veillera sur l'évolution de votre roman. Le phare qui conduira le bateau à bon port. C'est vous ma meilleure garantie. Mais vous comprendrez cela très vite. Vous verrez…

*

Dans un premier temps, Victor ne vit pas grand-chose. À part Angèle ! Il fallait bien le dire, en une seule rencontre, elle était devenue la femme de sa vie. Sa dédicace lui revint à l'esprit… *Pour la femme de ma vie, Victor Hugo…* Ah, c'était bien joué ! Elle l'était devenue sans qu'il s'en aperçoive.

Ce jour-là, il était libre pour l'après-midi. En quittant les Éditions, il n'avait qu'une idée en tête : retrouver Angèle. Dire qu'il n'avait même pas pensé à lui demander son numéro de téléphone…

Heureusement, il savait où elle était descendue. Il se fit conduire en taxi devant l'hôtel Ibis. Une fois sur le trottoir, bêtement, il leva la tête comme s'il s'attendait à la voir à l'une des fenêtres ou accoudée à l'un des balcons de façade. Au bout de plusieurs minutes d'hésitation, il se décida à entrer.

Il se dirigea vers la réception où une jeune femme élégante l'accueillit avec un sourire.

— Bonjour, Monsieur ! Je peux vous renseigner ?

— Oui. Je cherche à joindre mon amie qui est descendue chez vous.

— Oui, bien sûr ! Pouvez-vous me donner son nom ?

— Euh... en fait, je n'ai que le prénom... Elle s'appelle Angèle...

— Une seconde...

La jeune femme consulta son écran d'ordinateur sur lequel elle fit défiler un listing.

— Désolé, je n'ai personne avec ce prénom...

— Ah !... Mathilde, peut-être ?

— Alors c'est Angèle ou Mathilde ?

— Eh bien, euh... c'est-à-dire qu'elle utilise autant son premier prénom que le second, se justifia Victor.

Nouvelle recherche.

— Non, franchement, je suis navré, aucune cliente ne porte ce prénom non plus... Elle est chez nous depuis longtemps ?

— Au moins depuis hier soir...

La jeune femme le regarda avec suspicion. Victor jugea bon de faire machine arrière.

— Bon, ce n'est pas grave, je vous remercie. Au revoir Madame…

Alors qu'il parcourait le hall vers la sortie, Victor ressentit dans son dos le regard planté de la jeune femme.

Désabusé, il s'éloigna de l'hôtel en tentant de comprendre ce mystère : Mathilde/Angèle était inconnue à l'hôtel où elle était descendue la veille. Peut-être avait-elle voulu brouiller les pistes… Mais pour quelles raisons ? Si tel était le cas, il l'apprendrait sûrement plus tard. S'il la retrouvait… Il devait se rendre à l'évidence : il ne savait pas où la chercher. Il décida de retourner chez lui en taxi. Pendant le trajet, il ruminait sa frustration. Sans avoir été éconduit, il se sentait abandonné, seul, en proie à des pensées assassines sur leur relation, qui d'ailleurs, et c'était le plus drôle, n'avait même pas commencé. Ce constat le rendit encore plus amer, et il sombra dans un pessimisme dont il ignorait qu'il pût l'atteindre à ce point. Car quand même, était-il utile de se le répéter, il ne s'était rien passé entre eux. Rien. Juste l'effleurement si troublant de leurs lèvres. La paralysie de leurs mains posées sur son roman. Jamais il ne se serait cru capable de céder aux élans sirupeux des amours romantiques. Lui qui avait toujours fui les prises de têtes liées à des relations avec le sexe opposé, il se retrouvait soudain immergé dans les eaux troubles d'un romantisme primaire, et emporté par des réflexions intellectuelles douloureuses dont il ignorait jusqu'à présent l'existence.

Alors que le taxi s'éloignait après l'avoir déposé devant chez lui sur le trottoir, une idée percuta son esprit de plein fouet. Angèle avait su le trouver. Elle saurait le contacter à nouveau. Ne lui avait-elle pas dit qu'elle suivait son actualité ? Il était tellement ravi de cette évidence qu'une nouvelle rencontre n'était plus hypothétique. Elle devenait une certitude. Il lui suffisait d'attendre ses prochaines dédicaces.

Il entra dans son immeuble… Et merde !

ASCENSEUR EN MAINTENANCE
MERCI DE PRENDRE L'ESCALIER

Ben voyons ! Six étages à pied !

Il commença lentement l'ascension de l'escalier tout en se replongeant dans ses pensées.

D'ailleurs à propos de dédicaces, il se souvint que Bart devait venir chez lui dans la soirée pour lui faire un topo sur l'organisation de la semaine à venir : signatures en province, parrainage d'un salon du livre orienté roman policier à Liège, et ce qu'il redoutait un peu, conférence en fin de semaine sur le thème « Polar, réalité et imagination » à la Sorbonne sur invitation d'un professeur agrégé de lettres modernes pour ses étudiants en licence et master.

Entre Bart et lui avait commencé à se nouer une relation d'amitié. Au-delà de ses qualités d'agent littéraire, dont il remplissait le rôle à la perfection. Il avait rencontré tous les partenaires qui avaient sollicité Victor pour préparer au mieux sa venue en tenant compte de ses quelques exigences (il devait vraiment faire attention au syndrome de la grosse tête, et il en avait conscience). Mais Bart avait beau avoir débroussaillé le terrain, il n'en demeurait pas moins que Victor n'avait pas usé le fonds de ses pantalons sur les bancs d'amphithéâtres d'universités. Dans le domaine de l'écriture, il était pour ainsi dire autodidacte. Maintenant millionnaire en vente d'exemplaires et en euros, certes, mais autodidacte malgré tout. Et il savait que pour certains « intellectuels », il ne serait toujours qu'un simple écrivaillon, un plumitif, un auteur de romans de gare. Et lorsque Bart lui avait annoncé cette conférence, il était tombé de haut. Heureusement, à ce moment-là, il était assis. Sa chute, aussi inattendue fût-elle, n'avait été qu'intérieure. Mais tout intérieure qu'elle fût, les conséquences n'en furent pas pour autant moins douloureuses : angoisses incontrôlées, mâchoires tétanisées, sensations de chaud et froid alternées, boule à l'estomac. Et tout cela parce qu'il s'était projeté en une fraction de seconde sur la scène de l'amphithéâtre devant cinq cents étudiants bourrés de connaissances littéraires, testant les siennes par des questions perverses dans l'unique objectif de le mettre en porte à faux. Bousculer un écrivain riche à millions devait être pour eux un jeu délicieux.

Bart avait réussi à le calmer par une séance de relaxation dont il avait le secret et qu'il appelait *le training autogène de Schultz*. Victor ne savait pas d'où il sortait cette technique, mais elle était d'une efficacité redoutable. Après une demi-heure d'exercices, il était prêt à affronter la Sorbonne tout entière. Bart lui avait remis les pieds sur terre d'une simple phrase « Le professeur de littérature a annoncé à ses étudiants que Victor Hugo en personne allait venir parler de littérature policière sur le thème *polar, réalité et imagination,* et tout l'amphithéâtre a explosé de rire ». Évidemment.

Mais aujourd'hui, l'avait rassuré Bart, son nom était une valeur sûre, incontournable. D'après lui, Victor Hugo, le vrai, enfin, l'autre, n'avait jamais vendu un million d'exemplaires par livre de son vivant. Ce qui était maintenant le cas pour *Visions mortelles.* Victor estima que cet argument était sujet à caution puisqu'il devait être très compliqué de vérifier cette information. En tout cas, c'était un honneur pour ce professeur qu'il ait accepté d'échanger avec ses étudiants sur ce thème.

Malgré la plaidoirie de Bart, il savait qu'il retrouverait ce nœud vrillé à l'estomac lorsqu'il serait debout, sur l'estrade, le corps transpercé de cinq cents regards braqués sur lui, qu'une goutte de transpiration froide et sinueuse roulerait le long de sa colonne vertébrale, avec cette impression désastreuse que ses cordes vocales seraient paralysées.

Il le savait. C'est tout. On ne se refait pas.

Bart allait venir pour lui donner ses horaires d'intervention, mais ce qui l'enthousiasmait le plus, c'étaient tous les détails qu'il lui dévoilerait sur son parrainage au salon du roman policier de Liège. Il adorait les Belges. Ils ont un respect de la langue française que bien des Français ont passé à la trappe. La faute aux néologismes et autres raccourcis du vocabulaire à qui les accros du smartphone font appel pour construire (peut-on parler là de construction syntaxique ?) des messages si étranges que même Champollion aurait éprouvé des difficultés à les décrypter.

Alors qu'il avalait la dernière volée de marches elliptiques de son escalier avant l'étage où se trouvait le loft, il eut un coup au cœur. Pas un coup à l'estomac, non, au cœur. Pas un infarctus, non plus, il ne faut pas exagérer. Juste une oppression de sa cage thoracique, un pincement viscéral au sens premier du terme. Avec une flopée de symptômes bizarres et contradictoires qui n'ont de sens que si l'on considère qu'ils ont été ressentis non pas successivement, mais en même temps. Dans la même déflagration. Souffle court, voire sensation d'étouffement. Repères visuels instables, vertiges, perte d'équilibre, regard voilé. Bouffée de chaleur issue de ses pulsions cardiaques vers son cerveau. Perception d'un ailleurs, d'un autre temps. Conviction d'un bonheur palpable.

Angèle était là. Assise. Sur la dernière marche de l'escalier. Devant la porte du loft. Elle lui sourit. Il lui sourit. Elle se leva. Il était pétrifié. Elle lui tendit la main. Il monta une marche. Une autre. La distance entre eux se réduisit. Son cœur tambourinait à tout va. Il tendit la main. Une marche en moins à gravir. Une marche de plus qui les rapprochait. La tension entre eux était presque palpable. Leurs doigts s'effleurèrent, se frôlèrent. Ils en avaient juste conscience. Sans les voir. Plus qu'une marche. Leurs mains se cherchèrent, se découvrirent. Son cœur était à la limite de la rupture. Il était sur le palier. Face à elle. Leurs yeux ne s'étaient jamais quittés. Leurs visages étaient fermés. Livides. Leurs âmes s'apprivoisaient. Se jaugeaient. L'instant était magique. Dramatique. Ils flirtaient avec l'espace-temps. Ils flottaient dans l'univers.

Loin, très loin, un bruit mat. Des pas. Une voix tellement distante...

— Bonjour monsieur Hugo, je voulais vous dire que…

Au travers du brouillard qui les enveloppait, Victor identifia son voisin de palier. Il ne saurait jamais, ce jour-là ce qu'il voulait lui dire. De toute façon, ça n'avait guère d'importance, puisque le bruit de ses pas s'estompait déjà dans les étages inférieurs.

Angèle fut perturbée. Elle avait décroché. Victor la rejoignit. Ils sortirent du même rêve. Quittèrent le même monde. Un monde où la parole est futile. Inutile. Où les sentiments glissent sur la peau comme une caresse divine. Et s'échangent. Se comprennent. Identiques de puissance et de sincérité.

Sourcils interrogatifs d'Angèle. On reste là ?

Sourire en guise de réponse. Non, viens, entrons chez moi.

Une main dans celle d'Angèle, l'autre sur la clef qui déverrouilla la serrure.

La clef de Saint-Pierre.

Les portes du paradis.

Ils pénétrèrent ensemble dans le loft, et s'enfermèrent sur des promesses d'éternité.

*

La nuit avec Angèle fut l'une des plus belles de son existence. Pour la première fois, il avait tutoyé la magnificence de la sexualité par la force et le partage des sentiments. Ils avaient succombé aux flèches de Cupidon, joué à deux les plus beaux accords symphoniques de l'amour sur la lyre d'Apollon. Parce qu'il s'agissait bien de cela.

En début de soirée, Victor avait passé un coup de fil à Bart afin d'annuler leur briefing du soir et, sans lui parler d'Angèle, l'avait reporté au lendemain dès 7 h 00 dans sa voiture ; la première dédicace de la journée avait lieu à Amiens à 10 h 00. Bart n'avait, mais alors, pas du tout apprécié. D'ailleurs pour la première fois depuis qu'ils travaillaient ensemble, il lui avait raccroché au nez.

Ceci étant réglé, Angèle et Victor avaient eu la nuit devant eux.

*

Le lendemain de cette première nuit, quitter Angèle pour se rendre en voiture à Amiens avec Bart fut un supplice. Une déchirure. Une sensation d'éloignement irréversible. Avec cette séparation, Victor entrait dans une période de torture qui le terrassait, le consumait de l'intérieur.

Dans une vaste librairie de la capitale picarde dont il oublierait fatalement le nom, il passa trois heures à dédicacer ses deux romans en lévitation cérébrale. Il était devenu un pro de la signature automatique. Dans chaque fan qui se présentait devant sa table avec un *Delacroix des Templiers* entre les mains, et surtout avec un *Visions mortelles,* il voyait Angèle, entendait Angèle, sentait Angèle. Angèle lui manquait. Terriblement. Il parvint enfin à ces 13 h 00 libératrices, exténué. Ils rejoignirent l'Audi A3 de Bart au parking. Sur l'autoroute qui le rapprochait de Paris, donc d'Angèle, Bart lui tint un discours que Victor jugea plutôt moralisateur.

— Il faut que je te parle… Je n'aurais jamais cru être obligé d'en arriver là. Surtout avec toi.

— Je t'écoute…

— Ton comportement aujourd'hui a laissé pantois plus d'un de tes lecteurs et je dirais même que…

Victor ne l'écoutait déjà plus. Il avait décroché. Il était à la fois dans le souvenir extatique de sa nuit avec Angèle, de sa peau, de son corps cambré sous la violence de ses orgasmes, et dans l'anticipation cent fois renouvelées de leurs retrouvailles.

— Tu entends ce que je te dis ?...

— Euh… pardon ?

— Tu vois, tu ne m'écoutes même pas. Bon Dieu, mais qu'est-ce qui t'arrive ?

Victor estima qu'il ne pourrait pas lui cacher longtemps sa relation avec Angèle.

— J'ai rencontré une femme…

— Une femme ?

— Ben oui. Une femme.

— Comme ça ? D'un seul coup ?

— Eh oui ! Comme ça !

— Tu l'as rencontrée où ?

— Chez Gibert. Elle est venue faire dédicacer *Visions mortelles*…

— Une fan… Il ne manquait plus que ça…

Bart digéra l'information quelques instants, puis poursuivit.

— Tu sais que tu risques de foutre ta carrière en l'air à cause de cette… nana qui sort ni d'Ève ni d'Adam ?

La moutarde monta au nez de Victor. Sans doute pour avoir perçu le mépris qu'il avait mis dans la prononciation de ce mot… nana…

— Alors maintenant, c'est toi qui vas m'écouter. Je suis un écrivain reconnu et adulé par plus d'un million de lecteurs. L'argent que tu gagnes, c'est grâce à moi, ou tout du moins, puisque tu es salarié des Éditions, les primes que tu perçois sur mes ventes, tu me les dois. Ce poste, que bien des personnes t'envieraient, ne te donne en aucun cas le droit de porter un jugement sur mes fréquentations, fussent-elles féminines, et je dirais même *a fortiori* si elles sont féminines. J'ai quarante ans, et je suis assez grand pour savoir si une… nana, comme tu dis, est bien pour moi, ou pas.

Bart se mura dans un mutisme renfrogné jusque Paris. Lorsqu'il déposa Victor devant chez lui, il lui lança malgré tout :

— À mardi matin… Gare du Nord…

— Qu'est-ce qu'il y a mardi ?

Exaspéré, Bart inspira et lâcha sa réponse dans l'air expiré.

— Ben oui, on prend le Thalys…

Victor dut prendre son air le plus ahuri, involontairement, car il avait pour ainsi dire occulté son programme de la semaine.

— Le… Thalys ?

Il comprit à la réponse fleurie de Bart que sa question l'avait particulièrement irrité.

— Putain, merde, tu fais chier, Victor. On va à Liège. Tu es le parrain du salon du roman policier. Tu n'as quand même pas oublié ?...

Il aurait été incapable d'expliquer à quiconque pour quelles raisons, mais d'un seul coup, les salons, les dédicaces et autres conférences n'avaient plus aucun intérêt. Il sut que ce qu'il allait dire mettrait Bart dans une colère noire, mais il s'en foutait. Mais alors, complètement.

— Je n'y vais pas, Bart…

— **QUOI** ?

Il crut que ses yeux allaient lui sortir de la tête. Mais Victor persista. Et signa.

— Non, Bart. Je prends un mois sabbatique.

Cette fois, Bart avala sa salive avant de lui répondre. Il ne sut si son calme apparent était le fait d'une volonté de sa part, ou de ses cordes vocales voilées par la colère.

— Un… mois ?

— Oui, tu sais depuis la sortie de mon premier roman, je n'ai pas pris un seul jour de vacances… Il est temps de faire une pause…

— Mais, moi non plus, je… Écoute, Victor, tu ne peux pas ! Le gotha littéraire belge sera là. Même le roi et la reine doivent honorer le salon de leur présence…

Et puis jeudi, tu es attendu à la Sorbonne pour ta conférence… Tu te souviens de ça quand même ?...

Maintenant qu'il en parlait, il se souvint d'une discussion lointaine sur le sujet, mais si lointaine qu'elle effleura son esprit, puis se dissipa, balayée par le bonheur si proche de se retrouver dans les bras d'Angèle.

— Merci de m'avoir raccompagné, Bart. On se revoit aux Éditions dans un mois…

Sans lui laisser le temps d'ajouter quoi que ce soit, Victor claqua la portière et s'engouffra dans le hall de son immeuble, prêt à s'envoler au sixième par l'escalier. Quand on dit que l'amour donne des ailes… *Yesss ! Même pas !*… L'ascenseur avait été réparé. Qu'il était lent cet ascenseur ! Il lui sembla qu'il serait monté plus vite par l'escalier. Il parvint finalement au sixième, s'expulsa dans le couloir, courut jusqu'à la porte du loft. Miracle ! Elle s'ouvrit à la volée. Angèle ! Il se jeta sur elle, l'embrassa avec cette violence que seule la passion est capable de déchaîner, et sans décoller leurs lèvres, ils réussirent l'exploit de gravir l'escalier métallique vers la mezzanine où se trouvait le lit tout en éparpillant leurs vêtements un peu partout. Le lendemain, ils constatèrent que la plupart étaient déchirés. Pour être violent, ç'avait été violent !

*

Plus tard, jusqu'à une heure avancée de la nuit, Angèle se confia à Victor. Il eut l'impression que des chaînes se brisaient enfin pour elle. Qu'une nouvelle vie commençait vraiment…

Sa tête était posée dans le creux de son épaule. Il ne voyait pas ses yeux, mais il la laissa parler tout en lui caressant les cheveux…

— J'avais vingt-six ans lorsque je me suis mariée à un entrepreneur de la région marseillaise. J'ai vécu là-bas auprès de cet homme vraiment adorable au début de notre mariage. Puis rapidement il est devenu brutal et tyrannique, en même temps qu'il a commencé à me tromper sans vergogne. De jour en jour, je l'ai mieux cerné et je me suis rendu à l'évidence : c'était un véritable obsédé du sexe. Sur le plan professionnel, ses relations avec la mafia locale le rendaient intouchable. Je me suis mis à avoir peur de lui quand il a commencé à me frapper...

— Il te battait ?

— Oui. Une seule fois. Une fois de trop. C'est arrivé après une soirée qu'il avait organisée à la maison. On habitait sur les hauteurs de Marseille. Il aimait avoir du monde autour de lui. Surtout des femmes. Pendant la soirée, des amies m'ont invitée à venir avec elles à la plage. Je n'y allais jamais, car mon mari disait que j'avais la piscine et que cela me suffisait. J'ai bondi sur l'occasion et je lui ai fait comprendre que ce serait bien d'y aller de temps en temps, surtout qu'il connaissait les personnes qui m'y invitaient. Il m'a répondu qu'il ne souhaitait pas que je m'exhibe sur des plages populaires.

— Eh bien, dis donc… c'était un dictateur, ton mari…

— Je lui ai répondu que j'étais libre et majeure. Que je me passerai de son autorisation…

— J'imagine que ça ne lui a pas plu…

— Sur le moment, il a affiché un large sourire puis a ajouté qu'on en reparlerait calmement tous les deux. Ensuite, il a changé de conversation et a invité tout le monde à venir boire une coupe de champagne sur la terrasse de notre villa qui donne sur la mer… Attends ! Je dois avoir une photo dans mon sac à main.

Elle se leva et se dirigea vers la chaise où elle l'avait posé, et en tira la photo en question.

— Regarde…

La vue était à couper le souffle. Au premier plan, la piscine et quelques transats immaculés posés sur une pelouse d'un vert irréel vu le soleil méditerranéen qui devait griller le moindre brin d'herbe. Au-delà d'une balustrade en pierre à colonnades s'étendait la baie de Marseille.

– C'est joli… Mais comment cela s'est-il terminé entre vous ?

– Ça s'est passé dans la chambre. Pas eu le temps de me protéger. Il m'a giflée avec une telle force que j'ai été projetée contre une commode. Il m'a juste dit : « Je ne supporte pas que tu me tiennes tête en public ». Et il est parti je ne sais où. Je ne l'ai revu que le lendemain matin. Comme si de rien n'était. De ce jour-là, nous avons fait chambre à part. Jusqu'à ce que je le trouve dans son lit avec deux filles qu'il avait fait venir en pleine nuit. Si j'avais eu un revolver, je crois que je l'aurais tué. En tout cas, c'est ce jour-là que j'ai décidé de me séparer de lui. Il y a six mois, dès que le divorce a été prononcé, je suis montée à Paris et depuis j'habite à l'hôtel.

– Celui où le taxi t'a déposée le premier soir ?

– Non, pas celui-là.

– Alors je ne comprends pas...

Elle tourna son visage vers lui, lui sourit, et ponctua ses confidences d'un tendre baiser.

– Ça... c'est un secret...

Il devait être dans les quatre heures du matin quand ils se laissèrent glisser vers le sommeil.

*

Au bout d'une semaine idyllique et irréelle, Victor l'invita à s'installer chez lui sans savoir où cela allait les conduire. Tout l'amour qui se lisait dans les yeux de Victor eut raison des minces réticences qu'Angèle émit pour la forme.

Il la sentit ravie.

Et il l'était aussi, bien au-delà de ce qu'il avait pu imaginer du jour où il ferait une croix sur son célibat.

Angèle devait vivre chez lui.

Point.

Il n'y avait pas de questions à se poser.

Tout allait donc pour le mieux, jusqu'au coup de fil d'Olaf.

10

It's been a hard day's night, and I've been working like a dooog…

Il bondit et se retrouva assis sur le bord du lit. Il saisit son smartphone et prit la communication…

— *Bonjour, Victor... Je ne vous dérange pas ?*

La voix d'Olaf était calme, mais l'entendre renvoya immédiatement Victor à ce qu'il était : un écrivain sous contrat avec les Éditions Solberg. Il venait de descendre en chute libre de son nuage et de s'écraser sur le parquet de sa chambre. À ses côtés, Angèle dormait encore.

— Non, non. Bonjour, Olaf, chuchota-t-il pour ne pas la réveiller, je vous demande deux secondes…

Il se leva, descendit l'escalier et se dirigea vers le bar américain qui séparait le coin cuisine du living. Il s'assit sur un des tabourets.

— Pardon, Olaf, je vous écoute…

— *J'ai vu Bartolomeo…*

Évidemment, il fallait bien que cela arrive. Comment avait-il pu faire l'impasse sur cela ? Il n'y avait aucune agressivité dans la voix d'Olaf.

— Oui…

— *Oui. Il m'a parlé de votre souhait de prendre un mois sabbatique…*

Victor déglutit.

— *Vous avez raison. Rien de tel pour se remettre au travail dans de bonnes conditions. Et puis, je comprends que ces deux années vont ont épuisé…*

Victor commença à respirer.

— Je suis heureux que vous le preniez comme ça, Olaf…

— *Attendez ! Nous ne sommes pas des machines tout de même. Surtout dans le domaine de la création littéraire… Par contre…*

Aïe ! Victor pressentit le bémol.

— *La prochaine fois que vous aurez ce besoin de repos, parlez-m'en ! Le pauvre Bartolomeo était catastrophé. Bon, heureusement, je connaissais le président du cercle littéraire belge qui organise le salon de Liège. Par contre, j'ai eu le doyen de la Sorbonne au téléphone ; le professeur de lettres qui vous avait invité n'a pas digéré votre annulation. Nous avons été contraints de prétexter la maladie comme explication. Mais je n'aime pas ces alibis de collégiens qui jettent l'opprobre sur les Éditions et nous discréditent, vous comprenez ?*

— Je comprends, Olaf, et je vous prie de me pardonner…

— *Non, non, Victor, je ne vous demande pas d'excuses. Il est tout à fait normal d'avoir ce besoin de récupération. Mon souhait, c'est que vous respectiez simplement le programme promotionnel. Bon, il commence à s'alléger quelque peu. Mais je sais que je peux compter sur vous pour les quelques dates qu'il vous reste à faire…*

— Évidemment, Olaf ! Vous pouvez être assuré de mon entière collaboration…

— Bien. Alors, soyez au top aujourd'hui !...

— Au… aujourd'hui ?

— Bartolomeo m'a dit que vous signiez à la FNAC sur les Champs Élysées… Vous n'avez pas oublié ?...

— Non, non. Bien sûr !

Et si, il avait oublié. Il avait occulté toute notion de réalité et de responsabilité.

— Vous avez attaqué le troisième ?

— Euh… il est en bonne voie…

— Parfait ! Passez aux Éditions avec les premiers feuillets à l'occasion !

— Les… Oui, bien sûr ! Mais pour l'instant, je n'en suis qu'à… qu'à l'organisation de mes notes, vous savez…

— Je n'ai pas dit aujourd'hui, Victor… À l'occasion, ça signifie lorsque vous aurez rédigé un chapitre ou deux…

— Je… Comptez sur moi !

— Alors bonne journée, Victor ! Et bonne dédicace !

— Merci Olaf ! Olaf ?...

— Oui ?

Victor marqua une pause destinée à lui faire comprendre qu'il lui en coûtait de la prononcer.

— Vous ne m'en voulez pas ?

— Vous en vouloir ? Allons, Victor, je ne peux en vouloir à un auteur avec qui je partage autant de valeurs littéraires… Non, soyez rassuré ! Je ne vous en veux d'aucune manière…

— Merci de votre compréhension, Olaf…

— Merci à vous. N'hésitez pas à m'apporter vos premiers feuillets ! N'importe quand…

— D'accord, Olaf. À bientôt…

Il raccrocha. Victor posa son smartphone sur le bar et fixa l'écran d'accueil jusqu'à ce qu'il s'éteigne. Il avait à l'esprit les derniers mots d'Olaf. Il se demanda si les valeurs littéraires dont il s'était prévalu n'étaient pas qu'un euphémisme pour exprimer l'intérêt qu'il portait à ce que lui représentait en termes de rentabilité… En tout cas, son absolution le réjouissait. S'il avait fait la même analyse de la situation à Bart, nul doute qu'il devait l'avoir en travers de la gorge. Il lui faudrait avoir une explication franche avec lui.

Ce qui était certain, c'est que cette conversation l'avait fait émerger d'un rêve incroyable. Il était dans un état ! Comment avait-il pu escamoter à ce point ses responsabilités d'écrivain ? Zapper son planning ? Le projet d'écriture de son troisième roman ?… pour lequel il avait reçu cette avance confortable… Annuler Liège ? La Sorbonne ? Il devrait présenter ses excuses à Bart, ça, c'était sûr. Et tout ça, à cause de l'amour ! Plus que ça encore… De la passion ! Parce qu'il fallait un déferlement de sentiments violents, une sacrée dose de montée d'hormones, un déchaînement de désirs et de plaisirs dévastateurs, être en apnée dans les vagues successives de tsunamis orgasmiques, se laisser emporter par l'ivresse et les délires de l'osmose sexuelle, pour altérer à ce point son sens du discernement et de la réalité.

Et là, il avait quitté l'Eden. Il était redescendu sur terre.

Il consulta son agenda. Effectivement, il avait une séance de dédicace prévue sur les Champs de 14 h 00 à 18 h 00 ! Bien. Il y serait. Il feuilleta les pages suivantes. Comme le lui avait laissé entendre Olaf, l'intensité de sa campagne promotionnelle commençait à baisser. Les dédicaces, à s'espacer. Hormis un passage dans une émission littéraire sur une chaîne publique programmée en deuxième partie de soirée la semaine suivante, les rendez-vous médiatiques se faisaient plus rares, voire inexistants pour les mois à venir.

8 h 15 ! Angèle allait dormir au moins jusque dix heures. Il prit une douche rapide puis, rasé de frais et en peignoir, il s'installa devant son ordinateur avec un expresso bien tassé. Il était temps de se mettre au travail…

*

Dans la soirée, il jetait le dossier cartonné sur le siège arrière de son Range Rover, et démarrait. Quarante minutes plus tard, il pénétrait dans le parking privé souterrain des Éditions. Il venait faire lire le premier chapitre de son roman à Olaf. Il descendit de son véhicule et en s'éloignant, son dossier sous le bras, il entendit la fermeture automatique des portières. Il n'avait jamais aimé les ambiances de parking souterrain à Paris. Celui-ci, encore moins que les autres. Les néons diffusaient une froide lumière d'hôpital peu rassurante, d'autant plus que l'un d'entre eux crépitait par intermittence à cause d'un starter défectueux. Il hâta le pas jusqu'à la porte d'ascenseur.

Il appuya sur le bouton d'appel qui, contrairement à l'habitude, ne s'alluma pas. Il renouvela l'appel plusieurs fois. Il dut se rendre à l'évidence : l'ascenseur était en panne. Il n'avait plus qu'à prendre l'escalier de secours. Il en avait une sainte horreur. Non pas qu'il soit claustrophobe, mais l'exiguïté et l'odeur de moisi conjuguées à la lueur blafarde de néons bringuebalants dégageaient un sentiment d'insécurité. Il remonta le col de son imper, comme si cela pouvait lui apporter une protection quelconque. En tout cas, cela lui donna l'élan nécessaire pour gravir les marches rapidement et ne pas éterniser la montée plus que nécessaire.

Il déboucha à l'étage de l'accueil dont les lumières éteintes et l'absence des employés créaient une atmosphère lugubre. Il se dirigea vers les bureaux, poussa les portes battantes vitrées et se retrouva dans le couloir qui distribuait les différents départements liés à l'édition : commission de lecture, comptabilité, promotion, communication, conception, fabrication, commercialisation, attachés littéraires, et en dernier, tout au bout, l'antre de l'éditeur. Alors que des autres bureaux poissait une obscurité peu rassurante, un rai de lumière blanche filtrait par la porte entrouverte du sien. Il prêta l'oreille… Aucun bruit… Il hasarda un appel…

– Olaf ?...

Le silence était si assourdissant qu'il visualisait presque le son de sa voix se répercuter contre les murs, le plafond, et s'étouffer dans l'épaisseur de la moquette au sol.

Quelle idée de venir présenter son premier chapitre à Olaf à cette heure tardive ! Il n'y avait pourtant pas le feu…

Tous les sens en alerte, il avança pas à pas jusqu'à cette flèche de lumière décochée par un mystérieux archer issu de son imagination fertile, et qui avait le don d'accroître de manière démesurée le suspens qui flottait dans l'air.

Il perçut progressivement le ronronnement obsédant du ventilateur du bureau d'Olaf. Il frappa à la porte, bien qu'il eût l'intime conviction qu'il n'obtiendrait pas de réponse. Une prémonition plus qu'une intuition.

Il retint sa respiration et poussa d'une main la porte aux gonds silencieux. Le suspens était insupportable. C'est seulement à l'ouverture complète qu'il eut le choc de sa vie. Quelque chose d'impalpable, de viscéral, la percussion violente de la terreur et de la compréhension intellectuelle de la scène. Il était tétanisé, pétrifié d'horreur, une nausée biliaire au bord des lèvres.

Olaf était étendu sur le dos, les bras en croix, le crâne défoncé, la moquette imbibée d'une immense tâche de sang. Il était incapable de réagir ou de détacher son regard du corps sans vie à ses pieds. Et puis, il se mit à réfléchir. Non, pas à réfléchir. À tenter de juguler le flux de pensées plus ou moins hypothétiques qui l'assaillaient sur l'identité du criminel. Car il ne faisait aucun doute qu'il s'agissait d'un assassinat. Personne n'avait encore réussi à se suicider en se fracassant la boîte crânienne.

Qui ?

Le premier à endosser l'habit de l'assassin fut Bart. Il n'avait pas accepté qu'Olaf fasse l'impasse sur ce que lui jugeait être une faute professionnelle.

Ensuite, il y avait les étalons de l'écurie.

Marc d'Angelo, en tête, suite à leur joute verbale dans les toilettes de chez Maxim's qui, de toute évidence, avait engendré chez lui une jalousie malsaine. Depuis cet épisode, il avait tout fait pour l'éviter. Et comme Victor était en quelque sorte devenu le protégé numéro un d'Olaf aux Éditions, c'est contre lui qu'il avait reporté toute son agressivité et sa rancœur.

Éva… impossible ! Bernard Cavalier, non plus !

Et hormis la remarque acerbe et déstabilisante de Sam Bookman sur son succès naissant lors de la fête organisée chez Olaf en l'honneur de son prix du polar, il n'avait plus eu de contact ni avec lui ni avec Alexander Lewis, toujours immergé chez lui, à New York.

Pour Victor, il ne faisait aucun doute qu'il s'agissait soit de Marc, soit de Bart. La police parviendrait bien à démasquer le coupable. D'ailleurs en parlant de police, il était grand temps de l'appeler. Il se dirigea vers le téléphone posé sur le bureau d'Olaf en évitant soigneusement de toucher le sang qui avait giclé partout, sur les meubles et le mur. Il ne devait même pas utiliser son téléphone, ce qui aurait laissé ses empreintes sur le lieu du crime. Il se félicita d'avoir songé à cette précaution et sortit son smartphone. L'insertion automatique des numéros d'urgence dans ses contacts lui permit de joindre directement le commissariat le plus proche grâce à la localisation GPS incorporée.

— Police, j'écoute…

C'est juste à cet instant qu'il sentit une main se poser sur son épaule. Il poussa un cri, se retourna d'un bond alors que son smartphone valdinguait à travers la pièce.

— Coucou, chéri !

*

— Oh, punaise, tu m'as foutu la trouille !

— Excuse-moi ! Ce n'était pas mon intention…

Il devait être vraiment très pâle, car une ombre d'inquiétude passa sur le visage d'Angèle.

— Pour de bon, tu as eu l'air d'avoir vraiment peur…

— Oui, mais ça va aller… Je ne t'ai pas entendue venir. C'est tout. J'étais plongé dans le brouillon de mon prochain roman. Et quand je suis dans cet état de créativité, je vis à deux cents pour cent ce que j'imagine. Je n'ai jamais pu faire autrement. Quand je suis lancé dans un conducteur qui tient la route, je vis avec mes personnages, ou plutôt, ce sont eux qui vivent avec moi. Ils habitent mon esprit pendant ma phase d'écriture. Ils hantent mes nuits. Ils prennent même le pouvoir sur mes intentions. Ils vont jusqu'à refuser parfois la direction que je veux leur faire prendre dans mon roman.

— Comment cela est-il possible ? C'est pourtant toi qui les inventes, non ?

— Oui, tu as raison. Ils sont le fruit de mon imagination, mais ils ont aussi un vécu. Quand tu commences à écrire le premier chapitre, leur vie ne démarre pas au premier mot. Avant de commencer l'écriture proprement dite de l'histoire, en amont, j'ai inventé leur passé. Leur métier, leur milieu social, leurs études, leur parcours professionnel, sentimental, les gens qu'ils ont côtoyés. Ce qui explique ce que je te disais : leur refus d'aller où je veux les conduire. Ce que je veux te faire comprendre, c'est que parfois, le chemin et l'action dans lesquels je les entraîne sont incompatibles avec leur passé. Et je dois forcément me remettre en question de manière à fabriquer une vraie cohérence.

— C'est génial que je puisse voir cette facette du romancier maintenant que je suis à tes côtés. Est-ce que je peux lire ce que tu as écrit ?

— Oh, ce n'est qu'une ébauche, tu sais… Mais tu peux y jeter un œil, je vais nous préparer le petit déj'…

— Oh, merci ! C'est un privilège pour moi, après la claque de *Visions mortelles*, de découvrir le premier jet de ton manuscrit…

— Je vais te l'imprimer, ce sera plus pratique…

Victor récupéra trois feuilles dans le bac de son imprimante et les lui tendit. Elle s'installa dans un fauteuil, les jambes repliées sous elle, et il se régala de la voir tomber en une fraction de seconde sous le charme de son brouillon. Il l'abandonna là et partit s'activer dans l'espace cuisine. Il n'avait même pas encore fait griller le pain qu'elle le rejoignit, les feuilles à la main. Elle prit place sur un tabouret, dubitative, sans détacher les yeux du texte.

— Ah, c'est sûr, l'ambiance est là. Je comprends maintenant pourquoi tu as eu peur lorsque je t'ai interpellé. Mais je trouve que c'est étrange pour un début de roman...

— Ah, mais ce n'est pas le début ! Ce n'est qu'un passage qui m'est passé par la tête et que j'ai couché sur le papier dans la foulée...

— Oui, mais tu dis que tu le présentes à ton éditeur...

Il se força à lui sourire malgré son agacement intérieur.

— Il faut que je t'explique... D'abord, je ne vais pas faire lire ça à mon éditeur.

— Mais tu dis que...

— Non. Ce n'est qu'un flash que j'ai eu. L'écrire, chez moi, est naturel. Je fais chauffer le moteur. Ce ne sont que quelques assouplissements de mon cerveau avant d'attaquer vraiment l'exercice, l'épreuve, la compétition.

— Pourtant, tu dis bien que...

— ... je présente les premières feuilles à Olaf ? Oui, bien sûr. Mes personnages n'existent pas encore. Je m'imagine dans le contexte, dans leur peau et avec les gens que je connais. Cela me permet de ressentir au plus près leurs propres émotions. Lorsque la trame de mon récit tient la route, alors je leur donne des identités fictives. Il est possible que la scène que tu viens de lire se situe au milieu de mon roman. Peut-être pas. Ce n'est en aucun cas, la réalité. Tu comprends ?

— C'est une technique ?

— Exactement. En tout cas, c'est la mienne. Chaque auteur fonctionne selon sa méthode.

Angèle parcourut à nouveau le texte en diagonale. Victor en profita pour lui servir leurs boissons respectives.

— Je peux te dire quelque chose ?

— Je t'en prie.

— Je trouve que c'est en dessous du niveau de *Visions mortelles*…

— Je sais que ce roman t'a enthousiasmé, ma chérie, mais tu dois en sortir. Tu sais, le suivant que tu n'as pas lu, *Delacroix des Templiers*, s'est vendu à plus de cinq cent mille exemplaires…

— Oui, je sais. Mais les Templiers, c'est de l'Histoire et ce n'est pas trop mon truc…

— Mais non, ce n'est pas de l'Histoire, je t'assure. J'y fais référence parce que j'ai situé mon action dans le Larzac et que les Templiers y ont vécu à une certaine période. En réalité, c'est un super polar, plein d'action et de suspens.

— Bon, je le lirai alors… Mais celui-là, il est un peu glauque quand même, non ? Et puis, on n'y retrouve pas tes descriptions de sentiments dans lesquelles tu excelles…

Que pouvait-il répondre à cela ? Rien. Il n'y avait rien à répondre. Angèle exprimait une critique, ce qui était son droit. Il devait la respecter.

Une chose dont il était certain : ce texte irait à la poubelle et ça, Angèle ne le savait pas encore. Non pas qu'il fût en adéquation avec ses arguments, mais juste parce que c'était tout lui. Il suffisait qu'un de ses écrits balbutiants soit critiqué, pour que le doute s'immisce dans son esprit et qu'à son tour, il le trouve sans intérêt. Ce manque de confiance en lui était sans doute un de ses principaux défauts.

*

Victor se sentait bien avec Angèle, comme avec aucune femme avant elle. Ils étaient sur la même longueur d'onde au quotidien, partageaient souvent des idées identiques sur la plupart des sujets qu'ils abordaient. Même si ce jour-là, il n'avait pas pris ombrage du fait qu'elle ait critiqué son brouillon de roman. Et surtout, il se sentait investi d'une mission : atténuer les souffrances de son passé avec son ex-mari. Elle s'en était confiée à lui. Cela lui suffisait. Il ne se sentait pourtant pas l'âme d'un psychothérapeute. Toujours est-il que c'est ce matin-là, au petit-déjeuner, qu'émergea dans son esprit l'idée de l'épouser, comme si une demande en mariage avait le pouvoir de tout balayer.

Le soir même, Victor l'invita au restaurant. Pour commencer, elle refusa. Sans explication. Il insista gentiment. Et là, elle accepta, mais à la grande surprise de Victor, elle exigea de porter des lunettes de soleil noires pour sortir. Ce ne fut qu'au restaurant qu'elle les ôta. Au cours du repas, le pouls de Victor s'accéléra. Il était prêt. Il la regarda droit dans les yeux et lui prit la main.

— Il faut que je te dise quelque chose…

— Oui…

— Tu sais… lorsque tu m'as demandé ta dédicace au café… *pour Angèle, la femme de ma vie…* alors que j'étais déjà tombé amoureux fou de toi, j'ai cru que tu étais lesbienne et que tu voulais offrir mon livre à une éventuelle compagne…

— Tu es homophobe ? sourit Angèle.

— Non, pas du tout.

— Alors, pourquoi avoir eu cette idée ?

— Parce que j'ai eu le sentiment de m'être trompé, d'avoir mal interprété tous les signaux que tu m'envoyais, tu comprends ? J'étais ensorcelé, envoûté. J'étais comme un enfant émerveillé par un tour de magie à qui on dévoile le truc. Il se sent trahi.

— Je suis désolée, ce n'était qu'un moyen de t'approcher et te faire comprendre tous ces sentiments que tu avais éveillés en moi…

— J'ai compris ma méprise…

Victor retint sa respiration. C'était le moment.

— Maintenant, tu me laisses parler… Tu ne m'interromps pas… Après ça, je me suis traité d'imbécile. Parce que j'ai su que tu étais sur la même longueur d'onde que moi. Que tu ressentais les mêmes émotions. Et tout ce que nous avons vécu ensemble depuis m'a transformé. Transcendé. Et conforté dans la direction que devait prendre ma vie maintenant…

Victor ressentait comme une oppression, un étau qui lui serrait la poitrine. Il lui serra la main un peu plus fort et la regarda avec une intensité qui ne pouvait pas échapper à Angèle. Il lui lâcha la main et sortit un petit écrin de la poche intérieure de sa veste. Il l'ouvrit délicatement et le posa devant elle. Elle souleva le couvercle sur une bague dont les diamants brillaient de mille éclats.

— Acceptes-tu de devenir mon épouse ?

La question était lâchée. Libératrice. Il était maintenant suspendu à ses lèvres. À l'affût du moindre indice sur son visage, du trouble espéré dans son regard.

Angèle, surprise, contemplait le bijou, mais Victor crut déceler dans sa réaction comme une forme d'embarras.

— Elle ne te plaît pas ?

Angèle cacha son visage dans ses mains.

Pour Victor, une telle émotion ne trompait pas. Il n'avait plus de doute sur la réponse d'Angèle. Il lui suffisait d'être patient. Après tout, leur amour était si passionnel qu'il comprenait parfaitement qu'un tel débordement la submerge.

Elle ôta ses mains. Elle paraissait bouleversée.

Victor était certain d'avoir touché sa sensibilité. Il lui sourit avec une infinie tendresse.

Elle porta son regard sur la bague, et sans la quitter des yeux, elle soupira.

— Je suis désolée, je ne peux pas…

Victor avala sa salive.

— Tu… tu ne peux pas quoi ?

Elle releva la tête et le fixa.

— Je ne peux pas accepter. Je ne peux pas devenir ta femme.

Victor pâlit et, pour masquer sa déception, suivit machinalement des yeux un couple qui passait à proximité de leur table puis quittait le restaurant. Il ressentait un mélange d'amertume et d'incompréhension. Il revint à elle.

— Je… Je suppose que tu as une raison…

— Oh oui ! Et une bonne… Je t'ai menti. Je ne suis pas divorcée…

*

Il était impossible pour Victor de poursuivre la conversation après cet aveu. Il régla l'addition au serveur surpris de ce départ précipité en cours de repas. Mais, professionnel, il leur souhaita une bonne fin de soirée. Il en avait vu d'autres.

Victor et Angèle se retrouvèrent dans le loft. C'était là qu'il souhaitait avoir une explication. Il n'était pas du genre à faire d'esclandre en public. Ils étaient assis face à face. Silencieux. Victor fulminait. Angèle était triste.

— Pourquoi ? Pourquoi m'avoir menti ? Explique-moi ! Tu me dois au moins cela, non ?

— Pardonne-moi ! Je vais tout te dire… Après que mon mari m'a giflée et que j'ai trouvé ces deux filles dans son lit, tu te souviens ce que je t'ai raconté ?...

— Oui, bien sûr !

— Il était hors de question que je reste avec lui. Je lui ai dit que j'allais demander le divorce…

— Pourquoi ne l'as-tu pas fait ?

— Parce qu'il m'a menacée…

— De quoi ?

— De mort !

Victor sentit sa colère s'émousser.

— Qu'as-tu fait ? Tu as prévenu la police ?

— Je ne pouvais pas. Il m'a affirmé que si je portais plainte contre lui, il me ferait descendre par ses hommes de main.

— Quoi ? Mais c'est un truand, ton mari…

— C'est un cinglé, tu veux dire. C'est pour ça que je me suis enfuie…

— Tu t'es sauvée de chez toi ?

— Je n'avais pas le choix. Ou je restais avec lui, et c'était l'enfer, ou je partais…

— Bon, écoute, j'ai un ami qui est flic. Je vais lui en parler et…

— Non, surtout pas ! cria presque Angèle. Ses hommes de main me retrouveraient… Ils me tueraient…

Victor était décontenancé par l'attitude d'Angèle.

— D'où les lunettes noires ?

Elle acquiesça en silence.

— Pourquoi es-tu venue me trouver, moi ?

— Pourquoi ? Je vais te dire pourquoi. Je pensais te l'avoir fait comprendre. Depuis que je me suis enfuie, j'ai changé d'hôtels tous les soirs pour que mon mari ou ses sbires ne me retrouvent pas.

— C'est pour ça que le premier soir, le taxi t'a déposée devant l'Ibis ?

— Oui.

— Pourtant, le lendemain, j'y suis allé. Tu n'étais pas inscrite sur les registres…

— Je change de nom tous les jours… Tu ne peux pas savoir ce que cela signifie d'être traquée en permanence.

— Mais cela n'explique pas pourquoi tu es venue me trouver à la librairie, puis ensuite chez moi…

— Tout ce que je t'ai dit est vrai. J'ai lu ton roman *Visions mortelles*, et j'ai été subjuguée par ton écriture, la profondeur des sentiments de tes personnages. Moi qui avais connu l'hypocrisie, la violence dans mon couple, je me suis mise à rêver, grâce à toi, que l'amour vrai était possible. Plus je te lisais, plus je m'identifiais à ton héroïne. J'ai lu et relu ton histoire pour l'ancrer en moi. Jusqu'à ce que je devienne Angèle. C'était comme une thérapie. Sans te connaître, j'étais amoureuse de toi. Je devais te rencontrer. Je devais t'aimer. Et je savais que tu étais capable de m'aimer. Tu m'as prouvé que j'avais raison de le croire. Mais je comprends que tu sois déçu. Je comprends ta colère. Je vais partir. Retrouver mes hôtels. En priant le ciel pour que mon mari ou ses hommes de main ne me retrouvent jamais. Merci pour tous ces moments exceptionnels que nous avons partagés, mon amour. Tu seras ce qui m'est arrivé de mieux dans ma vie. Non, s'il te plaît… Ne dis rien !... Je vais ranger mes affaires et disparaître de la tienne…

Angèle se leva, et grimpa lentement l'escalier jusqu'à la chambre. Victor la suivit des yeux. Il n'avait pas esquissé le moindre geste pour la retenir. Il était à la fois perplexe et ému. Jamais une femme ne lui avait fait une telle déclaration. Jamais non plus, il ne s'était retrouvé dans un tel bourbier : tomber amoureux d'une femme mariée en cavale... Peut-être une idée pour son roman...

Quelques instants plus tard, Angèle redescendit, sa valise à la main. Victor était toujours assis dans son fauteuil. Elle s'arrêta devant lui.

— Merci pour ton amour, Victor. J'espère seulement que le mien t'aura touché un peu...

Elle lui adressa un petit sourire triste et se dirigea vers la porte sans se retourner.

Victor la regardait. La femme qu'il avait tant aimée, qu'il aimait tant, allait lui échapper. Il ne sut si ce serait la meilleure décision qu'il prendrait, mais elle lui parut évidente. Il se leva et marcha à grandes enjambées vers elle.

Angèle posa la main sur la poignée. Victor, la sienne sur son épaule. Elle se retourna. Ils avaient le même magnétisme dans le regard.

— Reste !

Elle lâcha sa valise sur le parquet et lui tomba dans les bras.

*

Plus tard, dans la nuit, après avoir uni leurs corps et leurs âmes dans des étreintes dont ils sortirent épuisés, Angèle était blottie contre Victor. Il lui caressait le dos avec tendresse. Il était prêt à l'emporter dans le projet fou qui se profilait dans son esprit.

— Ce n'est pas grave, tu sais... Un jour, quand tu seras libre, toi et moi, nous partirons sur une île dont je rêve... C'est un coin de paradis, au milieu de la mer Égée... Elle s'appelle Santorin et fait partie des Cyclades... C'est un ancien volcan qui a été englouti dans la mer. Il ne subsiste qu'un vaste demi-croissant de roches sur lequel ont été construites des habitations... Imagine... De notre terrasse ivre de chaleur qui domine le cratère encore visible, mais endormi au centre de la baie sous forme de lave noire solidifiée au niveau des flots, nous laissons mourir les lumières rosées du soleil couchant sur nos corps bronzés et alanguis sur des transats... Et nous savourons un ouzo glacé... Quand la nuit dépose le velours noir de son silence, nous rentrons faire l'amour puis nous nous endormons, repus, jusqu'au petit matin... Dès notre réveil, nous plongeons ensemble notre regard sur le petit carré de ciel bleu entre les volets entrouverts, comme une invitation à nous gorger de soleil...

— C'est magnifique... J'adore... Tu y es déjà allé...

— Non, pourquoi ?

— Parce que tu en parles si bien... C'est l'impression que tu me donnes... Et puis tu as sûrement dû voyager souvent ...

— Non, ma chérie, je ne suis qu'un jeune écrivain qui voyage par l'imagination. Il faut dire que j'aurais pu, c'est vrai. Mais depuis mon premier roman, tu vas rire, hormis mon loft, je n'ai pas trouvé le temps de dépenser mon argent en voyages. Mes campagnes promotionnelles m'ont accaparé depuis deux ans, tu ne peux pas imaginer…

— Mais quand même… les Cyclades… tu en rêves ?

— Comme je respire. Lorsque j'étais gamin, j'ai vu *Le grand bleu* de Besson. Depuis, j'ai les images dans la tête. Elles ont façonné mon Éden. Tu y seras mon Ève… Quand mon troisième roman sera terminé, je te le promets, je t'emmènerai là-bas et nous nous enivrerons de parfums et de chaleur jusqu'à l'overdose…

— Et le matin, nous ouvrirons les yeux sur ce petit carré de ciel bleu…

— Oui, entre les volets…

Elle dut les imaginer très fort.

— Oui… entre les volets…

Puis la réalité tomba, cinglante.

— Mais ce ne sera pas possible… Mon mari ne divorcera jamais…

Il marqua une pause.

— Si. On trouvera une solution…

*

Le lendemain, après cette folle nuit de réconciliation et d'espoirs, Victor lui proposa de l'accompagner à la FNAC, dans la galerie du Claridge sur les Champs Élysées, dans l'espace VIP des rendez-vous littéraires où avait lieu sa séance de dédicace. Elle refusa. La peur de se retrouver en public, lui affirma-t-elle. Après ce qu'elle lui avait avoué la veille, et ce refus de sortir en plein jour, Victor déduisit qu'elle subissait une terreur intérieure, plus qu'elle ne voulait le lui montrer. Il lui fit part de son sentiment.

— Non, ne t'inquiète pas ! C'est sans doute le fait d'avoir ravivé mon passé hier soir, avec cette crainte constante que mon mari ou ses hommes de main me retrouvent. Je préfère ne pas m'afficher en public avec toi. Tu comprends ?

— Je suis surtout désolé d'être la cause de cette réminiscence. Je n'aurais jamais dû te demander en mariage…

Elle posa un tendre baiser sur ses lèvres.

— Si, mon amour. C'est la preuve que tu m'aimes vraiment.

— Tu avais besoin de cette preuve pour en être persuadée ?

— Non, bien sûr. Mais même si ce n'est pas possible, une femme aime être demandée en mariage.

— Bon, alors j'y vais. Mais pendant mon absence, je t'appellerai. Souvent. Pour te rassurer…

— Et te rassurer ?

— Aussi. Mais parce que je t'aime…

*

Ce qui s'était passé avec Angèle avait perturbé Victor plus qu'il ne le pensait. Dans quelle galère s'était-il fourré ? Il se persuada d'avoir pris la bonne décision et qu'elle avait raison de rester enfermée dans le loft. Là, elle ne risquait rien. À plusieurs reprises au cours des dédicaces, comme il le lui avait promis, il l'appela au téléphone. À chaque fois, la conversation durait entre cinq et dix minutes. Il se sentait protecteur, et chaque échange enracinait de plus en plus profondément cette idée en lui. À tel point qu'il ne remarqua pas l'impatience de plus en plus manifeste des lecteurs. Le temps qu'il leur consacrait était bref et sans ferveur.

Le prénom, *amicalement*, et sa signature.

Le minimum requis.

Ses pensées étaient ailleurs.

Alors qu'il coupait pour la énième fois la communication avec Angèle, il repéra entre deux rayons le responsable de l'espace librairie en grande conversation avec le directeur commercial de l'enseigne, avec des regards vers lui dont ils abrégeaient la durée en changeant la direction qu'ils détournaient dès qu'ils s'apercevaient qu'il les observait. Il commença à ressentir un malaise ambiant. Ce fut à cet instant que Bart s'invita dans la danse comme un taureau furieux, mais avec suffisamment de tact pour maîtriser sa colère intérieure. Il s'adressa cependant avec courtoisie aux personnes qui patientaient dans la file, juste derrière la jeune fille à qui Victor s'apprêtait à dédicacer un *Delacroix des Templiers*.

— Excusez-nous, Messieurs, Dames, Monsieur Hugo va faire une pause de quinze minutes, juste après cette demoiselle. Merci de votre compréhension.

Il passa derrière Victor et se pencha près de son oreille. Puis, à voix basse :

— Toi, tu me rejoins à la cafétéria. Seul.

Estomaqué, il n'eut le temps ni de répondre ni de réagir à la virulence et à la directivité de ses propos.

Après sa dédicace, comme prévu, il quitta la table et partit retrouver Bart.

Quand il parvint à la cafétéria, il fonça directement sur lui, assis à une table à l'écart. Sans prendre la peine de s'asseoir, il attaqua, bille en tête, sans doute plus fort qu'il ne l'eut souhaité.

— Depuis quand te permets-tu de t'adresser à moi de la sorte devant mon public ? De plus, tu ne devais pas être présent, il me semble…

Bart ne releva pas la tête. Ses coudes étaient posés sur la table, les doigts croisés. Les jointures de ses phalanges étaient blanches. Ses mâchoires crispées.

— Assieds-toi !

Victor commençait à bien le connaître. Sa voix tremblante et son ton péremptoire lui indiquèrent qu'il valait mieux ne pas le contrarier. Il prit place sur la chaise en face de lui. Bart se mit à parler et pendant son monologue Victor comprit qu'il faisait des efforts surhumains pour ne pas exploser et que son intérêt était de l'écouter. C'était la première fois qu'il prenait l'ascendant psychologique dans un face à face avec lui.

— J'ai plusieurs points à aborder. Je reviendrai sur notre différend de la semaine passée. Pour commencer, parlons de ton actualité et de ton manque de respect…

— Comment ça, mon…

Il lui cloua le bec de la paume de sa main qu'il dressa entre eux.

— Ne m'interromps pas, s'il te plaît. Sache que si je suis là, c'est parce que le responsable commercial m'a appelé en urgence pour me faire part de ton comportement désinvolte et impertinent.

Victor était sur le point de réagir, mais Bart ne lui en laissa pas le temps.

— Oui, désinvolte et impertinent. Jamais un auteur, autrement plus célèbre que toi, ne s'est comporté avec autant d'insolence, d'impolitesse vis-à-vis de ses lecteurs.

— Mais de quoi tu parles, nom d'une pipe ?

— De quoi je parle ? De quoi je parle ? Tu oses me demander de quoi je parle ? Mais de ton effronterie affichée avec tes appels téléphoniques permanents alors que tes fans attendent, souvent depuis plus d'une heure, que Monsieur Hugo veuille leur accorder le privilège d'accéder à leur désir : une dédicace, bordel de merde !

— Je…

— Sans compter le tort que tu fais aux responsables de l'enseigne, et par voie de conséquences, aux Éditions.

— Attends, il me semble que des dédicaces, j'en fais, non ?…

— Ah oui ? Tu te souviens de notre première tournée ensemble à travers la France ? Je vais te rafraîchir la mémoire… Plus d'une fois, tu as atteint les deux cents signatures en quatre heures. Aujourd'hui, en trois heures, tu n'as signé que quarante romans… Parce que tu passes ton temps au téléphone avec ta… ton amie, et qu'à cause d'elle, les ventes ne décollent pas. C'est pour cela que j'ai été prévenu et qu'on m'a demandé d'intervenir auprès de toi. Tu dois encore assurer deux heures de dédicaces ici, Victor. Il faut que tu cesses de lui téléphoner…

— À qui ? À Angèle ?

— Ah, c'est Angèle, son prénom ? Merci de m'en avoir informé. Nous avons un contrat moral avec la FNAC. C'est la notoriété des Éditions qui est en jeu. Tu ne dois plus l'appeler, Victor. Ou elle ne doit plus t'appeler. C'est impératif !

— Et si je ne le fais pas ? lança Victor avec un air de défi.

Bart fit une pause et le regarda droit dans les yeux.

— Si tu ne le fais pas, je demande à Olaf de me décharger.

— Autrement dit ?

— Autrement dit…

Un léger sourire sardonique se dessina sur ses lèvres.

— Je ne serai plus ton agent !

Victor encaissa mal le coup, car il eut un bref vertige et se sentit pâlir. Bart poursuivit.

— Et puisqu'on déballe tout aujourd'hui, je veux que tu saches qu'aucun auteur, pas même Sam Bookman ou Marc d'Angelo avec qui j'ai travaillé au début de leur carrière, ne s'est comporté avec moi comme tu l'as fait la semaine dernière. Me laisser seul avec le salon de Liège et la conférence à la Sorbonne sur les bras est un affront que je ne suis pas près de te pardonner de sitôt. Putain, Victor, mais qu'est-ce qu'il t'arrive avec cette… avec cette Angèle ? Elle t'a envoûté ou quoi ?

— Non, Bart. On est juste tombés amoureux fous l'un de l'autre. Raides dingues !

— Merde, j'y crois pas ! Tu te rends compte de ce que tu me dis ? Tu es en train de m'expliquer que le fait d'être amoureux t'autorise à mettre entre parenthèses ta carrière sans crier gare, de laisser tomber nos partenaires auprès de qui nous avons des engagements ? Et tout ça, parce que Monsieur Hugo est amoureux ? Mais enfin, Victor, ressaisis-toi ! Essaye de raisonner un peu ! Que cette fille te fasse tourner la tête, soit ! Après tout, tu n'es pas le premier à qui ça arrive. Ni le dernier, d'ailleurs. Mais là, tu te comportes comme un ado transi qui vient de perdre son pucelage, et qui s'accroche à la demoiselle qui l'a honoré comme s'il craignait qu'elle n'existe que dans un rêve….

Il fit une nouvelle pause. Il fixait toujours Victor, attentif à la moindre de ses réactions qui, pour l'heure, ne venait pas.

— Tu sais que j'en ai parlé à Olaf ?

— Oui, je sais. Nous avons eu une discussion au téléphone.

— Ah ! Et alors ?

— Alors quoi ?

— Eh bien, ç'a donné quoi ?

— J'ai commencé à écrire le troisième…

— Ah, ben, ça, c'est une bonne nouvelle !

— Attends ! Ne t'affole pas ! J'ai juste écrit trois pages, hein, et encore, elles ont fini à la corbeille. Angèle n'aimait pas…

Bart soupira bruyamment.

— Pff ! Encore elle… Il va falloir que tu prennes un peu de distance avec elle, Victor, sinon, elle va te pourrir la vie… Tu veux que je m'en explique avec elle ?

— Non, hurla presque Victor.

— Bon, bon, ne t'énerve pas ! C'était juste pour lui faire comprendre que la vie avec un écrivain célèbre, ce n'est pas simple…

— Je te remercie, mais je suis assez grand pour le lui expliquer moi-même.

— Tu le feras ?

— Quoi ?

— Tu lui expliqueras qu'elle ne doit pas entraver ta carrière ?

— Mais oui, enfin !

— Bon. Mais l'essentiel, c'est que tu as recommencé à écrire, et ça, c'est positif… N'oublie pas que je touche une belle commission sur tes ventes futures, ajouta-t-il en souriant.

Victor le sentit plus détendu et il songea à tout ce qu'il venait de lui dire. Quelque part, il savait que ses arguments tenaient la route. Mais d'un autre côté, il n'avait pas envie de blesser Angèle. Cet amour-là ne se rencontre qu'une fois dans la vie. Il devait trouver une solution pour concilier les deux : sa relation avec elle et sa carrière. Il devait bien exister des ficelles pour y parvenir. Comme le lui avait dit Bart, d'autres y sont parvenus. Alors pourquoi pas lui ?

— OK, Bart ! Je te présente mes excuses. J'éteins mon smartphone le temps que je termine mes dédicaces. Et compte sur moi ! Je l'ai promis à Olaf, je tiendrai ma promesse. Je vais réfléchir sérieusement à la trame de mon prochain roman.

Bart arbora un sourire angélique.

— Tu vois, ça, j'aime bien ! Je retrouve le vrai Victor. Et n'oublie pas ! Tu as franchi deux fois la barre, la double barre, même, et il n'y a aucune raison que tu n'y parviennes pas encore. Jamais deux sans trois !

Jamais deux sans trois... Pourquoi Victor avait-il l'impression que cette troisième barre était une épée de Damoclès ? Il détestait avoir une pression quelconque pour créer. Cependant, entre l'avance consentie par Olaf et le seuil des trois cent mille exemplaires brandi par Bart comme une carotte à laquelle il était financièrement intéressé, sûr, ça commençait à peser sur ses épaules.

Bart enfonça le clou qui renforça la détermination de Victor à aller dans le même sens que lui.

— Bon, tu te souviens qu'on se voit après-demain ?

— Oui, oui. C'est noté sur mon agenda. On a une émission littéraire sur France 2...

— C'est ça. On se retrouve là-bas vers 15 h 45. L'enregistrement démarre à 16 h 30...

— J'y serai.

Bart serra la main de Victor et le gratifia d'un clin d'œil avant de se lever et de quitter la cafétéria.

Victor sortit son smartphone, l'éteignit et partit rejoindre sa table pour reprendre les dédicaces.

11

L'échange avec Bart leur avait permis de se réconcilier et pour Victor, c'était un moteur inestimable. Hormis le fait qu'il était amoureux d'une femme mariée dont le mari violent risquait un jour ou l'autre de débarquer dans sa vie, il se sentait à peu près bien et savait que cet état aurait une incidence positive sur son énergie créatrice. Bart lui avait ouvert les yeux. Même si Victor ne lui avait pas parlé de la situation d'Angèle. Mais il considérait que cela faisait partie de son jardin secret.

Au cours de la soirée, il expliqua à Angèle pourquoi il ne l'avait plus appelée au téléphone pendant ses dédicaces à la FNAC. Elle était intelligente et lui fit comprendre qu'elle ne s'en était pas offusquée. Jamais ils ne haussèrent le ton. Ils étaient en parfaite harmonie intellectuelle. À tel point qu'il leur fallut vérifier au lit qu'il y avait la même perfection harmonique sur le plan physique. Et elle y était !

Il fut surpris de la voir s'effondrer en larmes après leurs ébats. Elle lui jura qu'il ne devait pas s'inquiéter, que souvent, chez les femmes après avoir fait l'amour, il arrivait qu'elles expriment leur plaisir par des larmes incontrôlables de bonheur. Il la prit dans ses bras avec tendresse pour la calmer, flatté dans son mâle orgueil de l'avoir conduite au septième ciel. Pour autant qu'il existât…

Même s'il supposait qu'une partie de ses larmes était liée à la terreur latente qu'il imaginait en elle.

Après qu'elle se fut apaisée, Angèle s'assoupit alors que Victor sut que pour lui, le sommeil ne serait pas au rendez-vous. Il n'était qu'une heure du matin ! Il se releva avec la ferme intention de commencer sérieusement l'écriture de son roman. Au moins en concevoir la trame, le sujet, l'idée maîtresse, la colonne vertébrale sur laquelle s'appuierait son histoire. Il sentit en lui l'envie, l'énergie de son élan créateur. Il se fit couler un double expresso bien tassé et s'installa à son bureau, devant son ordinateur.

Sa tasse à la main, il lança le logiciel de traitement de texte… ouverture… sélection d'un document vierge…

Voir cette page blanche virtuelle s'afficher à l'écran engendrait toujours diverses sensations dont il se délectait… Une incitation à la réflexion ! Un appel à la création ! Une stimulation artistique ! Un encouragement à se jeter corps et âme sur le clavier ! Une exhortation à la débauche syntaxique ! Un aiguillon salutaire ! Tout cela à la fois, et en même temps, un défi. La machine le narguait, le toisait, le provoquait jusqu'au plus profond de son ego, comme pour lui souffler l'idée qu'il pût rester sec devant la tâche immense qui l'attendait. Il en sourit tant cette pensée lui parut stupide…

*

2 h 00. Il avait « griffonné » à l'écran plusieurs pages de mots, de bout de phrases, de schémas, de flèches qui reliaient entre eux des personnages, des objectifs à atteindre, des lieux géographiques possibles où se déroulerait l'action. Cette phase nécessaire avant la rédaction était jubilatoire. Elle lui permettait d'installer dans son esprit tout un environnement dans lequel évolueraient ses héros. Il enregistra son fichier sur le bureau virtuel sous le nom « *Roman en cours* ».

Il se prépara un second double expresso.

Il relut l'ensemble de ses notes. Au bout de dix minutes, il dut se rendre à l'évidence. C'était fade. Peu attractif. En tout cas, il ne voyait pas la moindre opportunité d'introduction. Il ferma le logiciel, sélectionna l'icône de son fichier et d'un clic, l'envoya dans la poubelle, virtuelle elle aussi. Pas de manière définitive. Il était juste stocké là, ce qui lui donnait la possibilité d'une récupération éventuelle.

Il se rejeta en arrière contre le dossier de son fauteuil, sirota sa tasse de café à la recherche de nouvelles pistes.

Il eut un doute. Il cliqua sur la corbeille dans le coin droit de l'écran. Le fichier « *Roman en cours* » apparut. Il avait deux possibilités : la restauration pour y travailler à nouveau ou la suppression définitive. Il visualisa mentalement ses schémas, ses flèches, ses notes… Non, il n'était pas convaincu. Avec une moue sans équivoque, il opta pour la seconde possibilité et cliqua sur « *Supprimer* ». Comme pour installer dans son esprit une ultime incertitude, l'ordinateur afficha un message sur l'écran : "*Voulez-vous supprimer ce fichier de façon permanente ?*" Deux nouvelles possibilités : *OUI* ou *NON*. Sans hésitation, il choisit le *NON*.

*

3 h 00. Il ouvrit à nouveau le logiciel de traitement de texte… Nouveau document vierge… Il fixa la page blanche qui venait de s'afficher. Il ne sut pourquoi, mais il se sentit fébrile. Non pas cette fébrilité habituelle synonyme d'enthousiasme et d'excitation. Non, là, c'était plutôt un flottement. Un mélange d'embarras et de perplexité.

Troisième double expresso.

Debout devant la verrière, la tasse à la main, il laissa divaguer son imagination sur la grisaille obscure des toits de Paris… Des souvenirs remontèrent du fond de sa mémoire… la propriété d'Olaf… la Seine… la barque… Éva… Des bribes de leur échange percutèrent son esprit de plein fouet…

— N'avez-vous jamais été confronté à l'angoisse de la page blanche ?

— La page blanche ?

— Oui. Le trou. Le vide. L'absence d'idées. L'abîme sidéral et sidérant du néant. Le désert de copie. L'imagination fossilisée dans les strates de la vacuité. Rien. Le noir total de la page blanche, mon ami.

— Jusqu'à présent, non, pas vraiment…

— Ne vous inquiétez pas ! Ça viendra…

Et c'était venu. Il eut une nausée. Pour la première fois de sa vie, il éprouva l'angoisse de la panne d'inspiration. Non, ce n'était pas possible... Il devait se tromper... Cela ne pouvait pas lui arriver. Pas à lui...

*

4 h 00. Son quatrième double expresso à la main, il fixa à nouveau la page blanche, vide, neigeuse... Avec ce paradoxe : le noir total... Soudain, il eut un flash... L'association et l'opposition des mots venaient de percuter son cerveau... Il posa sa tasse, positionna le curseur en milieu de page, sélectionna une police appropriée, puis tapa avec excitation :

PAGE BLANCHE POUR ROMAN NOIR

Ses yeux ne lâchaient plus les caractères gras alignés au centre de l'écran. Les mots explosaient. La phrase prenait un sens déterminant : il avait devant lui le titre de son troisième roman. Il respira. Il avait une ouverture. Même s'il ne savait pas encore ce qui se cachait derrière. Mais c'était une évidence : la vanne était ouverte.

Satisfait, il retourna se coucher afin d'essayer de dormir les quelques heures qui restaient. Évidemment, son overdose de caféine contraria fort sa tentative, aussi passa-t-il son temps à se laisser emporter par le maelström, il n'en douta pas une seconde, de nouvelles idées qui allaient surgir.

*

7 h 00. Il n'avait pas fermé l'œil une seule fois. En fait, le maelström s'était résumé à un glougloutement dans une conduite de lavabo. Il avait ressassé les mêmes fausses idées. Les pistes qu'il pensait avoir trouvées le ramenaient toutes au point de départ. Il dut admettre que son imagination était d'une stérilité abyssale. C'était d'autant plus violent qu'il avait été payé pour ça. Vaincu et amer, il tomba dans un sommeil brutal. Un cri affreux l'en tira cependant, quinze minutes plus tard. Des valises sous les yeux, il émergea de son coma en sursaut. Avait-il rêvé ? Angèle…

Il se retourna. Elle était couchée près de lui, le corps tendu, et elle tournait violemment la tête de droite à gauche et de gauche à droite sur l'oreiller, alternant plaintes et gémissements. Il la réveilla en douceur et quand elle ouvrit les yeux, elle le reconnut et se jeta contre lui. Il la berça tendrement.

— Chut… voilà… c'est fini… tu as fait un mauvais rêve…

— Pire qu'un mauvais rêve… c'était atroce… mon mari m'avait retrouvée et me frappait, me frappait, avec une telle violence… je ressentais chaque coup de poing dans ma chair, avec le goût du sang dans ma bouche… Et toi, tu voulais t'interposer, mais il te plantait un couteau en plein cœur…

Victor frissonna tout en lui caressant les cheveux tendrement.

— C'est fini, là… c'est fini… c'était un cauchemar…

Ce fut à cet instant qu'ils entendirent son smartphone vibrer sur le bar. Un message, sans doute... Répétition... Un appel ? À cette heure matinale ? Plus tard... Les vibrations cessèrent.

— Allez, il faut nous rendormir...

— Je crois que je ne pourrai plus...

— Ça va aller ?

— Oui, oui. Par contre, toi, tu as une sale tête... Tu as dû travailler sur ton roman, je me trompe ?

Victor confirma sa supposition d'un hochement de tête, peu enclin à lui avouer que sa laborieuse production se limitait au titre.

— Tu me fais lire ce que tu as écrit ? Ça chassera les images horribles de mon cauchemar...

Rien de tel pour lui saper le moral qu'il n'avait déjà pas bien brillant. Autant lui dire la vérité. Sinon, elle ferait des pieds et des mains jusqu'à ce qu'il cède.

— Je n'ai que le titre pour le moment. Tout le reste est dans ma tête...

Il se traita d'imbécile.

— En fait, non. J'ai passé la nuit à me creuser la cervelle. À tel point qu'elle ressemble aux champs de bataille de Verdun après 14-18 ! Tu ne veux pas essayer de te rendormir...

Nouvelles vibrations en bas sur le bar.

— Oh, mais quel emmerdeur !

— Tu veux que j'aille voir ?

— Laisse tomber. Il va se lasser... Si c'est important, il laissera un message...

Les vibrations cessèrent.

— Tu vois… qu'est-ce que je t'avais dit… Allez, on dort…

Elle se pelotonna contre lui et il ferma les yeux en soupirant.

Vingt secondes plus tard, nouvelles vibrations. Victor bondit du lit et dévala l'escalier en jurant. Il repéra le smartphone, regarda de qui venait l'appel… Numéro inconnu… Il prit la communication…

— Allô ! aboya-t-il ?

Pas un mot. Juste une respiration.

— Dites donc, ça vous amuse de déranger les gens à…

— Victor Hugo ?

Voix sourde. Basse. Calme.

— Euh… c'est moi…

— Je sais que Mathilde est avec vous…

Montée d'adrénaline.

— Que… qui est à l'appareil ?

Silence. Juste cette respiration maintenant angoissante.

— Je suis son mari. Je vais venir la chercher. À partir d'aujourd'hui, regardez bien derrière vous lorsque vous sortirez… Je ne serai pas loin…

La communication fut coupée. Effaré, Victor regarda l'écran d'accueil.

— Chéri ?

— Oui, oui, je suis là…

— Ça va ?

Victor posa le smartphone et monta lentement les marches. Il n'en revenait pas. Il venait de parler au mari d'Angèle. À sa tête, elle comprit que quelque chose ne tournait pas rond.

— Que se passe-t-il ? Il y a un problème ?

Victor la regarda. Il lui devait la vérité.

— Oui, et pas qu'un peu ! C'était ton mari… Il sait que tu es avec moi…

Angèle se liquéfia.

— Quoi ? Ce… ce n'est pas possible…

Comme pour se persuader à lui-même qu'il n'avait pas rêvé, il répéta :

— Ton mari vient de m'appeler au téléphone…

— Comment a-t-il eu ton numéro ?

— Ça, je n'en sais rien, mais ce qui est sûr, c'est que je vais appeler un de mes amis. C'est un flic …

— Oh non, s'écria Angèle, surtout pas. Il mettrait ses hommes sur nos traces et là, on y passerait tous les deux…

— Tu… tu veux dire que… que…

— Oui, Victor, je sais comment il fonctionne. Il nous fera assassiner. C'est une horreur ce type. Rien ne l'arrêtera…

Sans savoir pourquoi, les rouages de sa réflexion d'auteur de polar commencèrent à tourner juste à cet instant.

— Qu'il ait eu mon numéro, passe... Mais il ne peut connaître mon adresse… Il ne sait pas où tu es…

— En es-tu sûr ?

— Non. Mais tu ne crois pas qu'il serait venu te chercher, si c'était le cas ?

— Tu ne le connais pas, Victor. Il va jouer avec nous comme un chat avec une souris. Faire monter la peur, l'angoisse, jusqu'à la terreur.

— J'appelle mon copain flic…

— NON !

Le cri figea Victor.

— Si tu m'aimes, ne mêle pas les flics à mon histoire… s'il te plaît… Je préfèrerais le tuer… ou… le faire tuer…

— Que… Le faire tuer ?

— Oui, pour que le crime soit parfait…

Victor cogitait à toute vitesse. Vu le contexte, il s'étonna du paradoxe qu'il sentait naître en lui.

— Tu penses à quoi ?

— OK. C'est complètement fou. Mais tu viens de me donner l'idée de mon troisième roman. Je piétinais, je tournai en rond, mais grâce à toi, je la tiens.

— Je ne comprends pas…

— Tu sais, un auteur de polar est à l'affût… C'est comme un chasseur capable de planquer des heures, des jours et des nuits dans l'attente que passe le gibier. Et là, pour moi, le gibier vient de passer…

— Je ne comprends toujours pas où tu veux en venir…

— J'écris un roman. Un roman policier. Et le contexte vient de m'offrir le gibier sur un plateau…

— Mon mari ?

— Non. Ton idée. Je vais commettre le crime parfait.

— Tu veux tuer mon mari ?

— Non, j'ai tous les ingrédients pour réussir un coup de maître : ton passé, ton mari… L'histoire d'une femme battue, trompée qui cherche à commettre le crime parfait en le faisant assassiner…

— Tu es fou, Victor. Comment peux-tu songer à ton roman dans un moment pareil. C'est nous qui vivons cette situation. Il va nous harceler. Il va nous faire mijoter. Tu dis que tu te mets toujours dans la peau de tes personnages.

— C'est exact. Pour mieux ressentir ce qu'ils ressentent.

— Alors moi, je suis au bout du rouleau, Victor. Je ne peux plus vivre dans l'attente de mourir. Le crime parfait, c'est bien, mais ça n'existe que dans les romans.

— Pas du tout. Il y a les *cold cases* comme disent les Américains. Des centaines d'affaires criminelles qui n'ont pas été résolues. Et qui ne le seront vraisemblablement jamais. Souvent parce que la plupart de ces crimes ont été commandités…

Angèle sourit tristement.

— Alors là, je pourrais faire assassiner mon mari.

— Que veux-tu dire ?

— Je connais quelqu'un qui serait ravi de s'en charger…

— Tu connais quelqu'un ? Toi ?

— Malheureusement, oui. Un des hommes de main de mon mari lui en veut à mort parce qu'il a couché avec sa femme. Quand il l'a appris, il a voulu lui casser la figure. Il l'aurait tué si ses gardes du corps n'étaient pas intervenus.

— On ne tue pas les gens comme ça…

— Lui, si.

— Je garde l'idée. Il faut absolument que je voie Yellow…

— Non, je…

— Ne t'inquiète pas ! Je ne vais rien lui dire. J'ai juste besoin de son avis sur cette idée de crime parfait. Je l'appellerai dans la journée. Je dois passer aux Éditions aujourd'hui avant l'émission de ce soir.

— Tu as le courage de continuer comme si de rien n'était ?

Il déposa un baiser sur ses lèvres.

— La vie continue malgré tout, mon amour. Tant que tu restes chez moi, tu ne crains rien. Tu n'ouvriras à personne, d'accord ?

— Promis.

*

Bart et Victor quittèrent le parking des studios vers 22 h 30 dans la voiture de Bart. L'émission littéraire « Livres et vous », animée par Jonathan Belfond et à laquelle Victor venait de participer avec d'autres écrivains sur le thème du polar, venait de se terminer. Avec lui, ils étaient cinq auteurs de Solberg Éditions. Il y avait retrouvé Bernard Cavalier, l'auteur de la série avec la « Reine mère », Sam Bookman, avec qui il avait agréablement discuté pendant une pause. Il lui avait fait part de son admiration pour le succès de son « *Delacroix* » (qu'il avait lu !) et s'était même excusé d'avoir douté de ses capacités à réitérer l'exploit commercial de ses « *Visions* ». Il lui proposa même son appartement de Londres dans l'éventualité d'un besoin d'isolement pour écrire son troisième roman. De ce fait, il lui avait paru plus sympathique qu'à leur première rencontre chez Olaf. À l'émission participait aussi Éva de Breuil, égale à elle-même, chaleureuse et bienveillante, Alexander Lewis, venu spécialement de New York pour parler de l'influence de son passé au FBI dans ses romans, et deux autres auteurs que Victor ne connaissait pas, un Espagnol, Alejandro Perez Garcia, et un Allemand, Hörst Gutenberg. Une belle soirée d'échanges littéraires et en même temps une belle promotion. Comme le lui affirma Bart, au volant de son Audi A3 avec son esprit d'à propos : *de la com' sur un plateau !*

Ils quittèrent l'Esplanade Henri de France et rejoignirent le périphérique par le boulevard des Maréchaux jusque chez Victor.

— C'était bien que tu la fasses cette émission…

— Oui, je le pense aussi...

— Ça prépare ton lectorat à ton troisième roman. D'ailleurs, je trouve que tu n'en as pas trop parlé quand Belfond t'a questionné à ce propos. Tu es resté assez évasif…

— Normal. On ne peut que l'être quand on ne sait pas encore de quoi ça parle…

Il lui jeta un coup d'œil, perplexe.

— Tu es sérieux ?

— Mais non, je plaisante. J'ai une superbe idée qui m'a été soufflée par Angèle : le crime parfait !

— Finalement, vous avez l'air de bien vous entendre tous les deux ?

— Tu en doutais ?

— Un moment, j'avoue qu'elle m'a gavé. Je ne reviens pas sur l'épisode de la FNAC.

— Comme je te l'ai dit, nous sommes fous amoureux l'un de l'autre.

— Vous allez vous marier ?

Victor se força à rire. Faux.

— Allons, Bart, plus personne ne se marie aujourd'hui !

— Tu as raison.

Victor se tut et tourna la tête afin que Bart ne lise pas sur son visage tout ce qui le minait. L'appel du mari d'Angèle. Angèle qui n'était pas libre. Angèle qui avait peur. Tous ses problèmes tournaient autour d'Angèle et de son mari.

Bart quitta le périphérique à la porte de Saint-Ouen et enfila la rue Vauvenargues, puis la rue Damrémont. Deux minutes plus tard, il déposait Victor devant chez lui.

— Merci, Bart. Je suis fier que tu sois mon agent…

— C'est tout ? Seulement ton agent ?

— Et mon ami, évidemment ! Un jour, si je devais me marier, je te prendrais comme témoin ?

Bart éclata de rire.

— Eh bien, quoi ? Ça ne te fait pas plaisir ?

— Si, bien sûr ! Mais aujourd'hui, tu sais, plus personne ne se marie, le parodia-t-il.

Victor descendit de la voiture, claqua la portière et salua Bart de la main.

Il avait hâte de retrouver Angèle.

12

Victor la trouva prostrée dans un fauteuil du living, les jambes repliées sous elle.

— Tout va bien ?

Elle leva la tête.

— Mon mari m'a appelée.

— Sur ton smartphone ?

— Oui. Ça n'arrêtait pas de sonner. Je savais que c'était lui. J'ai fini par répondre.

— Tu n'aurais pas dû ! Et alors ?

— Il veut que je rentre, sinon, il m'a affirmé qu'il me retrouverait.

— Bon, ça prouve qu'il ne connait pas mon adresse. Ce qui signifie qu'ici, tu n'as pas à avoir peur.

— Pas de danger que je sorte…

— J'ai eu Yellow au téléphone…

— Qui ?

— Yellow… C'est le nom, enfin le surnom, de mon copain flic dont je t'ai parlé. Il s'appelle Lié-Loïc Courbet. Lié-Lo… Yellow… Question de sonorité. Je veux qu'il m'explique, non pas comment commettre le crime parfait, mais le déroulement des enquêtes criminelles, les indices retrouvés, les empreintes laissées sur les lieux du crime, les progrès de la police scientifique sur la recherche d'ADN, le travail des profileurs, ces gens qui parviennent à établir des ébauches de portraits psychologiques de criminels. Il est commissaire à la brigade criminelle du quai des Orfèvres. Tu sais… le fameux 36…

— Je ne veux pas le rencontrer ! s'écria Angèle.

Victor s'étonna de sa réaction.

— Tu lui as parlé de moi ?

— Non, bien sûr !

— S'il me voyait, il te poserait des questions sur moi et tu serais forcément amené à lui parler de mon passé, de mon mari…

— Il ne viendra pas ici. On se voit au restaurant demain à midi, c'est tout.

— Tu ne lui parleras pas de moi, hein ?

— Non, rassure-toi, je te le promets ! Je veux juste qu'il me tuyaute sur les crimes parfaits, vu du côté de la police. Apparemment, il a une jolie théorie sur ce sujet.

*

Le lendemain, Victor ouvrit un œil et le jeta sur le cadran à LED de son réveil : 6 h 10. Enfouie sous la couette et en position fœtale, Angèle lui tournait le dos. Il se leva le plus discrètement possible afin de ne pas la réveiller, enfila un peignoir et descendit l'escalier vers sa première action matinale incontournable : se faire couler un expresso.

Muni de sa tasse fumante, il s'installa à l'ordinateur. Il se sentait les idées claires. Et ça bouillonnait tellement qu'une heure plus tard, il n'avait pas quitté des yeux le titre noir en lettres capitales au milieu de l'écran :

PAGE BLANCHE POUR ROMAN NOIR

La suggestion d'Angèle se transformait en autosuggestion prioritaire : le thème central de son roman était « le crime parfait ! »

À 8 h 00, lorsqu'Angèle vint le retrouver, les cheveux en bataille, il avait réuni des mots clefs, des bouts de phrases qui étaient censées être le condensé de ce qu'il savait de sa vie. Il était persuadé que sa relation chaotique avec son mari lui offrait tous les ingrédients nécessaires de base pour réussir un polar exceptionnel.

— Ça y est ? C'est parti ? lui dit-elle après l'avoir embrassé.

— Oui, ma chérie, et grâce à toi. Je pars sur le thème du crime parfait… Tu vas mieux ?

— Ça va. Je peux lire ?

— Pas maintenant, si cela ne te dérange pas. J'ai besoin de me concentrer davantage sur le conducteur. Je dois articuler une histoire qui tient la route, tu comprends, une architecture avec un personnage fort qui veut atteindre un seul objectif, le crime parfait, et qui va tout faire pour y parvenir. Jusqu'au dénouement qui devra prendre tout le monde de court, la police en charge de l'enquête, et surtout le lecteur. Mais promis, dès que je tiendrai une vraie ligne directrice cohérente, je t'en parlerai et tu seras la première à lire mon manuscrit. D'accord ?

— Et tout ça uniquement parce que je t'ai dit que je connaissais la personne susceptible de tuer mon mari...

Elle dut s'apercevoir que ses paroles le troublaient.

— Allons, je dis cela juste pour exciter ta créativité. N'est-il pas plus facile de concevoir le crime parfait si tu t'appuies sur une réalité ?

— Oui, tu as raison. Prépare-toi ! Pour nous changer les idées, je t'emmène prendre le petit-déjeuner quelque part...

— Oh non, je ne sors pas... Je reste là...

— Allons, tu ne vas pas passer ta vie cloîtrée ici ?

— On pourrait le rencontrer...

Il l'attira contre lui.

— Allons, ne crains rien ! Il ne sait pas où j'habite... Et puis, tu pourras mettre tes lunettes noires... Nous prendrons un taxi juste devant l'immeuble et il nous déposera à la porte de l'établissement où je veux t'emmener.

— C'est où ?

— C'est une surprise. Mais crois-moi ! Il ne montera pas de Marseille pour aller te chercher là...

*

Un peu plus tard, ils étaient en tête à tête au *Jardin français* où, quelques mois en arrière, Olaf avait invité Victor pour lui parler de *Delacroix des Templiers* après l'avoir lu en une nuit.

Angèle était subjuguée, comme il l'avait été, par le faste de la décoration et la classe professionnelle du personnel. Après qu'ils se furent servis copieusement aux nombreux buffets, Victor amena adroitement la discussion sur le thème qu'elle lui avait suggéré et qui occupait son esprit en permanence. Il voulait étayer ses pistes d'écriture, mais, et il en était conscient, des pistes qui le renvoyaient à cette affirmation troublante d'Angèle : elle connaissait un tueur capable d'assassiner son mari !

— Tu sais, ma chérie, je ne cesse de penser à ce que tu m'as dit…

— À mon mari ?

Victor soupira malgré lui.

— Oublie-le un peu ! Je sais ce n'est pas simple. Je sais qu'il empoisonne ta vie, et du coup, la mienne aussi. Non, je veux parler de ton idée…

— Tu veux dire l'idée de crime parfait ?

— Oui, ça, mais surtout ce… cette personne qui serait prête à… enfin… à se débarrasser de ton mari…

— Oh, mais j'ai dit ça comme ça, parce que ça, c'est impossible…

— Pourquoi impossible ?

— Parce que même si je décidais de le faire tuer, ce ne serait évidemment pas dans mes moyens…

— Ah ? Je croyais qu'il voulait se venger…

— Oui, c'est vrai. Mais personne ne tue gratuitement, surtout pas ce genre de type… Je le connais suffisamment…

— Tu le connais… bien… bien ?

— Je le connais surtout parce qu'il savait ce que je subissais. Nous avions la même haine en nous contre mon mari.

— Je vois. Une question… Juste pour mon roman… Il demanderait combien ?

— Je n'en ai aucune idée, mon amour… Lorsqu'il travaillait pour mon mari, ce n'est pas le genre de questions que je lui posais, tu sais…

— Oui, bien sûr… Excuse-moi !

Elle posa sa main ouverte vers lui sur la nappe blanche. Il y posa la sienne, et ils restèrent ainsi quelques instants, le temps de faire passer dans leurs regards tout l'amour qu'ils éprouvaient l'un pour l'autre. C'est elle qui relança le sujet, tout en dégustant ses mini viennoiseries.

— Alors, dans ton roman… ce crime parfait… Qui va le commettre ?

— Oh, ce n'est qu'une ébauche à partir de ce que tu m'as raconté de ta vie… Une jeune femme trompée par son mari et qui, par vengeance, va le faire assassiner… Mais je sens que cela te contrarie… Bon, passons à autre chose !

— Non, non, ça va aller, continue ! C'est juste que le peu que tu viens de dire me renvoie à lui, à sa violence, à ses menaces… J'entends encore sa voix au téléphone…

— Tu devrais changer d'opérateur…

— Oui, tu as raison… J'aurais dû le faire depuis longtemps… Pardon de t'avoir interrompu… Continue ! Je comprends que ma vie te serve de base pour ton roman…

— Mais si cela t'ennuie, on change de sujet… Parce que là, je vais devoir appuyer où ça fait mal…

— Non, non, ça va aller…

— OK ! Bon, alors je cherche à avoir ton ressenti lorsque tu l'as trouvé au lit avec les deux filles, juste à cet instant critique… J'ai besoin de comprendre ton état psychique à la naissance de ce moment d'équilibre instable entre le passage à l'acte et le refoulement de tes pulsions meurtrières, ce moment où tout bascule d'un côté ou de l'autre. C'est cela qui m'interpelle. Tes explications me permettront de définir le mental de mon personnage, de développer le cheminement de l'idée de crime dans sa tête. Encore une fois, si cela te dérange, tu me le dis.

Il la sentit se détendre.

— Non, je t'assure, tout va bien. Je comprends le sens de ta démarche. Par contre ce que tu me demandes est un peu complexe. Je suppose que si je ne suis pas passée à l'acte, d'abord, c'est parce que je n'avais pas d'arme…

— C'est évident. Ce que je veux savoir, c'est l'aurais-tu fait si tu en avais eu une…

Angèle réfléchit quelques secondes.

— À l'époque, sans doute pas…

— Pourquoi ?

— Je ne sais pas… Peut-être à cause de mon éducation, de la morale.

— Oui, ça, je m'en doute. Encore une fois, et je veux que tu comprennes bien le sens de ma question, ce que je veux que tu essayes de m'expliquer, c'est comment naît le déclencheur de l'idée de crime. Bon, tu me dis que si tu avais eu un revolver à ce moment-là, tu l'aurais peut-être tué. Crois-tu vraiment que tu l'aurais fait ?

— Je ne sais pas. Peut-être, en effet, sous le coup de la colère…

— Bon, tu ne l'as pas fait. Et cette idée n'a pas abouti, puisque tu l'as abandonnée pour des raisons morales.

— Un crime commis sous le coup de la colère a peu de chances d'être parfait, tu ne crois pas ?

Un déclic. Un signal. C'était confus, mais l'idée faisait son chemin.

— Tu peux me répéter ce que tu viens de dire ?

— Moi ?

Je regardai autour de moi.

— Qui d'autre ?

— J'ai juste dit qu'un crime parfait ne peut pas être commis sous le coup de la colère…

— Oui, c'est ce que j'ai entendu…

— Alors, pourquoi me le faire répéter ?

— Pour bien ancrer le sens dans mon esprit. Oui, c'est ça… Le crime parfait est forcément prémédité. L'assassin doit tout contrôler, tout maîtriser, veiller à ne laisser aucun indice… Et ça ne peut se faire avec un sentiment de colère.

— Il doit anticiper les déductions de la police…

— C'est exactement ça. Je sens que mon entretien avec Yellow va être intéressant…

— Tu ne lui parleras pas de moi, hein ?

— Mais non, je te l'ai promis. C'est étrange que tu aies peur de lui comme ça…

— Ce n'est pas de lui que j'ai peur…
— Je sais… Pardonne-moi !

*

Un peu plus tard, Victor abandonna Angèle dans un taxi qui la reconduirait devant son immeuble. Il avait deux heures devant lui avant de retrouver Yellow. Il décida d'aller marcher au jardin du Luxembourg pour réfléchir…

13

— Tu veux assassiner qui ?

— T'es vraiment con, toi !

— Allez, je te charrie…

— Non, ce que je veux te demander, ce sont juste des infos pour mon prochain roman.

— Ouais, je sais. Sur les crimes parfaits… Tu m'as dit ça au téléphone…

— Exact. Bon. Avant que tu m'expliques les conditions nécessaires pour qu'un crime puisse être considéré comme parfait, ma première question : as-tu déjà, au cours de tes enquêtes, été confronté à des crimes non élucidés qui peuvent être considérés comme parfaits ?

Yellow termina sa moussaka et reposa ses couverts. Il s'appuya contre le dossier de sa chaise, les bras croisés, et parut réfléchir.

— Pour être franc avec toi, on n'aime pas conclure qu'un crime a été parfait. Tant que l'assassin n'a pas été retrouvé, le dossier n'est pas clos. L'enquête se poursuit toujours.

— Les fameux *cold cases*…

— Mouais, ça, c'est la retombée médiatique de la série américaine.

— Tu ne vas tout de même pas me faire croire que certaines affaires n'ont pas été classées faute de preuves…

— Disons qu'elles sont en sommeil. Cela signifie que selon ce que j'appellerais « l'actualité », des éléments peuvent être recoupés avec ces affaires en sommeil. Les progrès de la police scientifique, notamment sur la recherche d'ADN, y sont pour beaucoup. C'est comme ça qu'on a pu identifier des meurtriers qui couraient depuis plus de trente ans.

— Et vous n'êtes jamais tombés sur des cas où il n'y avait ni empreintes digitales, ni ADN, ni arme du crime, ni suspect, même parfois ni victime ? On entend bien parler parfois de disparitions de personnes jamais retrouvées et que l'on suppose décédées…

— Souvent, quand il n'y a pas de victime, il s'agit de fugues ou disparitions d'individus qui, pour différentes raisons, ont décidé de changer de vie. Je ne pense pas que ce soit ce qui t'intéresse…

— Non. Moi, c'est une femme qui décide de se venger de son mari qui l'a trompée. Comment peut-elle commettre le crime parfait ?

Yellow termina son verre de vin et s'essuya les lèvres.

— Très bonne cette retsina !... Bon, alors là, je t'arrête tout de suite. C'est dans l'environnement immédiat de la victime que l'enquête va être orientée. En gros, il y a trois origines possibles de crimes : la drogue, l'argent, le sexe.

— Bon, alors je te repose ma question, quelles sont pour toi les conditions à remplir pour qu'un crime soit considéré comme parfait ?

Le serveur approcha de leur table et débarrassa leurs assiettes et leurs couverts.

— Est-ce que vous prendrez un dessert ?

— Vous avez une carte ?

— Non, pas de carte, mais je peux vous proposer des baklavas, des koulourakias, des kataïfis, des galatabouekos, des...

— Pouvez-vous nous faire un assortiment sur une assiette pour deux ?

Le serveur les gratifia d'un magnifique sourire.

— Je vous apporte ça...

— Hé, tu sais que je ne peux pas faire la sieste, moi, je rebosse après... C'est un peu étouffe-chrétien toutes ces pâtisseries, non ?

— Oui, mais c'est tellement bon... Alors ? Tu me les donnes ces conditions pour qu'un crime soit considéré comme parfait ?

— OK ! Bon. Alors ça se résume en quatre points. Un, il ne faut pas de mobile. Deux, pas d'armes. Trois, pas de traces. Et quatre, ce doit être la seule et unique fois.

— Tu peux expliciter ?

— Bien sûr ! Un, pas de mobile. C'est vers cela que l'enquête va se tourner en premier. Selon les mobiles, on pourra définir le type de tueur potentiel. Un crime passionnel oriente l'enquête sur le conjoint, l'amant ou la maîtresse. Un crime avec de l'argent à la clef fera suspecter l'environnement de la victime concerné par une assurance, un héritage. C'est par le mobile qu'on peut établir une liste de suspects, et peut-être parmi eux, le coupable. Donc, impérativement, il ne doit y avoir aucun mobile au meurtre. Je dirais même, pour prolonger le fond de ma pensée, que la victime doit être choisie de façon aléatoire.

— C'est-à-dire ?

— Que le meurtrier ne doit pas connaître personnellement sa victime. Elle doit être choisie au hasard.

— Alors dans ce cas, il faut que ce soit un psychopathe ?

— Pour ainsi dire… mais ce n'est pas une condition sine qua non.

— Ça ne convient pas pour mon roman…

— Pourquoi ?

— Parce que la femme assassine le mari qui l'a trompée… Elle connaît sa victime !

— Oui, alors là, il faudra juste qu'elle soit commanditaire. Elle devra payer quelqu'un pour commettre le meurtre à sa place. L'assassin ne connaîtra pas la victime personnellement. Deuxième point, pas d'armes. Pour une arme à feu, par exemple, il y a une facture. Comme pour les munitions. On peut retrouver l'endroit où le meurtrier se les est procurées. La poudre, l'impact de balle sur la victime ou dans un mur, ça parle. Idem pour une arme blanche ou même un produit pharmaceutique. L'enquête déterminera toujours leur origine ou qui les a fournis au meurtrier. Trois, pas de traces. L'idéal, c'est de n'en laisser aucune. Et je ne parle pas seulement d'empreintes digitales ou d'ADN. Je pense aussi à un appel téléphonique qui peut être enregistré, ou juste le numéro d'appel que l'on peut identifier. Dans les traces à ne pas laisser, évidemment, rien d'écrit, rien d'oral, pas d'e-mail. Et le dernier point…

Le serveur déposa l'assiette de gâteaux au milieu de la table, et une autre devant chacun d'eux avec une petite cuillère. Victor revint à la charge dès qu'il se fut éloigné. Il avait hâte d'entendre la suite.

— Et le dernier point ?

— C'est la règle principale, ne jamais recommencer. Surtout si la première tentative a été une réussite. Si le meurtrier rate son coup, que la victime a survécu, c'est râpé. Il ne doit en aucun cas faire une nouvelle tentative. Et s'il a réussi le crime parfait, il doit s'en tenir là. Les tueurs en série se font avoir pour cette raison. Plus il y a de victimes, plus il sera possible d'établir des critères géographiques, physiques, méthodologiques, là où un seul crime est muet. La répétition décuple la possibilité d'erreur, d'oubli, de laisser une trace. Donc un seul et unique crime. Si ces quatre points sont respectés, alors ton crime a une chance d'être parfait.

— Enfin… mon crime… celui de mon personnage !

— Oui, je parlais en général. Et dis-moi… cette femme, elle doit vraiment en vouloir à mort à son mari pour en arriver à cette extrémité…

— Oui, parce que son mari est une ordure…

— Un vrai personnage de roman, quoi…

Le désir de parler d'Angèle à Yellow taraudait Victor, mais il savait qu'il ne pourrait plus la regarder en face s'il y succombait.

Ils commandèrent un café et Victor demanda l'addition.

— Je te remercie pour tous ces tuyaux, je vais pouvoir commencer à écrire.

— Pas de quoi. Je trouve fascinant de voir comment tu gères les informations que je te donne. Elles deviennent, sous ta plume de romancier, d'une efficacité redoutable…

— Parce que tes informations sont efficaces et redoutables !

Victor régla l'addition et remercia Yellow.

— Au fait, je ne t'ai pas dit… Ferrer sort de prison le 23. C'est samedi prochain…

Victor pâlit. Déjà vingt ans… Avec tout ce qu'il vivait avec Angèle, il avait occulté et le drame de son adolescence, et le fait que Marco Ferrer allait bientôt sortir. Et même si Yellow lui avait affirmé qu'il avait changé, passé une maîtrise d'économie, et qu'il l'aurait à l'œil dès sa sortie, il n'en demeurait pas moins qu'il avait toujours enfoui dans un petit coin de sa mémoire la fameuse phrase qu'il lui avait murmurée au parloir… *un jour, je sortirai… Et tu paieras…* Il avait assassiné Karen… Et lui serait-il la prochaine victime ?… Non, il refusait d'être hanté toute sa vie par cette menace… Comme il refusait qu'Angèle soit terrorisée par son mari, à ses côtés… En un éclair, il sut ce qu'il devait faire… Il n'allait pas rentrer immédiatement. Il allait écrire dans une brasserie.

Mettre sur le papier tout ce qui venait de lui traverser la tête…

Il appela Angèle pour l'informer qu'il ne rentrerait que vers 17h00 et qu'il savait ce qu'il devait faire pour que leur avenir soit serein, sans nuages…

*

Dans quelle ville situer son intrigue ? Paris, Lyon, Bordeaux ? Ce devait être une grande ville. Et son personnage féminin ? Annabelle ? Florence ? Non, il fallait un prénom avec une racine subliminale qui permette à Angèle de s'identifier au personnage… Celui qui lui vint immédiatement à l'esprit fut Angie. Et aussi incroyable que cela paraisse, ce mot clef, ce simple prénom anglais, déverrouilla soudain son esprit. Il claquait comme dans la chanson des Rolling Stones. C'était comme un lever de soleil. De la lumière comme s'il en pleuvait. Des rayons explosaient dans tous les sens dans sa tête et lui offraient autant de pistes sur lesquelles son imagination allait pouvoir libérer des mots qui constitueraient des phrases et donner un sens à son histoire.

Tout était clair. Tout était limpide. Les lieux, les personnages… Son stylo courut sur les pages de son carnet de notes qui ne le quittait jamais…

*

L'action se situe en Angleterre. Les protagonistes sont Lord Ramsay de Pollington, de son prénom Edward, et son épouse, Angie. Ils habitent un manoir en bord de mer dans le Sussex, du côté de Hastings. Lord Ramsay de Pollington est propriétaire d'une importante société industrielle dirigée par un collaborateur qui la gère pour son compte, alors qu'il se consacre à sa carrière politique. Il partage sa vie entre la Chambre des Lords à Londres, et Hastings, dans le manoir où il vit avec son épouse qu'il ne retrouve que les week-ends. Avec des connaissances particulières dans le milieu de la prostitution, il organise des parties fines dans des hôtels sélects de la capitale, pour assouvir son insatiable appétit sexuel. Suite aux révélations du détective privé qu'elle a engagé, Angie, délaissée, le découvre un jour dans une chambre d'hôtel de Londres en charmante compagnie pour une réunion à trois sans équivoque…

*

Dans son roman, Victor ne situait pas cette scène capitale dans la demeure conjugale, comme ç'avait été le cas dans le passé d'Angèle à Marseille, mais ce choix d'un hôtel londonien était une allusion à une affaire similaire qui s'était déroulée en France dans le milieu politique. Un caprice d'écrivain qui aurait, d'après lui, l'avantage d'ancrer cette affaire dans l'esprit de ses lecteurs et la rendrait plus crédible.

Il poursuivit sur sa lancée.

*

… Plutôt que de manifester une confusion de circonstance, Edward en profite pour humilier son épouse et la mettre à terre. Blessée, meurtrie, rabaissée, Angie se retranche dans son manoir d'Hastings. Et la vengeance étant un plat qui se mange froid, elle met patiemment au point un plan sans se compromettre : elle le fera assassiner par un tueur professionnel. Mc Gregor, l'inspecteur de Scotland Yard, qui conduira l'enquête n'aura de cesse de trouver l'indice qui permettra de la confondre.

*

Victor savait qu'il n'était pas dans le schéma que lui avait brossé Yellow, mais il décida de s'en remettre à son intuition et aux coups du hasard qui émaillaient parfois ses romans.

Il relut ce qu'il avait écrit, et sut que son troisième roman était enfin sur les rails. Il tenait sa trame. Il ne lui restait plus qu'à mettre en place son conducteur chapitré, c'est-à-dire le cheminement de son histoire, chapitre par chapitre, et pimenter chacun d'entre eux de petits indices subtils, souvent déroutants ou intrigants, mais qui font le label noir reconnaissable du roman policier.

Et au-delà de la certitude d'avoir trouvé les bases de son livre, il retrouva avec délectation tout ce qui faisait son plaisir d'écrire : l'énergie, la clairvoyance, l'huilage de sa mécanique d'écriture, le bonheur de visualiser les mots et les phrases griffonnées sur le papier, les voir apparaître plus tard sur l'écran comme la finalisation de sa pensée.

Il ressentait surtout l'envie, l'envie dévorante d'avancer dans l'histoire, de surprendre le lecteur – parfois se surprendre lui-même –, de le perdre pour mieux le retrouver et le conduire jusqu'au dénouement qui le laisserait pantois, mais heureux.

Tout en dégustant un double expresso, il songea à l'endroit qu'il avait choisi. Mu par le prénom Angie, il s'était embarqué en Angleterre qu'à vrai dire il connaissait peu. Au cours de ses années collège, il était bien allé du côté d'Hastings – d'où le choix de cette ville – et à Londres en voyage scolaire, sans plus. Il sut à cet instant qu'il lui faudrait y faire quelques sauts pour s'imprégner de l'ambiance, de la culture, des mœurs et…

Sam Bookman !

Son nom sauta à son esprit. Ne lui avait-il pas dit qu'il mettait son appartement londonien à sa disposition s'il voulait s'isoler pour écrire ? Il se remémora leur conversation dans les loges de France 2 avant leur passage à « Livres et vous ». Sur le moment, il l'avait trouvé sympathique, et aujourd'hui il trouva sa proposition plus qu'opportune.

Il téléphona à Bénédicte aux Éditions et elle lui donna sans difficulté le numéro de Sam.

— *Allo ?*

— Sam Bookman ?

— *Lui-même ? À qui ai-je l'honneur ?*

— C'est Victor Hugo…

Bookman pouffa.

— *Pardon, ça m'a échappé... J'ai encore un peu de mal à m'y faire... Bonjour, Victor ! Que se passe-t-il ?*

Victor préféra passer outre sa réaction.

— Voilà. Je suis plongé dans mon troisième roman qui se passe en Angleterre. Afin d'appréhender l'ambiance, m'approprier la culture anglo-saxonne, je voudrais poursuivre l'écriture à Londres... Et je me suis souvenu de votre proposition de me louer votre appartement...

— *Vous le louer ? Je vous ai dit cela ?*

— Euh, non, vous me l'avez juste proposé, mais une location me semble légitime...

— *C'est avec plaisir que je vous le prête, Victor. Et ne me parlez plus de location. Vous souhaitez vous y rendre quand et pour combien de temps ? Il est disponible en ce moment. Je n'y retournerai que dans deux mois...*

— C'est très aimable de votre part, Sam, je vous remercie infiniment. Eh bien, écoutez, si vous n'y voyez pas d'inconvénient, je l'occuperai pendant un mois à partir de ce week-end...

— *Parfait. Aucun problème. Vous pourrez même prolonger votre séjour d'un mois si nécessaire...*

— Je pense qu'un mois suffira, mais je note cette possibilité. Merci encore, Sam.

— *Je vous en prie. Je vous envoie l'adresse par mail, ainsi que quelques détails de mise en route. Il n'y a pas de clef. Juste un code pour l'extérieur, et un autre pour accéder à l'appartement. Je vous les envoie aussi par mail.*

— Vous êtes trop gentil, Sam.

— *C'est moi qui suis ravi que vous ayez accepté ma proposition. Si entre auteurs, on ne se donne pas un petit coup de main de temps en temps, qui le fera ?...*

— Merci, Sam. Je vous revaudrai cela.

— *J'y compte bien. Allez, bon séjour en Angleterre !*

— Merci. Au revoir, Sam !

*

Comme prévu, à 17 h 00 Victor pénétrait dans le loft.

— C'est moi…

Pas de réponse.

— Angèle ?

Silence pesant. Angoissant. Il monta quatre à quatre les marches de l'escalier qui grimpait vers la chambre.

Elle était là.

Couchée sous la couette, tremblante. Son visage était décomposé. Il s'assit près d'elle.

— Ma chérie… Qu'est-ce qui se passe ?

Elle semblait terrorisée.

— Il… il a encore appelé…

— Ton mari ?

Elle acquiesça.

— Qu'est-ce qu'il t'a dit ?

— Qu'il savait que… que j'étais chez toi, à Paris… Qu'il avait réussi à avoir ton… ton numéro de téléphone et que… que bientôt il aurait aussi ton adresse… Et là, il nous ferait la peau à tous deux…

Cela confirmait le flash que Victor avait eu dans l'après-midi. Avant d'en informer Angèle, il lui raconta le drame qu'il avait vécu pendant sa jeunesse, et la menace de Marco Ferrer à son encontre. Elle l'écouta avec attention et intérêt.

— Nous ne pouvons pas vivre ni toi ni moi, avec cette terreur en nous, conclut-il. Nous allons partir en Angleterre. Je vais informer les Éditions, Bart, Yellow que j'ai besoin d'isolement pour mieux me concentrer. Sam Bookman, un auteur des Éditions Solberg, me prête un appartement à Londres. Cela me permettra de m'imprégner de la culture anglaise, d'implanter mes personnages et mon histoire dans une réalité anglo-saxonne que je ne connais pas suffisamment. Et en plus, c'est la vérité. Nous partirons deux mois maximum. Le temps que j'écrive le premier jet.

C'est maintenant que Victor sut qu'il devait révéler son véritable objectif.

— Crois-tu que tu pourrais retrouver ton contact ?

— Mon contact ?

— Oui, cet ex-homme de main qui serait prêt à descendre ton mari ?

— Euh… oui, il doit toujours être sur… Marseille… mais pourquoi cette question ?

— Parce que je veux le rencontrer !

Angèle écarquilla les yeux.

— Le… Mais pour quoi faire ?

— Lui apporter la somme qu'il veut pour nous débarrasser de ton mari !

*

Et Victor expliqua à Angèle les détails du plan qu'il avait envisagé. Elle serait chargée de contacter le tueur, et les mettre en relation tous les deux.

— Tu lui demanderas la somme qu'il exige. Peu importe le montant, j'ai un compte en Suisse. Je prendrai l'avion depuis Londres pour aller le rencontrer à Marseille et lui remettre la somme en question. Je reviendrai ensuite te retrouver à Londres où je poursuivrai l'écriture de mon roman. Jusqu'à ce qu'on apprenne que ton mari… est mort.

Angèle restait silencieuse. Était-elle choquée ? Déçue ? Émue ? Pour la première fois, Victor ne percevait chez elle aucune émotion. Juste un imperceptible sourire qui disparut rapidement de ses lèvres.

— Je ne viendrai pas avec toi…

— Pourquoi ? Ce sera notre alibi. Et quand mon roman aura été publié, nous partirons tous les deux, loin, sur une île, n'importe où. Là où Marco Ferrer ne me retrouvera jamais.

— Et pourquoi ne pas le faire tuer lui aussi ?

La question était brutale. Mais il avait la bonne réponse.

— Parce que Yellow m'a affirmé qu'il gardera un œil sur lui. Il connaît le drame que j'ai vécu il y a vingt ans. Les soupçons ne manqueraient pas de peser sur moi.

Angèle parut soudain soucieuse.

— Où est le problème ? s'enquit Victor.

— Il n'y a pas de problème. Sur l'île, je viendrai. Mais pas à Londres. Tu as besoin d'être seul pour écrire. Si tu es d'accord, je t'y retrouverai les week-ends. Dès que mon mari sera… ne sera plus là.

— Comme tu veux. Tu as sans doute raison. Bon, je veux t'impliquer le moins possible dans cette histoire. Juste connaître la somme que demandera le tueur s'il accepte de se charger de… de cette affaire, et le lieu de rendez-vous qu'il me fixera lui-même à Marseille.

— Pourquoi fais-tu tout cela ?

Il ne s'était pas posé la question. Pourtant, il n'y avait qu'une seule réponse.

— Parce que je t'aime. Et toi, pourquoi l'acceptes-tu ?

Elle enfonça le clou qui rendait l'opération irréversible.

— Parce que plus rien ne m'empêchera de devenir ta femme…

14

La folie. Lui qui avait l'habitude de se mettre à la place de ses personnages allait pour la première fois être au cœur même d'une histoire qui le dépassait. Et ce n'était pas un roman. Il se demanda comment il avait pu en arriver là. L'amour n'expliquait pas tout. Il dut admettre que la terreur d'Angèle engendrée par le harcèlement psychopathe de son mari, associée à l'angoisse que lui inspirait la sortie de prison de Marco Ferrer avait bien verrouillé sa décision. Il allait entrer dans la peau d'un assassin. Enfin… par tueur interposé ! Bien qu'il sût qu'être la tête pensante d'un meurtre ne minimisait pas le fait qu'il n'en soit pas la main armée. Bien au contraire…

Et l'attente de l'appel d'Angèle n'était pas faite pour calmer le jeu. Après lui avoir confié la mission de contacter le tueur, proposer le « contrat », demander son « prix », il ne pouvait plus faire machine arrière. Une question tournait cependant dans sa tête : Angèle n'avait pas discuté son plan. Comment avait-elle pu glisser aussi facilement dans le meurtre ?

Comment ? Mais espèce de crétin ! À force de lui répéter que ton roman tourne autour du crime parfait, qu'un tueur se chargera de tuer le mari de l'héroïne, que tu prends son passé comme référence, pardi ! Elle accepte tout simplement parce que ton roman est la projection de sa vie. C'est toi qui l'as formatée à l'acceptation de l'assassinat !

À cet instant, il se méprisa. Il rejetait sur elle la responsabilité du meurtre alors que c'est lui qui le lui avait suggéré... Il devait cesser de cogiter. Se changer les idées. Et comme il était à Londres, autant en profiter et s'immerger dans l'ambiance. Il passa un duffelcoat et sortit de l'appartement de Sam, situé à deux pas de *Covent Garden*.

*

En guise d'immersion, ce fut une promenade dans un brouillard à couper au couteau. Pour une entrée en matière, il ne pouvait rêver mieux. Le *fog* comme disent les Anglais ! Ce qui, sans jouer sur les mots, ne lui facilita pas la tâche pour prendre la température ; la Tamise, avec sa brume flottante au ras de l'eau, lui renvoya l'image d'un Achéron mythologique. Il ne manquait plus qu'apparaisse la barque de Charon transportant les âmes des défunts vers les Enfers. Les contours de Tower Bridge ressemblaient à une mauvaise esquisse au fusain, le Palais de Westminster s'était paré d'un suaire marmoréen, la moitié supérieure de la *Clock Tower* avait disparu, les promeneurs avaient déserté *Hyde Park* par crainte de croiser Jack l'Éventreur.

Il entra dans un pub quasiment vide, commanda un café et le patron lui assura que le brouillard se lèverait vers 10 h 00. S'il se référait à sa prédiction, il avait une heure devant lui et en profita pour griffonner ses premières impressions dans son carnet.

Quand il en leva la tête, il était 10 h 05, le fog avait disparu et un soleil pâlot avait même pointé le bout de son nez. Il régla son café et se lança dans sa première visite londonienne réelle. Il enchaîna *Tower Bridge*, le palais de Westminster, la cathédrale Saint-Paul, *Piccadilly Circus*. En fin d'après-midi, il rentra, lessivé. Il fut tenté d'appeler Angèle, mais s'en abstint. Il était convenu que c'est elle qui l'appellerait dès qu'elle aurait les informations. Si elle ne l'avait pas encore fait, c'est qu'elle n'avait pas réussi à joindre le tueur. Et si par hasard il refusait le contrat ? Il n'osa même pas y penser. Tout tomberait à l'eau. Ce serait peut-être la meilleure solution… La terreur d'Angèle était omniprésente dans son esprit, et il rejeta l'idée d'un échec.

Il prit une douche puis alla dîner à pied dans le quartier au *Clos Maggiore* sur *King's Street*. Il passa le reste de la soirée à flâner entre *Leicester Square* et *Covent Garden*. Entre autres animations, malgré le contexte criminel dans lequel il allait entrer, il parvint à s'intéresser aux contorsions hallucinantes d'un artiste de rue qui réussissait l'exploit de passer l'intégralité de son corps à travers l'armature d'une raquette de tennis ; à la virtuosité d'un quatuor de musiciennes japonaises, composé de trois violons et un violoncelle, qui exécutait avec maestria une version étonnante de *The entertainer* de Scott Joplin. Au moins, cela lui avait-il permis de mettre de côté la tournure dramatique que prenait sa vie.

Puis, épuisé par son macabre projet, son roman, sa visite de Londres, tout cela mélangé dans les inextricables ramifications de sa pensée, il rentra se coucher. Avant de s'endormir, il vérifia ses mails : rien d'Angèle. Pas même un texto.

*

Le lendemain, après une nuit agitée, il progressa dans l'écriture de son roman au-delà de ses espérances. Afin d'ancrer Lord Ramsay de Pollington dans son environnement, il alla visiter le Parlement, avec entre autres la Chambre des Lords, une pure merveille d'architecture du XVIe, bien qu'il ait été reconstruit au XIXe suite à un incendie. Il avait le décor « politique » de son personnage, il ne lui manquait que celui de ses frasques. Il jeta son dévolu sur le Park Lane Hôtel en bordure de Hyde Park dans lequel il prit un cocktail, histoire de s'imprégner de l'ambiance, des clients, des barmen, du luxe. Pour éviter les problèmes futurs avec cet établissement, il donna à l'hôtel un nom purement fictif.

*

À 13 h 00, toujours pas d'appel d'Angèle.

*

La nuit qui suivit, il ne s'arrêta d'écrire que vers cinq heures du matin. L'histoire coulait d'elle-même. Il dormit quelques heures, puis se replongea avec délectation dans les frasques de Lord Ramsay de Pollington…

*

11 h 00. Smartphone désespérément silencieux.

*

Grâce à un détective qu'elle a engagé, Angie découvre l'hôtel où son mari prend du bon temps. Elle parvient à se faire prêter le double de la clef de sa chambre par un membre du personnel contre une somme rondelette (ça, c'était un deus ex machina, privilège des auteurs et des scénaristes, à condition bien sûr que cela tienne la route)*. Angie surprend son mari en pleine séance sadomasochiste avec deux spécialistes féminines.*

Plutôt que de faire profil bas, Lord Ramsay de Pollington, propose à son épouse de se joindre à leur trio en pleine activité sexuelle.

Angie, humiliée, s'enfuit et dans les heures qui suivent, décide de se venger et de le faire assassiner.

Elle se lance dans la recherche d'un tueur qu'elle finit par rencontrer par l'entremise d'un…

*

It's been a hard day's night, and I've been working like a dooog…

Victor bondit sur son smartphone. Il hésita une seconde. Pas de traces téléphoniques avait dit Yellow… Bon, quand tout serait fini, il suffirait qu'ils se débarrassent tous les deux de leurs smartphones…

— Allô ?

— *C'est moi…*

— Alors ?

— *J'ai pu le joindre. Il… il est d'accord.*

— Combien ?

— *C'est foutu…*

Et elle s'effondra en larmes.

— Qu'est-ce qui est foutu ? Pourquoi pleures-tu ?

Il l'entendit se moucher, puis elle reprit la conversation.

— *L'argent… Il demande trop… On ne pourra jamais… Je vais partir, mon amour… Je ne veux pas que notre relation se poursuive avec l'ombre de mon mari en permanence dans notre vie. Je veux te protéger…*

— Mais qu'est-ce que tu racontes ?

— *Oui, je veux te protéger. Alors le mieux est de nous séparer…*

— Attends ! Que se passe-t-il ?

— *C'est mieux ainsi, mon amour. On ne pourra jamais payer ce qu'il demande…*

— Combien ?

Silence. Reniflement.

— *Quatre millions.*

Victor ne put s'empêcher de déglutir. Quatre millions !... C'était une fortune… Il ne savait même pas s'il les avait… Et Angèle avait déjà anticipé… Elle envisageait leur séparation… Non, il ne pouvait pas se résoudre à la quitter… Elle faisait partie de sa vie… Jamais il n'avait été aussi amoureux, aussi bien avec une femme… Elle était **LA** femme de sa vie… Quatre millions quand même… Pff ! Elle avait raison, c'était une somme… Le prix à payer pour leur tranquillité ?… et qu'elle devienne son épouse ?...

— *Allô ?*

— Oui, oui, je suis là, ma chérie… Je réfléchis… Attends !… Je te rappelle…

— *Mais…*

— Je te rappelle.

*

— Allô ! Pourrais-je parler à Monsieur Foster, s'il vous plaît ?

— *Vous êtes ?...*

— Pardon ! Je suis Victor Hugo…

— *L'écrivain ?* se marra son interlocutrice.

Ah, ben ça, c'était le moment !

— *Ne quittez pas ! Je vais voir s'il est à son bureau…*

Temps d'attente qui lui parut une éternité, puis…

— *Foster ! Bonjour, Monsieur Hugo, que puis-je pour vous ?*

— Ah, Kenneth, bonjour. J'aurais besoin de connaître la somme disponible sur mon compte à Genève…

— *C'est urgent ?*

— Très !

— *Je passe un coup de fil à mon cousin et je vous dis ça...*

— J'attends...

Nouveau suspens. Nouvelle inquiétude.

— *Monsieur Hugo ?*

— Je vous écoute...

— *Trois millions sept cent quatre-vingt-quinze mille huit cent soixante-trois euros et douze centimes !*

— Comment sortir rapidement trois millions ?

— *Vous voulez sortir trois millions de Suisse ?*

— Oui. En cash !

Bref silence.

— *Où et à qui l'argent devra-t-il être remis ?*

— À moi. À l'aéroport de Marignane.

Nouveau silence.

— *Mon cousin vous appellera.*

— Merci Kenneth.

Là encore, Victor songea à Yellow. Kenneth, son cousin, seraient des témoins de son acte... *Ah, oui, monsieur Hugo a bien sorti trois millions d'euros de son compte en Suisse...* N'importe quoi ! Kenneth saurait être discret sur ses activités « parallèles ». Quant à son cousin, il travaillait bien dans une banque suisse, non ? C'était sa meilleure garantie.

*

Victor rappela Angèle. Sa respiration s'était accélérée. Il avait ce qu'il fallait sur son compte en Suisse. C'était une somme et elle devrait suffire. La paix et la sérénité de leur avenir passaient par là.

— Oui, Angèle, c'est moi…

— *Tu…*

— Trois millions !

— *Comment ?*

— Propose-lui trois millions. Je ne peux pas plus.

— *Oh non, c'est beaucoup trop ! Tu te rends compte… Tu vas être ruiné…*

— Pas tout à fait, rassure-toi ! Je dois toucher des droits sur mes deux premiers romans et le troisième est en bon chemin. Je suis sûr qu'il va cartonner. Et puis je ne veux pas te perdre…

— *Oh, mon amour, c'est de la folie… Je ne sais pas s'il va accepter…*

— Rappelle-le ! Dis-lui que c'est le maximum que l'on peut proposer, et que s'il refuse, nous passerons par quelqu'un d'autre…

— *Tu connais quelqu'un ?*

— Non. Mais ça, lui ne le sait pas.

— *J'espère qu'il va accepter… Je te rappelle. Je t'aime.*

— Je t'aime aussi.

*

Pour ne pas trop réfléchir à l'erreur monumentale qu'il se savait commettre, Victor travailla d'arrache-pied sur son roman. Il retrouva Lord Ramsay de

Pollington qui ne savait pas encore que dans quelques pages, il allait être assassiné.

Ses doigts galopaient sur le clavier à une vitesse qui le surprenait lui-même.

Lord Ramsay de Pollington…

Il avait en permanence à l'esprit les quatre points que lui avait exposés Yellow…

Angie les respecte tous. Certes, elle connait sa victime, mais comme l'a suggéré Yellow, elle n'est que commanditaire. Le lieutenant Mc Gregor aura bien du mal à le prouver, puisqu'au moment des faits, elle fera une longue promenade sur la lande du Davon en Cornouailles en compagnie de personnes qui en témoigneront si nécessaire…

*

It's been a hard day's night, and I've been working like a dooog…

La photo d'Angèle s'afficha sur l'écran de son smartphone posé à côté de l'ordinateur…

— Alors ?

— *Il est d'accord.*

Victor respira.

— Bon, il me faut un peu de temps pour récupérer l'argent.

— *Il s'en doute. Préviens-moi dès que tu l'auras ! Je le rappellerai pour l'en informer. Il me donnera l'adresse de l'endroit où tu devras le lui remettre. Ce sera quelque part, à Marseille…*

— D'accord. Je t'appelle…

*

Victor était sur le Boeing BA695 de la British Airways en direction de Marignane. Il avait rendez-vous au salon VIP de la compagnie avec un nommé Friedrich Wicht, l'agent de sa banque suisse chargé de lui apporter la mallette contenant les trois millions d'euros ponctionnés sur son compte. Il y avait deux avantages avec les Suisses, le premier, ils ne posaient jamais de questions, et le second, ils déplaçaient des fonds en liquide sans jamais être inquiétés. Un vrai tour de passe-passe…

En regardant par le hublot les paysages écrasés de la France, il trouva que tout allait trop vite. Le processus dans lequel il s'était lancé l'emportait maintenant comme un rouleau compresseur. Tout volait en éclats : sa morale, d'abord, puis dans le désordre ses remords, son roman, Olaf, Bart… Seule, Angèle résistait, ancrée à son cœur et à son âme contre vents et marées.

Jusqu'à ce qu'il monte dans l'avion, il subissait les évènements comme un personnage de roman. Mais là, il agissait. Non seulement, il allait recevoir ses trois millions, mais en plus, il les remettrait à un tueur ! Un vrai ! Pas un méchant de polar. Un assassin de la vraie vie. Il frissonna.

Un quart d'heure plus tard, l'avion roulait sur le tarmac de l'aéroport provençal. Après le contrôle d'usage, il se dirigea ensuite vers le salon VIP où le cousin de Kenneth Foster lui avait fixé le rendez-vous avec Friedrich Wicht. Il avait une demi-heure d'avance, comme prévu. Il commanda un expresso serré au bar et alla s'asseoir dans un des fauteuils du salon. Après avoir regardé autour de lui, il se demanda si c'était lui qui était là, dans un endroit où il n'avait jamais mis les pieds, à attendre trois millions en liquide qu'il remettrait au tueur qui se chargerait d'éliminer le mari de celle qu'il pourrait épouser ensuite… Imaginait-il la scène ? Ne revivait-il pas le syndrome de la fille du train ? Il ferma les yeux. Les rouvrit. Non, pas de doute, il ne visualisait pas. Il n'inventait pas. Il vivait. Il éprouva le besoin d'appeler Angèle. Elle répondit à la première sonnerie.

— *Victor ?*

— Oui, c'est moi. J'avais envie d'entendre ta voix.

— *Tout va bien ?*

— Oui, oui. Je suis à Marignane. J'attends mon contact suisse.

— *Tout va bien se passer.*

— Oui, je sais. Disons que j'ai un peu… le trac…

Silence.

— Angèle ?

— *Oui, oui, je suis là… Dis-toi que ça ne va pas durer longtemps. Quelques secondes… Quelques secondes qui me rendront ma liberté et me permettront de devenir ta femme… Tu ne vas plus reculer maintenant ?*

Victor aperçut un homme, costume, cravate, une grosse mallette à la main qui venait d'entrer dans le salon, accompagné de ce qui ressemblait à s'y méprendre à deux gardes du corps. Dès que l'homme repéra Victor, il fit signe à ses deux gorilles qui prirent position à l'entrée du salon, et il avança vers lui.

— Je te laisse. Il vient d'arriver.

— *Qui ?*

— Mon contact suisse. Je te rappelle.

*

— Monsieur Hugo ?

— Lui-même…

L'homme inclina brièvement la tête pour saluer Victor et s'assit en face de lui. Son visage était hermétique. Stoïque. Il posa la mallette à plat sur la table devant Victor. Un petit écran numérique jouxtait la poignée et affichait quatre zéros. L'homme lui tendit une minuscule télécommande et prit la parole avec un accent allemand prononcé.

— Juste une vérification. Merci de bien vouloir taper le code, s'il vous plaît…

Victor consulta le SMS qu'il avait reçu de la banque suisse et qui était enregistré dans son smartphone. Il le sélectionna rapidement et visualisa la combinaison qu'il tapa sur la télécommande. Un léger cliquetis se fit entendre.

— Bien. Ouvrez-la légèrement, s'il vous plaît, pour vérifier que l'argent est bien à l'intérieur…

Victor déverrouilla les deux fermetures mécaniques et souleva à peine le dessus de la mallette. Dès qu'il identifia les billets, il la referma aussitôt.

— Tout en coupures de cent euros, comme vous l'avez demandé. Maintenant, veuillez taper quatre fois zéro, je vous prie... C'est le code de verrouillage.

Nouveau cliquetis.

— Merci. Pour terminer, veuillez signer ce reçu, s'il vous plaît…

Victor lut le texte court sur la feuille qui lui avait été tendue. Il stipulait qu'il avait bien pris possession de la somme de trois millions d'euros. Il data et signa sous son nom.

— Merci, dit l'homme en pliant la feuille qu'il glissa dans la poche intérieure de son veston. Ne la perdez pas, dit-il en désignant la télécommande du menton. Vous ne pourriez plus ouvrir la mallette.

Il se leva, salua Victor de la tête et tourna les talons. Victor le suivit des yeux jusqu'à ce qu'il disparaisse avec ses gorilles.

Le tout avait pris moins de deux minutes.

*

Victor n'osait pas toucher la mallette toujours posée sur la table. Ainsi trois millions d'euros tenaient là-dedans… Soudain, il la fit glisser sur ses genoux. Elle était plus lourde qu'il ne le pensait. N'importe qui aurait pu passer près de lui et s'en saisir… L'horreur… Trois millions envolés… Trois millions !… Trois millions ?

Une idée lui traversa l'esprit. Il se traita d'imbécile. Il avait bien aperçu les billets, avait bien signé le reçu, mais n'avait même pas vérifié le contenu !

Il ne pouvait l'ouvrir là, dans le salon. Il se dirigea vers les toilettes dans lesquelles il s'isola. Il baissa le siège des W.C. sur lequel il posa la mallette. Il sortit la télécommande et tapa le code qu'il avait mémorisé. Cliquetis. Il déverrouilla les deux fermetures mécaniques et ouvrit la mallette… Ce qui le frappa d'abord, ce fut le vert uniforme des billets de cent euros sur le dessus des liasses, parfaitement rangées. Il en sortit une. La vérifia. Il y en avait tant à l'intérieur qu'il abandonna l'idée de tout recompter. Il n'avait jamais vu autant d'espèces à la fois… Ça en représentait des romans ! Et dire que tout allait disparaître pour…

Il frissonna en mesurant le monde qui sépare une idée de sa réalisation. Mais au bout, il y avait Angèle…

Il y était presque.

Il referma la mallette, composa le quadruple zéro pour la verrouiller et quitta les toilettes. Il sortit de l'aéroport et comme convenu appela Angèle.

*

— Ça y est, mon amour… J'ai l'argent… Dans une mallette…

— *Bon, je te rappelle dans cinq minutes…*

*

Victor n'avait plus qu'à attendre. Il alla sur le parking s'asseoir sur un banc, la mallette à plat sur ses cuisses. Tout s'enchaînait comme prévu. Angèle allait rappeler le tueur pour connaître l'endroit où il devrait la lui remettre. Sur le parking, entre les palmiers, le soleil se reflétait sur les pare-brise des voitures et lui faisait cligner des yeux. Il se sentait mal à l'aise. Il avait l'impression que les personnes qui passaient près de lui le regardaient d'un air réprobateur, comme s'ils devinaient le contenu de la mallette…

It's been a hard day's night, and I've been working like a dooog…

— Tu l'as eu ?

— *Oui.*

— Alors ?

— *Alors je te lis ce qu'il m'a dit… Tu te feras conduire en taxi pour 14 h 00 au Vallon des Auffes, devant la Pizzeria « Chez Jeannot ». Tu descendras et tu demanderas au chauffeur de t'attendre. Devant la pizzeria, il y a une cabine téléphonique. Si quelqu'un téléphone, tu devras attendre qu'il sorte pour à ton tour y entrer, poser la mallette et faire semblant de téléphoner. Ensuite, tu devras ressortir en laissant la mallette, et repartir en taxi.*

— *Et si quelqu'un d'autre vient téléphoner ?*

— *Pas de danger. Il sera le premier dans la cabine.*

Victor jeta un œil sur sa montre. 13 h 05 !

— Comment le reconnaître ?

— *Lui te reconnaîtra. Je lui ai dit qui tu étais. Et je ne pense pas que vous serez nombreux à abandonner une mallette dans cette cabine…*

— *Tu lui as dit qui j'étais ? Tu n'aurais pas dû… J'aurais préféré rester anonyme…*

— *Mon pauvre amour… Il t'a vu à la télé…*

— Ah ?... Bon, j'y vais. J'ai hâte que tout cela soit terminé…

— *Moi aussi.*

— Je pense à un truc…

— *À quoi ?*

— Et s'il ne tuait pas ton mari ?

— *Comment ça ?*

— Oui, imagine… Qu'est-ce qui me prouve qu'une fois que je lui aurai remis l'argent, il tuera ton mari ?

Angèle garda le silence quelques secondes.

— *Alors là, je peux te certifier qu'il n'a qu'une parole. Je sais comment il s'est comporté avec moi. Il est d'une loyauté sans faille. C'est lui qui m'a aidé à m'enfuir.*

— Je ne sais pas, moi… peut-être la moitié avant, et l'autre après…

— *Laisse tomber, Victor. Il considérerait son honneur bafoué. Maintenant, je comprendrais que tu fasses machine arrière, mon amour. C'est ton argent…*

— Oui. Mais c'est ton mari…

— *Oui, c'est mon mari,* répéta tristement Angèle.

Victor réfléchit quelques instants.

— *Victor ?*

— Oui, ma chérie, je suis là… Bon, OK ! On y va… Mais tu sais…

— *Oui, quoi ?*

— C'est pour nous que je fais tout ça… Pour que nous soyons libres…

Silence qui angoissa Victor.

— Angèle ?

— *Oui. Je sais…*

15

Il était troublé. Il avait sans doute prononcé ses derniers mots pour renforcer inconsciemment une volonté de se convaincre de la nécessité d'être là, aujourd'hui à Marseille, une mallette remplie de billets de cent euros qu'il allait remettre à un tueur. À force d'utiliser ce mot violent, il pesa soudain le surréalisme de sa portée. D'écrivain de polar, il allait devenir assassin par procuration. Il eut une pensée soudaine pour ses parents. Ils devaient se retourner dans leur tombe. Finalement, il estima que ce n'était peut-être pas une bonne idée d'être venu remettre l'argent lui-même… Sa notoriété pouvait se retourner contre lui… Oui, mais qui ? Il était inutile de mettre une troisième personne dans cette affaire… Angèle ? Elle aurait eu trop peur de rencontrer son mari en venant à Marseille… De toute façon, Victor se savait incapable de l'exposer… Et puis la banque suisse aurait certainement refusé de remettre l'argent à quelqu'un d'autre…

Il n'eut aucun mal à trouver un taxi pour le conduire dans la cité phocéenne. Direction, le Vallon des Auffes…

*

Il aurait dû se réjouir de la plongée sur la baie qu'il connaissait pour y être venu dans son enfance avec ses parents chez des amis, plusieurs années de suite. Mais à cet instant, la descente par l'autoroute sur Marseille dominée par Notre-Dame de La Garde, la Méditerranée bordée par l'Estaque, le port de la Joliette, le tunnel sous le vieux port, le Palais du Pharo, rien ne parvenait à l'émouvoir. Ses pensées étaient centrées sur le moment crucial qui approchait : donner les trois millions qui décideraient du sort d'un homme qu'il ne connaissait même pas ! Et heureusement d'ailleurs !

Il se remémora tout ce qu'Angèle lui avait raconté de son mari : sa violence, son mépris, son addiction au sexe, ses accointances avec la mafia... Il ressentit toute la terreur d'Angèle quand il l'avait appelé, lui, au téléphone et ensuite, elle. Elle, qu'il aimait d'un amour fou, elle, qui allait pouvoir devenir sa femme. Ils vivraient enfin en paix sur l'île de Santorin. Et Marco Ferrer passerait pour toujours aux oubliettes. À cet instant, il réalisa qu'il tentait encore de se convaincre qu'il agissait comme il le devait.

La circulation était dense. Le taxi ne progressait que par courtes avancées successives sur la rue des Catalans, bien trop vite encore pour Victor que chacun de ces sauts de puce rapprochait inexorablement du moment fatidique…

Après avoir longé la mer sur quatre cents mètres, le taxi abandonna finalement le flot des véhicules pour tourner à gauche, sur le boulevard Augustin Cieussa. Peu après, il s'engagea dans la rue du Vallon des Auffes qu'il descendit jusqu'à une crique où il s'arrêta. Le chauffeur coupa le compteur.

— Voilà, nous y sommes ! Ça vous fera, quarante-six euros, lança-t-il avec un accent à couper au couteau.

Victor repéra la pizzeria et la cabine téléphonique. Il se conforma aux directives que lui avait lues Angèle. Sa montre indiquait 13 h 50.

— Excusez-moi ! Est-ce que cela vous dérange de m'attendre ? Je n'en ai pas pour longtemps… Juste un coup de fil à passer de la cabine, là…

Le chauffeur regarda dans la direction indiquée et éclata de rire.

— Vous êtes venu en taxi de Marignane pour téléphoner ? Moi, de toute façon, du moment que mon compteur tourne, répliqua le chauffeur en le réactivant. Pas de problème ! Je fais le demi-tour parce que, de toute façon, c'est la seule route d'accès au Vallon, et je vous attends. Dites !... Ce n'est pas pour être impoli, mais on dirait que vous tournez un film, là… Je me trompe ?

— Eh ! Qui sait ? répliqua Victor, mystérieux.

— Non, mais je rigole, hein…

Un moment, Victor craignit que le chauffeur fît le rapprochement entre cinéma et polar, mais il fut rapidement convaincu qu'il ne l'avait pas reconnu.

— Juste un appel à un ami et nous repartirons aussitôt ?

— Ah, j'ai compris, c'est parce que vous n'avez pas son adresse…

— Non, vous me reconduirez à l'aéroport, répliqua Victor, agacé.

— Le chauffeur tiqua et jugea qu'il valait mieux ne pas insister. À Marseille, plus on est muet et aveugle, plus on a de chances de rester en vie.

— Enfin, vous faites comme vous voulez, hein ! Ça ne me regarde pas…

Il manœuvra de manière à être prêt à remonter la rue des Auffes. Quand le taxi fut immobilisé, Victor descendit, sa mallette à la main.

— Hé, lança le chauffeur, vous revenez, hein ?

Victor sortit son portefeuille et revint vers la portière dont la vitre était baissée.

— Ne vous inquiétez pas ! Tenez voici déjà un acompte…

Le chauffeur écarquilla les yeux et prit les deux billets de cinquante euros que Victor lui tendait.

— Un acompte ? Oh, bonne mère, avec ça, même sur le dos je vous remonte si le moteur ne démarre pas…

Victor s'éloigna à pied vers la crique. Il regarda autour de lui. Le tueur devait être là, caché quelque part, à l'épier. Il nota malgré les circonstances que ce coin de Marseille était tout simplement magique.

Dommage que je ne puisse l'apprécier comme je le souhaiterais…

Mais son œil d'écrivain enregistrait tous les détails : les petits bateaux de pêche ou de tourisme amarrés… les maisons empilées tout autour… les trois arches en arrière-plan avec passage vers la mer et soutènement d'un pont pour la circulation en direction de la corniche… et c'est là, bizarrerie humaine, qu'il réalisa qu'Alexandre Korda avait choisi ce cadre comme plan d'ouverture de son film *Marius*, d'après l'œuvre de Pagnol.

13 h 56

Quelques clients à la terrasse de la pizzeria.
Soleil au zénith.
Chape lourde sur le site.
La cabine téléphonique.
Vide.

13 h 59

Victor entra dans la cabine.
Le cœur battant.
Une étuve.
Il posa la mallette à ses pieds.
Décrocha le téléphone.
Porta le combiné à son oreille.
Composa un numéro aléatoire.
Quelques secondes à écouter les bips intermittents de signal de faux numéro.
Il raccrocha.
Il transpirait à grosses gouttes.
Un regard sur la mallette à ses pieds.
Trop tard pour faire machine arrière.

14 h 01

Fin des opérations.

Il quitta la cabine.

Regagna le taxi dans lequel il monta.

— En route !

Le chauffeur tourna le démarreur, enclencha la première et accéléra. À peine avait-il fait cinquante mètres, que Victor s'écria :

— Stop ! Allez m'attendre en haut de la rue ! Je vous y retrouve dans quelques minutes…

Et il sauta du taxi avant que le chauffeur, pris de court, ait pu répliquer.

Victor longea les murs des maisons en courant et se figea à l'angle de la dernière qui donnait sur la crique. Juste à temps !

Il fut presque déçu. L'homme qui se dirigeait dans la cabine était loin de ce qu'il avait pu imaginer de la tenue vestimentaire d'un tueur : pas de costume gris à rayures ! Pas de borsalino ! Juste un jean, un tee-shirt, des baskets, une casquette américaine de joueur de base-ball. Pas la cinquantaine du malfrat de ses premiers romans, mais une trentaine confortée par la minceur et l'agilité. Sa déconvenue était telle qu'il eut peur que ce ne soit pas le tueur, mais un individu lambda. Et s'il partait avec la mallette ? Il n'eut pas le temps de s'inquiéter davantage, car le jeune homme entra dans la cabine. Comme Victor l'avait fait lui-même, il fit mine de composer un numéro, raccrocha, puis se baissa pour attraper la mallette avec laquelle il sortit pour se diriger tranquillement vers une Clio qui était garée à dix mètres de Victor. Il put voir le visage de l'homme. Décidément, il n'avait vraiment rien d'un tueur. Plutôt amical, beau gosse, il était plus enclin à faire carrière comme mannequin que comme tueur à gages. Comme quoi... Il devrait en tenir compte pour son roman... Ne pas créer ses personnages sur des préjugés... Il aurait au moins appris ça... Il se maudit de penser à l'écriture là, maintenant, alors que sa vie peut-être était en danger. Le jeune homme se mit au volant, démarra et prit la direction de la rue des Auffes où se trouvait Victor. Ce dernier se retourna et courut quelques mètres. Sûr, il allait se faire repérer... Il passa juste devant un pas de porte assez profond et s'y dissimula comme il put. La Clio passa devant lui en trombes. Victor pouvait respirer.

Il rejoignit le taxi qui l'attendait le long du trottoir. Il ouvrit la portière et s'affala sur le siège arrière. Le chauffeur avait tout suivi dans son rétroviseur... Il restait persuadé que tout ce cirque faisait un peu cinéma... La mallette... Plus de mallette... La Clio qui déboule... ça faisait même un peu film d'espionnage, mais il s'abstint de tout commentaire.

— Eh bien, allez-y ! Démarrez !

— L'aéroport, alors ?

— Oui, merci.

Victor tremblait encore. Il fit un effort pour se calmer. Il ne craignait plus rien. C'était terminé. Il n'avait plus qu'à croiser les doigts pour que l'enquête ne remonte pas jusqu'à lui... Si enquête il y avait...

*

Avant de prendre l'avion pour Londres, Victor décida d'appeler Angèle.

— Ça y est, ma chérie, il a l'argent.

— *Tout s'est bien passé ?*

— Comme sur des roulettes. Là, je m'apprête à remonter dans l'avion. Je serai à Londres à 18h00. Tu viendras m'y retrouver ?

— *Non, je t'ai dit que je ne voulais pas y aller, mon amour. Pour te laisser toute liberté d'écrire. Et puis je préfère attendre que mon mari… que… que tout soit terminé avant de sortir sans crainte…*

— Oui, je comprends. Cela va se passer quand ?

— *Ces jours-ci, je pense.*

— Mon amour ?

— *Oui ?*

— J'ai une chose à te demander…

— *Je t'écoute…*

— J'ai vécu l'enfer en descendant à Marseille. J'ai été assailli de doutes. Sur moi. Sur nous. Mais pour nous, pour toi, je suis allé au bout. Bientôt, tu seras libre. J'aimerais énormément que tu me retrouves à Londres. Je veux célébrer cette liberté avec toi. Et me retrouver avec toi. Pour t'aimer. Je t'en prie… Je pense te mériter après ce que je viens de faire… Il y a des Eurostar tous les jours… S'il te plaît… Ou alors, si tu préfères, c'est moi qui reviens à Paris…

— *Non…*

La supplication avait de quoi surprendre. Victor en fut chagriné.

— Tu ne veux pas que l'on se voie alors ?

— *Mais… bien sûr que si, mon amour. Je pense à toi d'abord. À ton roman que tu dois terminer… Bon, écoute… je viendrai à Londres samedi, d'accord ?*

— *C'est dans trois jours !*

— *Oui, on sera le 23. Je… Je pense que d'ici là, tout sera terminé…*

— J'espère. Qu'on puisse tourner la page.

— *Oui. Moi aussi, je veux tirer un trait sur le passé…*

— Génial ! Tu pourras prendre le même train que moi. Il est à 15h00 à la Gare du Nord. Il arrive à Saint-Pancras International à 16h30… Je t'y attendrai…

— *D'accord ! Je prendrai celui-là. Alors à samedi. Il vaut mieux que l'on ne s'appelle pas… On ne sait jamais… Attendons que cela soit fini et samedi, lorsque tu viendras me chercher à la gare, je serai en mesure de te confirmer la bonne nouvelle…*

Bonne nouvelle, certes, mais ça faisait froid dans le dos. Victor regarda l'agenda de son smartphone… Samedi serait le 23… Visualiser la date réveilla sa mémoire. Comment avait-il pu si facilement l'occulter depuis que Yellow la lui avait mise en tête ? Elle correspondait à la sortie de prison de Marco Ferrer… Mais il n'y avait plus rien à craindre, Yellow le lui avait affirmé… Il ne devait plus s'inquiéter… Son refuge pour cela : écrire, écrire, écrire ! Certes, il allait reprendre son roman, il avait de la matière pour cela. Mais il se promit d'entamer aussi des investigations à la recherche d'une maison à acheter à Santorin. Autant valait préparer leur avenir dès maintenant. Pour vivre libre, dans l'anonymat, et en sécurité…

L'embarquement commençait. Dans deux heures, il serait à Londres.

*

Le lendemain, Victor se réveilla dans l'appartement de Sam, près de Covent Garden, avec un mal de crâne terrible. Son sommeil avait été morcelé par plusieurs réveils dus à des images cauchemardesques récurrentes : il se faisait poignarder dans une cabine téléphonique, l'avion dans lequel il se trouvait se crashait en pleine mer, il en réchappait et nageait avec d'autres rescapés au milieu de billets de cent euros qui flottaient autour d'eux. Mais sa plus grosse angoisse nocturne était liée à ce chauffeur de taxi marseillais qui le désignait du doigt à Yellow et disait : « C'est lui, oui, j'en suis sûr, c'est lui ! ». Inutile de chercher dans quelle réalité tout cela avait pris racine !

Il avala deux comprimés d'aspirine, puis se fit couler un double expresso avant de s'installer devant son ordinateur. D'instinct, il savait que l'écriture lui permettrait de ne pas penser à ce qui se passerait à un moment ou à un autre, du côté de Marseille. Ou que cela s'était peut-être déjà passé.

*

Angie alla remettre sa mallette dans une cabine téléphonique que le tueur lui avait indiquée à Staines, une petite ville en périphérie au sud-ouest de Londres. Pratique pour elle : elle sera sur le chemin du Davon, pendant que Lord Ramsay de Pollington se fera assassiner dans son manoir en bord de mer dans le Sussex.

*

Victor fit appel à sa mémoire pour retrouver tout ce qu'il avait ressenti au Vallon des Auffes, et du coup, la palette d'émotions d'Angie en fut considérablement élargie. D'une authenticité à couper le souffle. Et pour cause…

La première journée passa sans qu'il s'en aperçoive. Après dix heures passées devant le clavier, il alla se dégourdir les jambes et manger dans un pub du quartier pour se changer les idées. Alors qu'il dégustait une assiette de *Fish and chips* devant une pinte d'*Abbot ale,* le souvenir de la mallette pleine de billets de cent euros tournait en boucles dans sa tête. Le prix du meurtre… Le prix de l'amour… Il ressentit l'envie d'entendre la voix d'Angèle. Mais il se souvint de sa consigne. Ne pas s'appeler. Elle avait raison… Le conseil de Yellow lui revint à l'esprit : pas de traces téléphoniques !

Il rentra à l'appartement et, pour aérer son esprit tourmenté, il se consacra à la recherche de villas à vendre sur Santorin… Une villa blanche avec des volets bleus à Ia… au calme sur les hauteurs de l'île… avec terrasse dominant la caldeira…

Encore une fois, avant de se coucher, il eut envie d'entendre Angèle… À nouveau, il décida qu'il ne fallait pas. Mais cette fois, il réalisa que ce n'était pas parce qu'elle le lui avait demandé, non. Juste par crainte d'entendre au téléphone : *ça y est, il l'a tué !* Ce qui le renverrait à sa culpabilité… Pourtant il faudrait bien qu'il l'entende de sa bouche dans deux jours…

Le vendredi fut consacré au meurtre de Lord Ramsay de Pollington. Là, il fit appel à toute son imagination pour créer le suspens.

*

Le soir, tapi derrière un bosquet du parc, le tueur attendit que le couple de domestiques à son service soit couché pour s'introduire dans le manoir. Il repéra la chambre encore allumée et parvint au pied de la façade. Il commença à l'escalader en utilisant les lianes de vigne vierge et atteignit en douceur le balcon. Il jaugea l'intérieur… Personne ! Il n'eut qu'à pousser la porte-fenêtre entrouverte et il se glissa dans la chambre. Il entendit couler de l'eau… Sa victime était à la salle de bain attenante. Il approcha à pas feutrés de l'entrebâillement de la porte… Penché sur le lavabo, l'homme terminait de se brosser les dents. Lorsque Lord Ramsay de Pollington se releva et aperçut son agresseur dans le miroir, il était trop tard. Il sentit le fil d'acier sur sa gorge pénétrer dans sa chair. Tout en resserrant l'étau mortel, le tueur observait le reflet de la scène dont il était acteur. Devant lui, le pantin gesticulait dans tous les sens. Ses bras s'agitaient dans des battements ridicules, et soudain, comme si les fils qui l'animaient étaient coupés, la marionnette s'affaissa. Il l'accompagna lentement dans sa chute jusqu'au sol où…

*

Comment le tueur avait-il tué le mari d'Angèle ? Fil d'acier ? Arme blanche ? Revolver avec un silencieux ? Aurait-il mis des gants ? Toute la théorie sur le crime parfait développée par Yellow lui revint à nouveau en mémoire. Le tueur la connaissait-il cette théorie ?

Victor se leva et conclut qu'il s'agissait d'un professionnel. Ce n'était pas son problème. Après tout, il était payé grassement pour ça… Pff ! Trois millions…

Il continua d'écrire toute la journée. Le soir, il en était arrivé à la confrontation entre Angie et Mc Gregor, l'inspecteur de Scotland Yard.

Une pensée persistante clôtura sa journée d'écriture, et le harcela toute la soirée : comment Angèle se comporterait-elle pendant l'interrogatoire ? Car il ne faisait aucun doute que lorsqu'un homme marié était assassiné, les soupçons pesaient en priorité sur son épouse… Point numéro un de la théorie de Yellow !

Et si elle craquait ? Si elle parlait de lui ? Si elle avouait que c'est lui qui avait donné les trois millions pour faire assassiner son mari par un tueur ? Il regretta de ne pas avoir abordé ce sujet avec elle.

Le soir, dans son lit, ces pensées l'assaillaient encore. Il se releva pour prendre un somnifère. Une demi-heure plus tard, il dormait à poings fermés.

*

Il ouvrit péniblement un œil qu'il referma aussitôt. Il faisait jour. Il chercha à tâtons son smartphone sur l'étagère au-dessus de lui, finit par le trouver. Il alluma l'écran. 12 h 45 ! On était le 23 ! Il se retrouva assis d'un bond. Angèle arrivait dans un peu plus de deux heures !

Vingt minutes plus tard, après s'être rasé, avoir pris sa douche, s'être habillé, chaussé, avoir avalé un expresso, il dévalait les marches de la station de métro.

*

16 h 35. Victor se sentait fébrile. Il se trouvait à l'extrémité du quai de *St. Pancras International* où venait de glisser en douceur l'Eurostar. Avec excitation, il tenta de repérer Angèle dans le flot des voyageurs. Sa nervosité se transforma en anxiété croissante au fur et à mesure que le quai se vidait.

Dernière grappe de voyageurs. Un retardataire… Plus personne… Angèle n'était pas là !

Il l'appela sur son portable…

Messagerie…

Il réessaya deux minutes plus tard…

Toujours la messagerie…

Son cœur battait la chamade. Il imagina que le tueur n'avait pas réussi son coup… Que le mari d'Angèle l'avait retrouvée et que… non, impossible !

Une panique sourde l'étreignit. Que lui était-il arrivé ? Peut-être lui avait-elle laissé un mot au loft… Le meilleur moyen de le savoir était de rentrer immédiatement. Il retourna à l'appartement de Sam pour récupérer ses affaires. Avant de ranger son ordinateur, il se connecta sur des sites de réservation en ligne et eut la chance d'avoir une place sur un vol d'Air France dont le décollage était prévu à 19 h 35. Il avait deux heures devant lui. Pas de temps à perdre ! Il rangea son ordinateur dans sa housse, ses vêtements et ses affaires de toilette pêle-mêle dans sa valise. Il quitta l'appartement après avoir coupé l'arrivée d'eau et le compteur électrique comme le lui avait conseillé Sam.

La chance fut avec lui. À peine dans la rue, il héla le premier taxi qui passait et qui s'arrêta. Il sauta à l'intérieur, et à sa demande, le chauffeur prit la direction de l'aéroport d'Heathrow.

Avant 22 h 00, il saurait si Angèle lui avait laissé un mot.

Peut-être serait-elle rentrée ?

Il vivait là les pires moments de son existence.

16

Victor prit un nouveau taxi à l'aéroport de Roissy, direction Paris. À 21 h 50, il le déposa au pied de son immeuble. Après un laps de temps dans l'ascenseur qui lui parut interminable, il atteignit le dernier étage. C'est tout juste s'il ne courut pas jusqu'à la porte du loft. Il sonna et sans attendre qu'Angèle vienne lui ouvrir (ou peut-être avait-il le pressentiment qu'elle n'était pas là), il chercha son trousseau de clefs dans les poches de sa veste… Il n'y était pas ! Il mit cela sur le compte de la précipitation et tenta une nouvelle recherche, y compris dans les poches de son pantalon, hélas, tout aussi infructueuse. De rage, il laissa son doigt sur la sonnette, quand il se souvint que son trousseau devait être dans le duffelcoat avec lequel il était arrivé à Londres et qui était rangé dans sa valise. Oui, il en était maintenant persuadé. Dans l'urgence de son départ d'Angleterre, il avait oublié de le transférer dans sa veste. Il ouvrit sa valise en toute hâte, en sortit le duffelcoat. Soulagé, il y dénicha le trousseau. Il repéra la clef adéquate, mais eut des difficultés à l'introduire dans la serrure tant sa main tremblait. Enfin, elle se déverrouilla. Il poussa du pied sa valise à l'intérieur et claqua la porte derrière lui.

— Angèle ?

Pas de réponse. Il fit le tour du loft en répétant plusieurs fois son prénom. Il eut la confirmation de son pressentiment : Angèle était absente.

Où était-elle ?

Le mot !

Il retourna dans la pièce principale et se mit à la recherche du message salvateur. Rien. Ni sur la table ni sur le bar américain. Rien non plus à la cuisine sur le tableau où il inscrivait ses rendez-vous ou ce qu'il ne fallait pas oublier lors des prochaines courses.

Le temps d'un flash, il l'imagina étranglée dans un placard, une armoire…

Il fouilla les meubles… En vain, heureusement !

Il inspira et puis expira longuement. Il ne fallait pas que son inquiétude tourne à la paranoïa.

Merde ! Où pouvait-elle être, alors ?

Pas un mot.

Pas un indice.

Serait-elle simplement partie faire un tour ?

Alors qu'elle devait se rendre à Londres ?

Non, non. Ridicule. Même avec ses lunettes noires, seule, elle ne serait jamais sortie…

Et si le tueur n'avait pu exécuter le contrat ?

Et si le mari d'Angèle avait pu échapper au tueur ?

Et si c'était lui qui avait eu sa peau ?

Et si, finalement, il avait réussi à savoir où elle se trouvait ?

Et s'il l'avait embarquée ?...

Il sentit la panique monter en lui.

Il devait se calmer… Elle allait rentrer…

C'était évident… Pas si évident…

Dans le flou le plus complet, il s'allongea sur le lit et…

It's been a hard day's night, and I've been working like a dooog…

Il bondit et se retrouva assis.

Angèle !

Il sortit fébrilement son smartphone de la poche intérieure de sa veste… Jamais il n'avait été aussi déçu de visualiser la tête de Yellow sur son écran…

Il prit l'appel.

— Allô ?

— *Salut, Victor, c'est Lié-Loïc…*

— Ouais, j'ai vu…

— *Je te dérange ?*

Lui parler d'Angèle ? Non. En tout cas, pas par téléphone.

— Non, non… Je rentre de Londres, je suis juste un peu crevé…

— *Ah, désolé ! Si tu veux, je te rappelle plus tard…*

— Non, non, vas-y, je t'écoute…

— *Je sais que tu es fatigué, mais j'ai une bonne nouvelle…*

Angèle… Victor s'intéressa subitement à son ami…

— Je t'écoute…

— …

— Yellow ?

— *Ouais, je suis là. Je réfléchissais… Bon, écoute, j'arrive avec le champagne… Je vais te requinquer, tu vas voir…*

Victor soupira. S'il y avait une chose dont il n'avait pas envie en ce moment, c'était bien de champagne. À moins que Yellow ne veuille lui apprendre la mort du mari d'Angèle… N'importe quoi ! D'ailleurs Angèle devait être avec lui… Oui, voilà, le corps avait été trouvé, et Angèle avait été prévenue… Il se rejeta en arrière sur le lit. Ça ne tournait vraiment pas rond dans sa tête…

— *Victor ?...*

— Ouais, je suis là…

— *Alors ? Je viens ? J'viens pas ?*

La curiosité l'emporta.

— Oui, oui, viens ! Je t'attends…

— *J'arrive, mon pote…*

*

Une demi-heure plus tard, lorsque la sonnerie de l'interphone retentit, Victor n'avait toujours pas eu de nouvelles d'Angèle. L'inquiétude était à son comble. Une fraction de seconde, il espéra même que c'était elle à la porte de l'immeuble. Il appuya sur le bouton.

— Oui ?

— *Lié-Loïc !* grésilla le haut-parleur.

C'eut été trop beau… Victor déclencha l'ouverture de la porte. Il se demanda quelle attitude il devait adopter avec son ami. Devait-il lui parler d'Angèle ? Et si oui, comment devait-il lui en parler ?... *Oui, tu vois, Angèle vivait chez moi parce qu'elle avait quitté son mari violent, et elle était complètement terrorisée. Mais je suis inquiet là, parce que je ne sais pas où elle est, elle a disparu…* Ben, voyons, et pendant qu'il y était, pourquoi ne pas lui dire aussi qu'il avait payé un tueur pour faire descendre son mari…

Sonnerie à la porte. Victor se dirigea vers l'entrée et ouvrit à son ami qui arborait un large sourire. Il portait un sac isotherme.

— J'en ai toujours une d'avance au frigo. Pour fêter un imprévu…

— Et là, c'est un imprévu… Viens, entre ! Installe-toi !

— Merci. Dis donc, tu as l'air vraiment crevé, toi ?

Victor sortit deux flûtes qu'il posa sur le bar. Yellow déboucha le champagne et servit les deux verres.

— Alors, cette nouvelle ? s'enquit Victor, plus pressant qu'il aurait souhaité le montrer.

Yellow leva sa flûte et ils trinquèrent.

— Marco Ferrer est sorti de prison ce matin…

Victor pâlit. Il l'avait oublié celui-là.

— Ah ben, tu parles d'un imprévu ! Tu parles d'une nouvelle !

— Attends ! La bonne nouvelle, c'est qu'il quitte la France.

— Il quitte la France ?

— Ouais, Monsieur ! Comme je te l'avais dit, je suis allé le rencontrer à sa sortie de prison. Je souhaitais juste le mettre en garde. Lui signifier qu'on l'avait à l'œil. Histoire de lui rappeler qu'on avait toujours en mémoire la menace qu'il t'a proférée il y a vingt ans quand tu as eu cette stupide idée d'aller lui rendre visite au parloir.

— C'était juste pour atténuer mon remords…

— Je sais. N'empêche qu'il va te foutre la paix. Ses jumeaux ont vendu l'entreprise familiale, la maison, les meubles, tout. Ils étaient là tous les deux. Ce sont eux qui sont venus le chercher en voiture.

— Ah, oui, c'est vrai, il avait des jumeaux… J'avais zappé ça…

— Un gars, une fille… Ils devaient avoir une dizaine d'années au moment de… enfin… lors de l'affaire… Tu savais que leur mère était décédée ?

— Oui, il y a cinq ou six ans… D'un cancer… C'est toi-même qui me l'as appris…

— Je ne m'en souvenais plus. Elle ne s'est jamais remise de la mort de Lorenzo, son fils aîné…

Victor frissonna. Il n'aimait pas évoquer le drame de son adolescence auquel il avait été mêlé involontairement. Le visage de Karen ressurgit de sa mémoire. Il préféra changer de sujet.

— Ils partent où ?

— En Sicile. Il paraît qu'ils ont une maison de famille, là-bas. Marco Ferrer veut tourner définitivement la page.

Victor songea effectivement que Yellow avait raison : c'était une bonne nouvelle. Mais il ne parvenait pas à s'en réjouir.

— Ça n'a pas l'air de te faire plaisir... Tu vas pouvoir vivre sereinement. Sans crainte. Sans appréhension. Toi aussi, tu vas pouvoir tourner la page.

Le policier estima d'ailleurs qu'il était temps de changer de conversation.

— Tiens, au fait, j'ai rencontré ton agent littéraire...

— Bart ?

— Caruso... c'est Bart ? J'ignorais son prénom...

— Oui, enfin, c'est Bartolomeo... Où l'as-tu rencontré ?

Le policier regarda les bulles qui montaient du fond de la flûte pour exploser en surface. Il but une gorgée.

— Je m'inquiétais pour toi... Je suis allé chez ton éditeur... Le sujet de ton roman... Le crime parfait... J'ignorais que tu étais à Londres... Et puis, dis donc, cachotier ! Tu ne m'avais pas dit que tu vivais avec une femme...

Une boule se forma dans la gorge de Victor. Il concentra toute son énergie pour la contenir, pour éviter que tout n'explose.

— Il m'a dit qu'elle ne sortait pratiquement jamais de chez toi... Et d'ailleurs, il ne l'a jamais rencontrée.

Il regarda autour de lui comme s'il avait pu ne pas la voir.

— Elle n'est pas là ?

Victor retint sa respiration, une force supplémentaire pour ne pas craquer. Il devait maîtriser tous les non-dits. Angèle n'avait jamais été aussi présente dans son esprit. Tout se bousculait dans sa tête : la première fois où il l'avait vue, à la librairie, puis leur rencontre, leurs premiers échanges au café, le retour en taxi à son hôtel, sa déception le lendemain quand il avait appris qu'elle n'y résidait pas, puis son retour chez lui où elle l'attendait devant la porte du loft... Et leurs ébats amoureux...

— Victor ? Ça va ?

Non, ça n'allait pas. Rien n'allait plus. Victor se demanda comment il avait pu, lui, écrivain célèbre, se retrouver dans la position d'un commanditaire de meurtre. Le crime parfait suggéré par Angèle avait libéré sa créativité. Il avait accouché de Lord Ramsay de Pollington que l'épouse, Angie, faisait assassiner par un tueur. N'avait-il pas calqué sa propre vie sur ses personnages imaginaires ?

— Hé ! Tu m'inquiètes, là...

Victor leva sur son ami des yeux hagards. Le policier flaira chez son ami un problème.

— Où est-elle ? Comment elle s'appelle ?

Comment elle s'appelle ? Où était...

— Angèle ?

Comme si un couperet venait de tomber, comme un mot de passe qui donne accès à des informations, le prénom déverrouilla ses émotions, balaya ses retenues, ses espoirs et ses doutes, libéra son envie de se confier. Dans un flot que rien ne semblait canaliser, tout y passa : la rencontre, l'amour explosif, le drame d'Angèle, la terreur suscitée par son mari, la thèse du crime parfait dont ils avaient parlé ensemble au restaurant, son troisième roman, *Page blanche pour roman noir,* fondé sur le passé d'Angèle, l'idée de l'assassinat de son mari, l'appel à un tueur, le vol aller-retour pour Marseille, la remise des trois millions…

— Trois millions ? Tu as payé trois millions d'euros pour un contrat ? Et le mari, il a été assassiné ?

— Je n'en sais rien, Angèle devait me le confirmer aujourd'hui. Mais je crains qu'il lui soit arrivé quelque chose…

— Comme quoi ?

— Je ne sais pas. L'assassinat raté, le mari qui trouve mon adresse…

— Tu crois qu'il aurait pu la trouver ?

— Je ne sais pas. Il a bien réussi à me joindre par téléphone.

— Tu as parlé à son mari ? s'étrangla Yellow.

— Oui. Il m'a dit qu'il savait qu'Angèle était avec moi et qu'il nous retrouverait…

— Quel sac de nœuds ! Mais ce qui me sidère le plus, c'est que tu aies pu filer trois millions pour faire assassiner quelqu'un… Comment cela est-il possible ? Pas toi, Victor…

Le policier était descendu de son tabouret de bar et marchait de long en large, les mains dans les poches de son pantalon. Victor ne put s'empêcher de voir dans cette attitude la description qu'il avait faite de l'inspecteur Mc Gregor face à Angie dans son roman.

— Comment toi, un écrivain réputé avec un tel talent pour écrire des polars, as-tu pu te laisser enfermer dans ce… dans cette histoire aussi sordide ?

Victor soupira.

— Par amour, je suppose. Non j'en suis sûr. Angèle est la femme de ma vie, Yellow. S'il lui était arrivé quoi que ce soit, je ne m'en remettrais pas…

— Oh, s'il te plaît, pas avec moi. Si le meurtre de son mari est avéré, tu es bon pour les assisses, Victor. Merde !

Il se planta devant la verrière sans voir les toits qui s'étalaient devant lui, jusqu'à la tour Eiffel. Il se retourna brusquement.

— On va vérifier chez lui. Il habite à Marseille ?

— Oui.

— Tu as l'adresse ?

— Non.

— Quel est son nom ?

— Son nom ?

— Ben oui ! Si tu veux qu'on retrouve son cadavre, il me faut son nom pour rechercher son adresse…

— Je… je ne connais pas son nom…

Le policier souffla, exaspéré.

— Angèle est mariée avec lui. Elle porte son nom, non ?

Victor afficha un air penaud.

— Quoi ? Tu ne vas pas me dire que tu ne connais pas son nom de famille…

— Je suis désolé…

— Tu es désolé ? Tu vis avec une femme mariée chez toi, et tu ignores son nom ? Putain, Victor, je ne te reconnais pas, là ! Elle t'a envoûtée ou quoi ?

— Je suppose que prononcer son nom de femme mariée l'aurait renvoyée à l'image de son mari…

Le policier posa sur son ami un regard dur, puis grimaça en soupirant.

— Bon. Il faisait quoi ?

— Il faisait quoi ?

— Oui, son métier…

— Je… je crois qu'il était entrepreneur…

— À Marseille…

— Euh… oui, je crois… ou dans la région, je ne sais plus très bien… Ou alors, elle ne me l'a pas dit…

Le policier se laissa tomber dans un fauteuil, les bras croisés. Il semblait réfléchir à cent à l'heure. Au bout de quelques secondes, il se leva et vint se rasseoir sur le tabouret, en face de Victor qui, lui, n'en avait pas bougé.

— Bon, écoute ! Voilà ce que je vais faire. Je vais signaler la disparition d'Angèle. Il faut qu'on la retrouve. Elle est la clef. As-tu une photo d'elle ?

— Une photo ?

— Oui, une photo. Une image ! Un machin où on peut l'identifier, quoi ! Oh ! Réveille-toi, Victor ?

— Euh… Non, je n'en ai pas… Ah, si ! Sur mon smartphone… Attends !...

Il sortit son portable, l'alluma et, en quelques manipulations, trouva le portrait d'Angèle qu'il avait réussi à prendre d'elle, bien qu'elle refusât souvent de se faire photographier sous prétexte qu'elle se trouvait moche. Comme si Angèle pouvait être moche…

— Tiens, la voilà !

Le policier tourna l'écran vers lui. Il resta un moment interdit, regarda Victor, puis à nouveau l'écran.

— Nom de Dieu !

— Quoi ?

— Tu sais qui c'est ?

— Ben... Angèle...

Le policier bougeait la tête de droite à gauche, puis finalement lâcha.

— Non, Victor ! C'est la fille de Marco Ferrer !

*

La nuit avait été épouvantable. Ses réflexions oscillaient entre réalité et cauchemars. Ses émotions entre larmes et désespoir. Entre pulsions suicidaires et folie. Angèle n'était pas Angèle. Angèle n'était pas mariée. Il avait été mené en bateau. Du début à la fin. De leur première rencontre à leurs derniers ébats. Mille questions le taraudaient. Il s'était fait piéger. Mais ce n'était pas ce qui l'obsédait le plus. La vraie douleur, la vraie déchirure, c'était l'amour. Angèle l'avait aimé, il en était sûr. Si sûr ? Tout volait en éclats. Ses certitudes et son avenir. Et tout cela pour trois millions d'euros... envolés ! Et le tueur ? Yellow lui avait bien suggéré qu'il n'y avait pas de tueur. Ce devait être le frère jumeau de... d'Angèle ? Il ne connaissait même pas le prénom de la fille de Marco Ferrer... Même pas...

Il passa la fin de la nuit à pleurer. Comme un enfant. Comme un adulte au cœur blessé. Comme un adulte trahi. Pas de haine. Comment pouvait-il haïr la personne qu'il avait le plus aimée, comme ça, du jour au lendemain ?

Au petit matin, il se leva, nauséeux, sans avoir pu fermer l'œil de la nuit. Il regarda machinalement le lit, comme lorsqu'il n'y avait pas si longtemps, il posait encore son regard amoureux sur le corps d'Angèle endormie dont il contemplait la forme sous le drap, avant de rejoindre son ordinateur pour écrire… Vide… Désespérément vide…

Fade, sa vie… Fade, son avenir… Même l'expresso qu'il se fit couler était fade… Il se planta devant la verrière… Il pleuvait sur Paris… Il pleuvait dans son cœur… Pour la première fois, il mesurait le sens du mot tristesse… Même si Yellow lui avait dit qu'il allait lancer un mandat d'arrêt international contre Marco Ferrer et ses jumeaux, il ne parvenait pas à y associer Angèle. Il ne parvenait d'ailleurs pas à l'appeler autrement.

Que faire ?

Attendre qu'on les retrouve ?

Si on les retrouvait…

Espérer un appel d'Angèle ?

Angèle n'appellerait plus…

Il consulta sa montre. 8 h 15 !

Il se força à se replonger dans son roman… Après tout, il fallait bien qu'il le termine… Olaf allait bien finir par lui demander où il en était…

Il sortit son ordinateur de sa housse, le posa sur le bar et l'alluma.

Le bureau virtuel s'afficha et entre les différentes icônes, il repéra le dossier *Page blanche pour roman noir.*

Les lettres tremblèrent. Le titre devint flou.

Victor enfouit son visage dans ses mains et s'effondra.

Lorsque dix minutes plus tard il n'eut plus de larmes, il alla prendre un tube de somnifères dans l'armoire à pharmacie et se servit un verre de whisky. Il savait que le mélange serait détonnant, mais il s'en foutait. Il voulait s'endormir. S'endormir définitivement et ne plus se réveiller. La vie n'avait plus aucun sens…

Il s'assit sur le bord du lit…

Fit sauter le couvercle du tube de somnifères de l'ongle du pouce…

Versa le contenu dans la paume de sa main...

Quinze… Il compta quinze comprimés…

Il saisit le verre de whisky plein à ras bord…

Jamais il ne reverrait Angèle…

Il inspira une dernière fois…

Dernier souffle de vie…

It's been a hard day's night, and I've been working like a dooog…

Merde !...

Il ne répondrait pas.

… It's been a hard day's night, I should be sleeping like a looog…

Il ne répondrait pas.

... But when I get home to you I find the things that you...

Silence...

Et voilà...

Le dernier contact avec l'extérieur était rompu... Pour toujours...

Il regarda ses quinze comprimés dans une main, son verre de whisky dans l'autre...

C'était l'heure...

Cling !

Signal d'un message sur son smartphone...

Une idée lui traversa l'esprit...

Une idée folle...

Pleine d'espoir...

Angèle l'appelait pour s'expliquer...

Il posa somnifères et whisky sur la table de nuit et dévala les marches jusqu'à la cuisine. Le smartphone était là. Posé sur le bar. Il s'en empara. L'alluma. Sur l'écran l'icône de réception indiqua l'arrivée d'un nouveau message. Il l'ouvrit. Son opérateur lui signalait un enregistrement d'une minute trente.

Il composa le 888 qui le lui confirma...

Salut ! C'est Lié-Loïc... Cette fois, j'ai une bonne nouvelle... Je n'ai même pas eu besoin de voir le juge pour lancer un mandat d'arrêt... Les Ferrer se sont fait coincer à Roissy hier soir... Ils allaient prendre l'avion pour l'Argentine... Pas de bol pour eux... La douane a décelé des doubles fonds dans leurs valises... C'est là qu'ils avaient caché tes trois millions... Pour le moment, ils sont en garde à vue au 36.... Si tu veux rencontrer la fille, viens à mon bureau à 14 h 00... Je t'arrangerai une entrevue... Je pense que vous avez des choses à vous dire... Allez... À plus !

Si vous souhaitez conserver ce message, dites « archiver », si vous...

Victor fixa son écran, longtemps après l'interruption de communication avec le serveur. Au-delà des trois millions qu'il allait récupérer, une seule chose lui importait. Il allait revoir Angèle. Ou quel que soit son prénom. Il serait face à celle qu'il avait aimée. Qui l'avait trahi. Et une chose était sûre maintenant : il apprendrait de sa bouche pourquoi.

17

À 13 h 45, Victor se fit déposer devant l'imposante bâtisse administrative dont il ne douta pas un seul instant, maintenant que son destin avait pris une autre direction, qu'il en ferait le décor d'un prochain roman. Il traversa la rue et s'approcha de l'immense portail en bois ouvert. Il jeta un coup d'œil vers le mur à gauche de l'entrée sur la plaque mythique qui affichait le nombre « 36 » en blanc sur fond bleu, à lui seul le symbole de plus de cent ans d'affaires criminelles. Il franchit l'entrée et pénétra dans un passage couvert. Il s'identifia auprès d'un agent qui vérifia par téléphone qu'il était bien attendu. Il le fit passer ensuite sous un portail électronique de sécurité et le conduisit à une cour intérieure. Il lui indiqua le chemin pour se rendre au bureau de Yellow. Selon ses indications, il longea le mur à gauche, vers le bâtiment de la police judiciaire et grimpa l'escalier « A » jusqu'au troisième étage où l'attendait un long couloir qu'il compara à une galerie de fourmilière tant le personnel grouillait dans tous les sens. Il interpella un policier les bras chargés de documents pour lui demander où se trouvait le bureau du commissaire Courbet. Bout du couloir à gauche, petit escalier au fond sur la droite, nouveau couloir, quatrième bureau à droite. Un vrai labyrinthe…

Il se retrouva finalement devant une porte entrouverte. Un bandeau adhésif sur la partie supérieure en verre cathédrale mentionnait « **Commissaire Lié-Loïc COURBET** » en lettres noires sur fond blanc. Il frappa.

— *Entrez !*

Il poussa la porte. Yellow était assis sur le bord d'un bureau et discutait avec un de ses lieutenants. Il salua Victor d'un mouvement de tête, et sans interrompre sa discussion il lui indiqua un endroit sur sa gauche, derrière la porte. Il la referma et comprit qu'il l'invitait à s'asseoir sur une chaise. La conversation tournait autour de la mise en place d'une planque dans un quartier sensible. Lorsque le lieutenant quitta le bureau, Victor se retrouva seul avec Yellow.

— Bonjour Victor ! Je vois que tu as eu mon message…

— Je ne serais pas là sinon…

— Bon, on les a cuisinés cette nuit. Ferrer a avoué sans difficulté l'arnaque dont tu as fait l'objet…

— Mais pourquoi ?

— Pourquoi ? Mais tout simplement pour aller au bout de la vengeance qu'il t'avait annoncée il y a vingt ans… Tu te souviens… Quand tu es allé le rencontrer au parloir pour t'excuser…

— Mot pour mot. Comme si c'était hier…

*

— Hé, toi…

Volte-face de Victor, tétanisé.

— Approche !...

Il s'assied.

— Non… Approche là… viens près de la vitre…

Victor n'est pas rassuré. Même s'il sait qu'il ne risque rien, le ton péremptoire de Ferrer l'effraie.

— Plus près… Viens… N'aie pas peur… Oui, là… Approche… mets ton oreille là…

Victor hésite. Il colle son oreille contre les trous du plexiglas. Il attend. Peu rassuré. Du coin de l'œil, il voit approcher la bouche de Marco Ferrer de l'autre côté. Il entend son souffle court à quelques centimètres de son oreille. Puis cette phrase terrible :

— Un jour, je sortirai… Et tu paieras…

*

— Exactement, confirma Yellow, et c'est ce que tu as fait…

— Ce que j'ai fait ?

— Oui, Victor. Tu as payé. Au sens littéral du terme. Nous avons toujours cru que sa menace portait sur ta vie. C'est sur ton argent qu'il a voulu se venger. Depuis que leur frère s'est suicidé, ses enfants ont été élevés dans l'esprit de cette vengeance. Marco Ferrer a tout préparé avec minutie. Jusqu'au moindre détail. Et tout ça, parce que Julia, sa fille, est devenue comédienne…

— Julia ? C'est le vrai prénom d'Angèle ?

— Oui. Julia et Carlo, son frère.

— Julia… comédienne…

— Oui. Et formatée pour son grand rôle de femme mariée avec un homme violent…

— Pourquoi Marseille ?

— Parce que dans l'imaginaire collectif, je suppose qu'il est plus facile de faire surgir un tueur de la mafia marseillaise. La preuve, tu as marché…

— Mais… j'ai parlé à son mari par téléph…

Victor s'interrompit net. Tout devenait limpide. Le mari n'existait pas. Il avait parlé à Carlo, le frère. Et c'est encore lui qu'il avait aperçu au Vallon des Auffes quand il s'était emparé de la mallette dans la cabine téléphonique. La photo de la villa que lui avait montrée Ang… cette Julia, devait être une villa quelconque que le frère avait dû photographier à Marseille.

Il ne savait pas ce qui était le plus difficile à encaisser : s'être fait berner sur le plan financier ou sur le plan sentimental. L'argent, il le récupérerait. Mais il prit conscience, là, qu'Angèle disparaissait pour toujours.

— Comment pouvaient-ils être certains que leur plan marcherait, hormis le fait qu'ils croyaient que leurs valises passeraient à travers les contrôles à l'aéroport ?

— Ils étaient persuadés qu'un homme qui commandite un assassinat en faisant appel à un tueur, en toute logique, même s'il s'agit d'une escroquerie, n'irait pas le chanter sur tous les toits.

— Ça aurait pu…

— Oui. Ça aurait pu. Mais ça n'a pas été le cas. Pour une simple raison.

— Laquelle ?

— Notre amitié. Lorsque tu t'es effondré, tu t'es confié à moi. Totalement.

— Je suppose que je dois te remercier.

En guise de réponse, le policier grimaça.

— Pas si simple, Victor ! Tu vas avoir des comptes à rendre à la justice…

Le visage de Victor se ferma.

— Je vais être jugé ?

— Évidemment tu vas être jugé ! Sans compter les trois millions… Tu les as sortis d'où ?

Victor sut que son ami allait encore grincer des dents.

— Sur un compte… En Suisse…

— Ben voyons ! Et je suppose non déclarés…

— Je suppose…

— Tu supposes ? Enfin, Victor, tu ne vas pas me faire croire que tu es comme ces politiques qui fraudent le fisc et qui affirment qu'ils ignoraient commettre une faute. Il faut arrêter de prendre les gens pour des cons ! Non, mon vieux, deux procès tu vas te ramasser… Deux beaux procès séparés… Un pour fraude fiscale, ça c'est sûr, et l'autre pour avoir été commanditaire d'un meurtre.

— Mais il n'y a pas eu de meurtre…

— Non, mais ce que tu as fait est lié à l'arnaque dont tu as fait l'objet… Les Ferrer vont être poursuivis pour escroquerie. Ils devraient prendre cinq ans d'emprisonnement et trois cent soixante-quinze mille euros d'amende. Mais comme il y a des circonstances aggravantes pour action en bande organisée, la peine pourra être portée à dix ans d'emprisonnement et à un million d'euros d'amende.

— Et moi ?

— Toi ? Cela va dépendre du juge. Attends deux secondes…

Yellow se dirigea vers une armoire, l'ouvrit et sortit un livre rouge.

— C'est le Code pénal… Je vais te dire ce que tu encours … attends…

Il feuilleta le livre, s'arrêta, jeta un coup d'œil, feuilleta à nouveau, trouva la page adéquate, fit glisser son doigt de haut en bas, et l'immobilisa à l'endroit qu'il recherchait.

Voilà ! C'est l'article 221-5-1 du Code pénal… Voilà ce qu'il dit : « *Le fait de faire à une personne des offres ou des promesses ou de lui proposer des dons, présents ou avantages quelconques afin qu'elle commette un assassinat ou un empoisonnement est puni, lorsque ce crime n'a été ni commis ni tenté, de dix ans d'emprisonnement et de 150 000 euros d'amende.* »

— Même si le crime n'a pas été commis ?

— C'est ce qui est écrit. Maintenant, tout va dépendre du juge. Parce que toi, si tu as accepté, c'était pour protéger une victime « théorique » de violence de la part d'une personne visée par l'assassinat, mais qui n'existe pas.

— Il y a un espoir ?

— Je n'en sais rien. Mais je vais confier ta défense à un bon avocat. Il s'appelle Julien Balancourt. C'est un ami. Bon, tu veux toujours la voir ?

— Qui ?

— Ben, la fille de Ferrer !

— Je ne sais pas… Je ne sais plus…

— Tu fais comme tu veux. Si tu veux la rencontrer, c'est maintenant. Après, il sera trop tard…

— Elle est là ?

— Oui. Dans une pièce à côté.

Ultime hésitation.

— OK.

*

La porte se referma derrière lui. La pièce était spartiate. Murs gris. Pas de fenêtre. Un néon au plafond. Une table. Deux chaises. Sur une des deux, Julia Ferrer. Elle avait levé la tête vers lui depuis qu'il était entré et ne le quittait pas des yeux. Ses traits étaient tirés. Ses mains étaient croisées sur la table. Victor vint s'asseoir face à elle. Juste la table les séparait. Un silence tacite s'établit immédiatement entre eux. Victor se sentait fasciné. Étrangement fasciné. Par deux femmes qui se juxtaposaient. Julia… Angèle… Angèle… Julia… Lui non plus ne la quittait pas des yeux. Il chercha dans son regard une explication. Un aveu. Il n'y décela que l'ombre d'un bonheur enfui. Il voulut percevoir les sensations que seul l'amour fait naître. Il ne discerna que des formes mouvantes et spectrales d'ébats révolus. Il espéra comprendre les limites entre la comédie et la réalité. Il ne perçut que confusion. Il n'avait qu'une seule question qui lui brûlait les lèvres : pourquoi ? À regarder cette femme qui l'avait bouleversé au plus profond de son être, il ressentit une immense pitié. Quand on est capable de tricher aussi intensément avec ses propres sentiments et ceux des autres, on ne peut que ressentir au fond de soi une intense solitude. La réponse qu'il espérait ne viendrait pas. Elle sentit qu'il allait se lever. Deux larmes perlèrent au bord de ses yeux. Il se leva et la regarda une dernière fois.

— Alors, la comédie va même jusque-là ?

Elle répliqua d'une voix légèrement enrouée.

— Je ne joue plus.

Victor encaissa sans un mot et se dirigea vers la porte contre laquelle il frappa. Quelqu'un la déverrouilla et l'ouvrit. Avant de disparaître, il lui jeta un dernier regard.

— C'est vrai. Tu as perdu. Contre toi-même. Moi, je ne jouais pas.

Il allait franchir la porte quand elle l'interpella à nouveau. Il recula et se tourna vers elle. Silence pesant. Électrique.

— Tu te souviens... le jour où tu es rentré de la FNAC... Nous avons fait l'amour et juste après, j'ai pleuré... Cette fois-là, j'étais sincère... Je n'avais jamais été aussi heureuse... Et puis je me suis rappelé pourquoi j'étais là... Je me suis fait prendre au piège que te tendait mon père... Je t'ai aimé...

Il était l'heure de tourner la page.

– Pas moi, Julia. Je n'ai aimé qu'Angèle. Mais elle est morte.

18

Victor fut assigné à résidence pendant six mois avec interdiction formelle de quitter Paris dans l'attente de son procès. Il mit à profit cette contrainte pour reprendre entièrement son roman. Dès qu'il le termina, il le confia à Olaf. Ce dernier l'avait assuré de son indéfectible soutien, tout comme Bart. Contrairement à ce que lui avait soufflé Yellow, même si son cas était indissociable de ce que les journaux appelaient « L'affaire Ferrer », il fut jugé seul. Ferrer et ses enfants furent juste cités à comparaître comme témoins.

Après la première semaine de procès, les faits furent révélés dans les médias qui se déchaînèrent par des articles dont les titres se voulaient plus ou moins spirituels. La palme revint cependant à un journal people :

VICTOR HUGO : LE MISÉRABLE !

Quinze jours plus tard, Julien Balancourt, son avocat, se lança dans une plaidoirie remarquable qui s'appuya notamment sur deux arguments-choc en faveur de Victor dans l'escroquerie dont il avait été la victime : les violences subies par la supposée victime étaient attribuées à un homme fantôme visé par un assassinat qui de fait, ne pouvait avoir lieu.

Le juge rendit son verdict.

Il tint compte de l'argumentation irréfutable de la défense, et estima que l'accusé avait agi sous influence dans une affaire qui mettait surtout en lumière sa crédulité et sa naïveté. Pour la forme, il le condamna à un an de prison avec sursis, et à une amende de dix mille euros pour ainsi dire symboliques.

À peine le jugement rendu et connu, le même journal people titrait :

VICTOR HUGO : LA LÉGENDE DU SIÈCLE !

Yellow se réjouit de ce verdict clément, et afin que Victor échappe à la nuée de journalistes, photographes et cameramen qui faisaient le siège depuis le matin devant le tribunal, il le fit sortir par une porte dérobée pour rejoindre sa voiture garée à proximité.

— Tu avais même anticipé ça, s'étonna Victor.

— Après la plaidoirie de Julien, je n'avais plus aucun doute sur l'issue de ton procès. Je te ramène chez toi ?

— S'il te plaît ! J'ai besoin de me reposer.

Yellow gagna le périphérique intérieur jusqu'à la porte de la Chapelle. Il pesta contre les embouteillages et retourna dans Paris intra-muros pour tenter de les éviter.

— Quand a lieu ton second procès ?

— Dans trois semaines. Tu crois que ce verdict va plaider en ma faveur ?

— Je ne veux pas jouer les oiseaux de mauvais augure, mais là, c'est l'État qui se porte partie civile. Tu auras du mal à faire croire que tes trois millions en Suisse ont servi une cause juste.

— Oui, je sais. Et là, je risque quoi ?

— Une grosse amende…

— Grosse, grosse ?

— La loi est claire. Un dépôt illégal de fonds sur un compte ouvert auprès d'un organisme bancaire à l'étranger est passible de deux millions d'euros et sept ans d'emprisonnement.

— Deux millions ? Bon, à la limite, j'en perdais trois, alors c'est un moindre mal. Mais sept ans de prison…

— C'est la législation. Encore une fois, tout dépend du juge…

— J'aurais deux mots à dire à Kenneth Foster, moi…

— À qui ?

— Kenneth Foster… c'est mon conseiller bancaire…

— Oh, il ne pourra rien pour toi…

— Je m'en doute… Mais je lui passerai quand même un savon… C'était son idée…

— Peut-être, mais le compte en Suisse n'était pas à son nom…

Victor se renfrogna et rongea son frein. Peu après, Yellow le tira de ses réflexions.

— Il faudra tout de même que tu m'expliques…

— Oui, quoi ?

— Au-delà du procès, au-delà des arguments de Julien, un jour, il faudra que tu m'expliques comment on peut basculer… Tu sais, ce moment où tu as fait le mauvais choix… Tu es un mec bien. Un écrivain à qui l'avenir sourit. Et puis paf ! Tu passes de l'autre côté…

— Tout est écrit dans mon prochain roman, Yellow. Il sort bientôt. Je te l'offrirai…

*

Victor regardait défiler les immeubles, les gens sur les trottoirs, les magasins… Il songea à ce moment extraordinaire où il avait décidé de balayer Lord Ramsay de Pollington, Angie, l'inspecteur Mc Gregor… C'était une évidence ! Son troisième roman avait été là, sous son clavier. Et pour la première fois, Victor s'était lancé dans un polar autobiographique. De l'ancienne version, il n'avait conservé que le titre.

*

Un mois plus tard, Victor fut fixé sur son sort dans son second procès. Comme le lui avait annoncé Yellow, il fut condamné à verser une amende de deux millions d'euros au Trésor, et par clémence du juge, à deux ans de prison avec sursis.

*

Le mois suivant, le verdict fut prononcé dans l'affaire Ferrer et cette fois, c'est lui qui fut cité à comparaître comme témoin. Compte tenu de ses vingt ans déjà passés en prison, Marco Ferrer n'écopa « que » de sept ans supplémentaires et retrouva la cellule qu'il avait abandonnée depuis peu. Le juge estima que Julia et Carlo avaient vécu, dans leur enfance, un traumatisme avec le suicide de leur frère Lorenzo, et qu'ils avaient subi l'influence de la vengeance de leur père. Ils prirent cinq ans tous les deux avec une amende de cent mille euros.

Victor imagina qu'ils pourraient s'en acquitter avec la vente de l'entreprise et de leur maison.

Sans doute.

Mais ce n'était plus son problème.

Les trois condamnés quittèrent la salle d'audience menottés entre les gendarmes. Victor les regarda sortir et croisa le regard de Julia Ferrer.

Ce fut la dernière fois.

Épilogue

It's been a hard day's night, and I've been working like a doog…

Victor regarda l'écran de son smartphone. Olaf…

— Bonjour Olaf !

— *Bonjour Victor. Comment vous sentez-vous ?*

— Mieux, merci !

— *Bon. C'est ce que m'a dit Bart. Vous êtes de retour à Paris ?*

— Pas encore, je rentre la semaine prochaine…

— *Parfait ! J'organise une petite fête chez moi le 12… vous savez… en bord de Seine… Vous vous sentez d'attaque ?*

— Une fête ?... Euh… le douze… septembre ?

— *Non, octobre, Victor ! Le douze septembre, c'est dans trois jours… Je ne me serais pas permis…*

Un regard sur l'agenda de son smartphone…

— Euh, c'est bon, je n'ai rien de prévu… Un nouveau poulain ?

— *Je ne peux rien vous dire pour le moment... Alors, c'est d'accord, je compte sur vous le 12 octobre pour 16h00 ! Vous vous souvenez de l'endroit ?*

— Oui, oui, ne vous inquiétez pas !

— *Alors, à bientôt ! Je suis content de vous revoir…*

Victor coupa son smartphone, dubitatif.

*

Après les procès, mais surtout le naufrage de sa relation avec Angèle/Julia, il s'était réfugié dans l'écriture de son troisième roman. Quand celui-ci fut publié, il avait sombré dans une dépression telle que son médecin lui avait prescrit une mise au repos de trois mois qui l'avait tenu éloigné de Paris, des Éditions, et de toutes activités littéraires et promotionnelles.

C'est dans le Lot, à Rocamadour, qu'il était parti se ressourcer chez un vieil ami peintre qui résidait dans une des vieilles maisons de la cité mariale, à l'aplomb des églises construites à flanc de falaise. Il avait fait de longues promenades sur le causse et dans les gorges de la vallée de l'Alzou et, petit à petit, s'était refait une santé. Bart lui avait rendu visite plusieurs fois, sans jamais lui parler de romans, de rendez-vous médiatiques ou de projets. Juste être à ses côtés. Par amitié.

Aujourd'hui, Olaf l'invitait à rejoindre le monde littéraire, et là, il se sentait prêt. Il ressentait à nouveau l'envie. Il avait tourné la page.

*

Après avoir traversé l'intérieur de la maison Fournaise reconstituée par Olaf, Victor s'arrêta sur le seuil de la porte-fenêtre qui donnait sur l'arrière de la propriété. Deux ans… Cela faisait deux ans, à quelques jours près, qu'il avait été adoubé par Olaf et qu'il avait rejoint l'écurie des Éditions Solberg. Rien n'avait changé. Les invités discutaient, un verre à la main, sur la pelouse uniformément verte qui descendait vers la Seine, et l'aménagement de la terrasse laissait présager un nouveau « Déjeuner des canotiers ».

Olaf, en costume blanc, comme une abeille, butinait les potins parisiens d'un groupe à l'autre lorsqu'il aperçut Victor.

Il se dirigea vers lui à grandes enjambées et lui donna une accolade inattendue.

— Ravi de vous retrouver, Victor, vous avez bonne mine…

— L'air du Lot…

— Génial ! Venez ! Tous les invités sont là… Je vais vous remettre le pied à l'étrier…

Sans doute à l'étrier des étalons de l'écurie, songea Victor avec humour. D'ailleurs, ils étaient tous présents : Sam Bookman, Marc d'Angelo, Éva de Breuil, Bernard Cavalier, Alexander Lewis… Entre autres personnalités se trouvaient Jérôme Marceau et Jonathan Belfond. Yellow était là également.

Le temps que Victor salue tout le monde, Olaf avait disparu. Soudain, le « Un, un… un, deux » rituel crépita dans les haut-parleurs cachés dans le feuillage, et tous se tournèrent vers le balcon de la maison où paradait Olaf en compagnie d'une jeune femme que Victor n'avait jamais vue.

— Mesdames, Messieurs, j'ai le plaisir de vous présenter celle qui a rejoint les Éditions, mais qui, surtout, vient de franchir la barre des trois cent mille exemplaires avec son premier roman « *Assassin dans l'âme* », et qui entre ainsi dans l'écurie Solberg. Mesdames, Messieurs… Cyrielle Bonnafé !

Des applaudissements accueillirent la nouvelle venue, puis Olaf l'invita à dire un mot en lui passant le micro.

— Je ne sais pas trop quoi dire sinon merci à vous, Monsieur Solberg, d'avoir cru en mon manuscrit. Et je suis fière également d'entrer dans cette maison qui réunit de si grands auteurs, dont Victor Hugo de qui j'aurai beaucoup à apprendre…

Nouveaux applaudissements. Olaf reprit le micro.

— Merci Cyrielle. Et puisque vous parlez de Victor, je vais lui demander de nous rejoindre… Victor… s'il vous plaît…

Victor ne s'attendait pas à ce qu'Olaf l'appelle. Il quitta les autres auteurs et se dirigea vers la maison. Il se souvenait du chemin pour monter sur le balcon. Une minute plus tard, il se trouvait à côté d'Olaf et de Cyrielle. Les invités observèrent le silence. Nul n'ignorait ce que Victor avait traversé comme épreuve. Et tous se demandaient si Olaf en parlerait, en espérant secrètement qu'il aborderait le sujet.

— Victor, j'ai le plaisir et le privilège d'annoncer aujourd'hui à tous nos amis un score que personne encore ici n'a atteint. Vos deux premiers romans,

Visions mortelles et *Delacroix des Templiers*, grâce aux contrats signés avec le Canada, ont tous les deux atteint… le million et demi d'exemplaires…

Salves d'applaudissements et sifflets d'admiration.

— Et ce n'est pas tout… Votre dernier roman, *Page blanche pour roman noir* a dépassé les six cent mille exemplaires en quatre mois…

Cette fois, les invités se déchaînaient à tout rompre. Victor était abasourdi. Son émotion l'empêcha de prononcer le moindre mot au micro. Ce n'étaient pas le score de ses deux premiers romans qui le paralysait, mais le fait que les ventes du troisième avaient autant décollé. Pour lui, l'écriture avait été un exutoire. Une purification de son passé récent qu'il avait appris à refouler, à oublier, à effacer. Juste des mots apaisants comme un cicatrisant à appliquer sur les plaies de son âme. Et ce succès, quelque part, le renvoyait à son incrédulité, sa naïveté. Il appuyait là où ça faisait mal : le doute. Les lecteurs achetaient-ils son roman par voyeurisme ? Il sut qu'il lui faudrait du temps pour colmater les brèches de son incertitude.

*

Un peu plus tard, alors que tous avaient été conviés à boire du champagne pour fêter le double évènement, un nuage se promenait dans le ciel de Victor. Angèle… Il savait qu'il resterait marqué longtemps par sa relation si intense avec elle. Même si, comme il l'avait dit à Julia, Angèle était morte, il savait que les morts laissent longtemps des traces dans l'esprit des vivants. C'est Yellow qui chassa le nuage…

— On trinque, maestro ?

Victor lui sourit.

— Au multimillionnaire !

— En bouquins, ça, c'est sûr…

— Allons, tu ne me feras pas croire que tu ne l'es pas aussi financièrement !

— Je ne sais pas, répliqua Victor évasif, j'ai un sacré trou à combler…

Yellow sut à quoi son ami faisait allusion et s'abstint de tout commentaire.

Olaf, Éva et Cyrielle se joignirent à eux et levèrent leur verre à ce que Victor serait maintenant : le champion des Éditions Solberg.

— Je vous avais bien dit que l'on ferait un sacré bout de chemin ensemble, claironna Olaf.

— Vous êtes un visionnaire, lui assura Victor.

— Visionnaire, je ne sais pas. Mais du flair, ça oui, j'en ai. À vous et à votre troisième roman, ajouta-t-il en levant à nouveau sa coupe. Vous êtes une pépite !

Ils burent en même temps. Olaf enchaîna.

— Bon, il est temps que j'aille voir où en est la préparation de mon Renoir… Cyrielle, je vous confie à Victor. Vous ne manquerez pas de points communs…

— Je l'espère, répliqua la jeune femme en adressant un sourire à Victor.

Olaf s'éloigna vers la terrasse dont la tenture avait déjà été tendue tout autour.

— Je suis désolé de vous faire de l'ombre. C'est vous qui êtes la reine de la fête, s'excusa Victor.

— Je vous en prie, c'est un honneur… Et puis, vous serez mon phare… Vous me montrerez le chemin…

— C'est gentil…

— Je ne veux pas paraître curieuse, mais qu'a voulu dire monsieur Solberg avec son Renoir ?

Victor faillit lui dévoiler le principe du tableau vivant, mais Éva s'interposa.

— Je crois qu'il vaut mieux qu'elle ait la surprise, vous ne croyez pas ?

— Oui, vous avez raison, Éva. Mais je peux tout de même lui expliquer que c'est en rapport avec la passion d'Olaf pour ce peintre impressionniste, non ?

— Eh bien, voilà, vous lui avez dit, conclut Éva.

— Mais je n'ai rien dévoilé ! se justifia Victor.

— Vous piquez vraiment ma curiosité, dit Cyrielle, alléchée.

— Vous ne serez pas déçue, faites-moi confiance !

— Je peux vous poser une autre question, disons, plus personnelle ?

— Bien sûr…

— Dans votre troisième roman, tout est vraiment autobiographique ? J'ai adoré…

— Ah, vous l'avez lu ?

— J'ai lu les trois…

— Je suis flatté… Pour répondre à votre question, sans être autobiographique à cent pour cent, disons que la majeure partie de l'histoire repose sur des faits vécus !

— Incroyable ! Alors, dites-moi ! Entre nous, quel a été le point de départ de votre intrigue ? Le drame de votre adolescence ? Votre entrée aux Éditions Solberg ? Vos sentiments pour votre lectrice ?

— Vous voulez vraiment connaître le point de départ ?

— Oui. Il y en a forcément un… Tout roman noir en a un !

Oh, oui ! Victor le connaissait.

— Eh bien, tout a commencé par une page blanche !

— Une page blanche ?

Victor regarda Éva et lui adressa un clin d'œil.

— Oui, une page blanche expliqua Victor. N'avez-vous jamais été confronté à ce syndrome inévitable ? Le trou. Le vide. L'absence d'idées. L'abîme sidéral et sidérant du néant. Le désert de copie. L'imagination fossilisée dans les strates de la vacuité. Rien. Le noir total de la page blanche ?

— Jusqu'à présent, non, pas vraiment…

— Ne vous inquiétez pas ! Ça viendra…

REMERCIEMENTS

Un grand merci à Janine GREINHOFER, Josette LAGNEAU, Peggy LAGNEAU, Shirley VIRGA, mes incontournables relectrices,

Merci à Romuald GAUSSOT pour ses précieuses informations sur le droit pénal,

Merci à Pierre LOMBARD pour sa contribution à la photo de couverture, même si elle n'a pas été utilisée,

Merci à Christelle COLLIN-WEBER qui a cru en moi depuis toujours et joue un rôle indispensable dans la diffusion de mes romans,

Et merci à vous, chers lecteurs, qui me suivez depuis le début et dont l'enthousiasme manifesté après chaque lecture de mes romans est un véritable moteur pour me lancer dans de nouvelles aventures littéraires.